이제 우리 그만 살까요

이제 우리 그만 살까요
문학과사람 소설선

초판 1쇄 발행 | 2025년 2월 20일

지 은 이 | 박정화
펴 낸 이 | 김광기
펴 낸 곳 | 문학과 사람
등록번호 | 제2016-9호
등록일자 | 2016년 7월 22일
주   소 | 경기도 시흥시 하상로 36 금호타운 301-203
           서울시 마포구 성미산로 1길 30, 2층
전   화 | (031) 253-2575
전자우편 | poetbooks@naver.com
홈페이지 | http://cafe.daum.net/yadan21

ISBN 979-11-93841-28-0 03810

값 20,000원

* 이 책은 한국예술인협회 창작지원금으로 제작되었습니다.
* 이 책은 전부 또는 일부 내용을 재사용하려면 저자와 '문학과 사람'의 동의를 받아야 합니다.
* 이 도서의 국립중앙도서관 출판도서목록은 서지정보유통지원시스템 홈페이지(http://seoji.nl.go.kr)와 국가자료공동목록시스템(http://www.nl.go.kr/kolisnet)에서 이용하실 수 있습니다.
* 이 소설집은 교보문고와 연계하여 전자책으로도 출간됩니다.

이제 우리 그만 살까요

박정화 소설집

문학과 사람

■□ 작가의 말

가끔씩 죽음에 대하여 생각해보라.
그리고 그대도 머지않아 죽음을 맞게 될 것이라 생각하라.
그대가 무슨 일을 해야 할지 몰라
갈팡질팡하거나 심각한 번민에 빠져 있을 때라도,
당장 오늘 밤이면 죽을지도 모른다고 생각한다면
그 번민은 곧 해결될 것이다. - 톨스토이

어느 날 죽음이라는 것이 예고도 없이 내 방문을 노크했다.
아무것도 아닌 것들이 소중한 것이 되고
가장 소중했던 것들이 아무것도 아닌 것이 되기도 하는
감정의 변화 앞에서
그때서야 난 죽음이란 것과 직면한다.
죽음이란 건 필연이라는 게 진실임을 알면서도
난 그것과는 무관한 사람인 줄 알았다.
죽어보지도 않고 죽음을 정의하는 건 월권이며 사기라고 생각했다.
죽음은 어떤 면으로는 삶의 연장이라는 어느 작가의 말에 분노했다.
어느 날 갑자기 훼방꾼처럼 내 삶을 침식해버린 영육의 진통으로
난 꽤 오랫동안 죽음과 친구처럼 살기로 작정했다.
지금도 현재진행형인 우리의 동거는 봄을 몇 번쯤 만날 수 있을까.
여러 유형의 죽음을 이야기로 그려보며 나는
그 죽음이란 친구와 좀 더 친하게 지내볼 요량이다.
〈이제 우리 그만 살까요〉는 나의 간절한 버킷리스트였다.

- 2025년 입춘 즈음, 박정화

차례

이제 우리 그만 살까요

1 화해와 이해의 방정식 – 17

2 이제 우리 그만 살까요 – 41

3 고리 – 72

4 자야 – 105

5 어느 봄날의 개꿈 – 147

이제 우리 그만 살까요

6 지우개 – 186

7 콜라텍에서는 콜라를 팔지 않아요 – 218

8 간이역 – 233

9 월세방 있음, 애완견주 사절 – 266

10 버즘나무 댁 – 295

이제 우리 그만 살까요

박정화 소설집

1 화해와 이해의 방정식

그건 사람이 낼 수 있는 소리가 아니었다. 신음도 아니고 절규도 아니다. 그렇다고 괴성도 아니었다. 폐부 깊숙한 곳으로부터 올라오는 고통스러운 이 소리는 짐승의 울부짖음 같았다. 이 소리는 이승을 붙잡고 저승으로 끌려가는 산 자의 마지막 언어였다. 무슨 말을 하고 싶었던 걸까? 나는 그날부터 꼬박 닷새 동안 무간지옥(無間地獄)을 보고 있었다.

병원에서 시행하는 통증의 단위로 측정이나 할 수 있는 것일까? 짐승처럼 사방을 헤매며 울부짖고 있는 내 아버지의 통증은 대체 단위가 얼마일까? 그렇게 내 아버지는 인간으로는 견딜 수 없는 극한의 통증과 함께 아귀가 들끓는 커다란 강을 건너가고 있었다. 사필귀정처럼.

아버지가 당해야 하는 저 고통은 대체 어떤 죄명의 형벌일까? 반복하는 저 몸부림을 그만 멈추게 하고 싶지만 내가 아버지에게 할 수 있는 건 아무것도 없었다. 짐승처럼 네 방구석을 기어 다니며 혼의 울음을 울고 있는 아버지를 나는 그저 바라보고 있을 뿐이었다.

얼마나 방바닥을 긁었던지 손톱 밑에 피가 가득 고여있었다. 죽는다는 게 그리도 고통스러울지 아마 아버지도 몰랐을 것이다. 곧 도착할 아버지의 죽음 앞에서 어머니와 동생과 나는 동상이몽으로 바라보고 있었다.

청아한 스님의 독경은 아버지 울음의 강약에 맞춰 높낮이를 달리한다. 목탁 소리와 불경 소리가 아버지의 고통을 조금도 줄여주지 못하는 것 같지만 어머니는 그 불경이 아버지를 저쪽 세상으로 인도해줄 길잡이라는 걸 믿어 의심치 않는 것 같았다. 스님과 아버진 누가 이기나 지루한 싸움을 하는 것인지, 잦아들듯 하던 아버지의 신음이 다시 옥타브를 높이면 스님의 목탁과 염불도 한 옥타브를 높인다. 아버지와 스님은 일체가 되어 어쩌면 어떤 상대와 싸우고 있는 건지도 모르겠다. 그러나 아버진 부처의 은덕을 조금도 누리지 못하는지 벌써 이틀째다. 스님의 독경이 아무리 간절해도 아버지의 통증은 조금도 줄어들지 않았다. 삶과 죽음이 분리되는 순간의 저 지독한 고통을 바라보며 언젠가 내게도 올 죽음의 공포가 밀려온다.

마당엔 차일(遮日)이 쳐지고 속속 일가친척들이 모여드는지 부산스럽다. 아버지는 아직 끊어지지 않는 숨을 붙들고 처절한 싸움을 하고 있는데 바깥엔 어느새 저승이 도착해 있는 것 같았다. 처절한 저 사투는 오직 아버지 혼자만의 몫이었다. 30촉 백열등 불빛과 죽음의 기운이 너울대는 마당에 아버지가 심었다는 커다란 오동나무 잎이 수북수북 떨어지는 시월이었다.

"아버지 위독하시다."

"……"

"빨리 내려 오이라."

"네."

"웬만하면 오늘 밤차로 오거라."

"……"

어제 초저녁에 전화를 받았다. 뭐라고 말을 해야 할지. 아무 말 없이 전화를 끊었다. 나의 이런 습성을 어머니는 알고 있었다. 허둥대야 할 이유와 한 방울 눈물도 필요하지 않았다. 언젠가는 치러야 할 행사 같은 것이었다. 밤새워 내려가야 할 생각은 전혀 없었다. 그렇기에 불면의 밤도 아니었다. 숙면까지는 아니었다 해도 그럭저럭 몇 시간 자고 난 후 늦은 아침을 먹고 기차를 탔다. 굳이 내가 종신(終身)을 해야 하는 것도 아니었기에 서둘 일은 없었다. 아마 어머니도 그리 알고 계실 터이다. 행여 조금의 속을 끓이시기는 하겠지만 초조하게 기다리지는 않으리라 생각했다. 기차를 타고 가는 세 시간을 무라카미 하루키의 수필집에 빠질 만큼 나는 아버지의 위독한 상황에 초연할 수 있었다. 내 마음에는 아버지가 오래전부터 살고 있지 않았던 것 같았다. 내가 스스로 아버지를 죽였거나 아버지가 내 마음에서 스스로 떠났거나, 아마 그 둘 다 맞는 이유일 것이다.

'삐거덕'

마른 나무의 마찰음은 언제나 신경을 긁는다. 마르다 마르다 뒤틀린 그 육중한 대문은 나에게 높은 벽으로 군림한다. 언제나 열기 싫은 성의 문이었다. 뒤돌아서고 싶은 문이었다. 따스한 아랫목도 포근한 어머니의 품도 기억 속에 없는, 마른 대숲의 울음소리만 들리던 그 대문 안이 싫었다. 기차에서 내린 후, 마주할 대문이 겁이 나서 동네 입구에 서 있는 수령을 알 수 없는 노거수 밑에 앉아 두어 시간을 보냈다. 반은 죽었고 반은 살아있는 오래된 그 나무 밑에 앉아 있었던 그 한참은 내게 휴식 같았다. 책가방을 던져놓고 쉬어가던 어린 나를 만나기도 하면서 이곳에 온 이유마저 잊었던 그 한참에서 누가 나를 깨웠다.

"아버지 아프다는데 넌 여기서 뭐하니?"

단꿈을 깬 아이처럼 심술을 달고 나무 대문을 밀고 들어가는 내 앞에 뜬금없이 아버지가 멀쩡하게 마중을 나와 있었다. 그 순간, 냉철한 내 심장이 나무 대문 소리처럼 마찰음을 일으켰다. 위독하다던 사람이 멀쩡한 모습으로 날 마중하다니, 대체 무슨 상황인지 가늠도 안 되었다. 누가 풀무질을 하는 것처럼 치밀어 오르는 분노로 뜨락에 선 어머니에게 그 화살을 쏘았다.

"무슨 일이예요?"

날카로운 내 소프라노가 까만 기와집의 정적을 깨운다.

"뭐 하자는 거예요? 위독하다는 사람이."

"……"

어머닌 아무 말 없이 아버지만 쳐다본다. 계면쩍은 웃음으로 아버지가 들어오라는 손짓을 한다. 뜨락에 섰던 어머니도 그만 들어오라는 듯 건너다보고 있었다. 와송(瓦松)이 드문드문 피어있는 기와에 시선이 머문다. 장편 소설을 쓰고도 남을 고택이다. 고택 뒤란의 대숲에서 익숙한 바람 소리가 들려오고 있었다. 갑자기 가슴에서도 바람 한 줄기가 일었다. 오래 묵은 침묵이 흔들리고 있었다. 후루루 밀려온 오동나무 잎을 밟으며 한 발을 내딛던 걸음이 휘청인다. 댓돌 위에 아버지의 구두가 놓여 있었다. 항상 비어있던 그 자리였다. 거기 있어야 할 그 구두는 언제나 부재중이었다. 너무 늦게 돌아와 주인인 척 자리를 지키고 있는 붉은 칠 피 구두를 보며 가슴속 바람은 회오리가 된다. 되돌아가고 싶은 울화를 간신히 누르며 댓돌 위로 올라섰다. 모두 묵묵하다.

"야야, 큰애야 술 한 잔만 마시면 좋겠는데 안 되겠나?
안방에 마주 앉아 불편한 침묵을 견디고 있는 내게 간신히 들리는 목소리로 물었다. 당당했던 아버지는 이제 없었다. 조금은 비굴해 보이기까지 한 아버지의 모습이었다. 그마저 짜증이 났다.
"아니 위독하다고 빨리 내려오라고 해놓고 이게 무슨 상황이냐구요. 그리고 편찮으신 양반이 웬 술은?
아버지를 외면하고 내 시선은 어머니를 향한다. 탱자나무 가시 같은 내 언사를 알면서도 난 어쩔 수 없었다.
"살았을 때 너희 얼굴 한 번 더 보자고 전화 넣으라고 하셔서."
죄지은 사람처럼 고개를 푹 숙인 어머니가 조심스럽게 말을 건넨다.

"기가 막혀서, 그렇다고 위독하다는 전화를 하냐구요. 저리도 멀쩡한데."

나는 힐끔 아버지 쪽을 쳐다보며 힐난하듯 쏘아붙인다. 언제부턴가 나는 아버지를 바라보지 않았다. 바람처럼 나타나 한 계절도 안 되게 머물다 떠나던 사람이었다. 어렸을 땐 그 이유가 어떤 건지도 몰랐고 아버진 그런 사람인 줄 알고 자랐다. 그런 아버지가, 간암 말기를 앓고 있는 아버지가, 술 한잔을 내게 부탁한다는 건 분명 무엇을 얘기하려고 한다는 것이었다. 그러나 난 그 어떤 것도 아버지에게서 들어야 할 말이 없었다. 신파 같은 자기변명이나 죽음을 목전에 둔 사람의 논리적이지 못한 회개 같은 것이리라 생각했다. 모르면서 범하는 실수는 용서할 수 있지만 알면서 행했던 긴 세월 동안의 그의 행적에 난 당연히 외면할 권리가 있는 것이었다.

"……"

"……"

다시 긴 침묵이 흘렀다. 나는 그 침묵을 견딜 여유가 없었다. 아무 말 없이 방을 나왔다. 슬그머니 아버지의 구두를 댓돌 밑으로 밀어버리면서 뜨락을 내려섰다. 시월 상달이 어느새 오동나무 가지 사이에 앉아 있었다. 오고 싶지 않았던 곳이면서 저리도록 그리웠던 고택의 풍광이었을까? 푸른 달빛과 함께 이 고택에서 쓰인 장편의 서사가 와락 달려든다. 가능하다면 지워버리고 싶은 그 부분 부분의 이야기들을 대숲의 바람들이 속삭이고 있었다. 말을 잃어버린 아이로 자라게 된 내 유년이 타임머신을 탄 듯 나를 보고 있었다.

일곱 살쯤이던가. 섬돌 밑에서 귀뚜리가 울기 시작하는 초가을 저녁이었다. 끊길 듯 이어지고 흐느끼듯 끊어지던 애절한 퉁소 소리가 들렸다. 여인의 젖무덤처럼 봉곳한 골짜기 언덕배기에 앉아 아버진 퉁소를 불고 있었다. 그 선율은 내가 세상에 태어난 후 처음 접하는 음악이었다. 황홀하고 아름답고 슬프고, 세상의 모든 미사여구를 부쳐도 표현이 모자랄 만큼 그 퉁소 소리는 완전한 천상의 소리였다. 야산의 등허리쯤에 오래된 기와집이 있었고 얕은 담 너머로 고만고만한 초가들이 모여앉은 정겨운 마을이 내려다보이는 곳이었다.

저녁연기가 끊어지면 묽은 어둠이 스멀스멀 기어오고 뒤란의 대숲에서 초가을 바람이 일어선다. 그와 함께 하얗게 손질한 광목 홑 잠뱅이를 걸친 잘생긴 내 아버지가 완만한 곡선을 그리며 앉아 아랫동네를 바라보며 구슬프고 아름다운 퉁소를 불기 시작한다. 간간이 흩날리는 머리를 쓸어올리는 그 모습은 그림 같았다. 무엇이 내 아버지를 저렇게 서럽게 만들었을까? 어린 나는 아버지도 퉁소도 울고 있다고 생각했다. 아버지의 깊은 속에는 커다란 슬픔이 강물처럼 출렁이고 있을 것이라는 생각을 했다. 일곱 살 어린아이의 마음에 아버지는 세상에서 제일 잘생긴 멋진 사람으로, 그리고 왠지 슬픈 사람으로 저장되어 있었다. 아버지는 어린아이가 바라보아도 아름다운 남자였다. 서재의 책상에 앉아 우두커니 먼 산을 바라보던 모습이나 턴테이블에서 흘러나오는 음악을 듣던 표정이던지 가끔 사랑채에 온 친구들과 장구를 치며 부르는 아버지 노래는 아름답고 멋이 깃든 최고의 가락이었다. 주위의 모든 남자 어른들보다 아버지가 가장 잘생긴 사람이었다는 게 내 기억이다. 내가 아버지를 아버지로 사랑했던 마지막 기억은 아마도 일곱 살쯤에서 멈추었던 것 같다. 그때부터 난 아버지를 향한 나의 사랑은 영원한 짝사랑이었다는 생각을 했다.

"아이고 어째. 야야, 야야."
"아버지 정신 차려요. 누나 택시 불러줘요, 아버지가 이상해."
어머니와 동생의 다급한 소리에 놀라 후다닥 방을 들어섰다. 아버지는 전신에 경련을 일으키며 거품을 물고 눈을 부릅뜨고 있었다. 흰자위만 보이는데도 아버지의 눈이 그리 큰지 처음 알았다. 손에는 과수원에 살포하는 '파라치온'이라는 농약병을 쥐고 있었다. 대단히 강력한 살포제였다. 몇 모금이면 목숨을 잃을 만큼 약성이 강한 약이었다. 어머니와 동생의 눈을 피해 아버진 그 농약을 마셔버린 것이었다. 순간 모든 상황이 이해가 되었다. 위독하다는 전화로 우리 모두를 불러 모은 건 아버지의 치밀한 계획이었다.

이 상황은 짜놓은 각본이었다. 위독하다는 전화는 아버지가 짠 계획의 순서일 뿐이었다. 아버지는 당신의 죽음을 준비하고 있었던 것이었다. 죽음을 준비하며 술 한잔이 필요했던 이유를 그때야 알았다. 당신의 여정을 반성하며 회개할 목적이었을까? 곁을 주지 않던 자식에게 행여 미안하다는 한마디 하려고 했을까. 어쩌면 죽음을 앞

당기려 하는 계획에 공포가 컸을까? 그 모두가 다 아니었을 것이다. 아버진 실수 없는 계획을 세웠을 것이다. 더 이상 고통스럽게 삶을 이어가는 것보단 죽음이 안락이라는 걸 알았을 것이다.

언제나 아버진 당신이 생각한 대로 실천하는 사람이었다. 어머니에게도 나에게도 상의라는 건 없는 사람이었다. 아버지로 인하여 우리가 어떠한 아픔을 겪던 그런 건 절대 아버지 몫이 아니었다. 죽음마저도 당신의 마음대로 계획을 세우는 냉철한 사람이었다. 그렇게 그런 식으로 떠나버리면 남은 사람들이 겪어야 할 고통 따윈 염두에 두지 않았을 것이다. 내가, 동생이, 어머니가 견뎌야 할 자책 따위는 아버지 염두에 없었다. 아버진 지독한 에고이스트였다. 언제나 당신의 자신만 생각했던 아버지라는 걸 자꾸자꾸 명심하면서 나는 냉정해지고 있었다. 마지막 가는 길에 자식에게 술 한잔을 청했던 것은 마지막 계획의 실현을 위한 용기가 필요했을 뿐, 화해의 손짓은 아니었을 것이라며 술 한 잔의 부탁을 무시해버린 내 야멸참을 합리화하고 있었다.

"쌀뜨물이야 어서 아버지 입 벌리고 넣어, 속엣것 다 토해 버려야 된다고."

어느새 쌀뜨물 바가지를 들고 들어온 어머니는 꽉 다문 아버지 입을 벌리려고 애를 쓴다. 그러나 아버진 떠날 결심을 되돌리지 않는 사람이라는 걸 우리는 알고 있었다. 더구나 죽음을 두고 벌이는 비장한 결심을 허투루 행하지 않았을 것이었다. 아버진 온몸으로 토악질을 거부하고 있었다.

"그만, 제발 그만 보내 다오. 내가 이렇게 빌게. 여기까지만. 그만하자."

핏물인지 쌀뜨물인지를 방바닥에 게워내면서 두 손을 모으고 빌고 있었다. 아버진 살려달라는 게 아니었다. 빨리 죽여달라는 것이었다. 병원도 가지 않겠다고 쌀뜨물도 마시지 않겠다고 제발 그대로 죽게 해달라고 애원하고 있었다.

거품을 물고 몸부림치는 아버지를 업고 택시에 실으며 살아 돌아오지 못하리라는걸 알았다. 생의 마지막을 이런 식으로 또 집을 떠나는 아버지가 원망스러웠다. 이웃 도시의 병원으로 가는 택시 안에서 아버진 극한 몸부림을 치며 돌아가자는 수신호를 보내고 있었다. 스스로 먹어버린 농약의 독성을 잘 알고 있었을 것이고 당신의 병이 간암 말기라는 것도 알고 있었으니 병원행이 필요 없다는 걸 누구보다 알고 있을 것이었다. 죽을 자리는 집이라고 돌아가자고 나를 쥐어뜯으며 몸부림을 쳤다. 그러나 그럴 수가 없었다. 자식 된 도리 따위는 원래 없었다 해도 집으로 돌아갈 수는 없었다. 내 상식으로도 어쩌면 오히려 아버지를 더 고통스럽게 하는 것 같지만 병원은 피할 수 없는 과정이었다. 그것마저 훗날 후회로 남을지는 그땐 몰랐다. 캄캄한 시골길을 택시는 덜컹거리며 달리고 아버진 처절한 비명을 지르는데 캄캄한 차창으로 홀로 견뎠던 내 소녀시대가 영화처럼 지나가고 있었다.

아버지를 아버지 이상으로 사랑하고 좋아했던 아이였다. 언젠가 결혼을 하게 되면 꼭 아버지처럼 잘생기고 멋진 남자에게 갈 것이라는 생각을 하던 아이였다. 친구들에게도 내 아버지는 늘 자랑스러운 존재였다. 그러한 아버지가 내 눈앞에서 사라지고 없던 그때쯤의 기억이 명료하지 않다는 건 나와의 암묵적인 기억상실 같은 게 아니었나 추리해본다. 사랑했던 사람에게서 버림받은 상처 때문에 기억하고 싶지 않은 마음이 단편 기억상실로 작용한 것은 아닌지. 단면들이 지워진 일곱 여덟 살의 기억 안에는 언제나 쓸쓸함만 가득했다는 생각뿐이었다.

"독립운동하러 또 갔다네."

두레박 올리는 진성이 엄마의 말이었다.

"그러게, 그래도 이번엔 꽤 오래 견뎠지?"

물동이를 머리에 이며 운이 엄마가 거든다.

"에구에구 그놈의 병은 약도 없는게벼."

아버지를 두고 하는 말이라는 걸 어느새 알아버릴 만큼 난 자라났다.

"그래도 요즘은 색시를 데려오진 않드만."

"나가서 실컷 놀다 오니까 진이 빠져서 색시 데려올 힘이 없나부지."

아주머니들은 키드키득 웃으며 힐끔힐끔 나를 쳐다보기도 한다

"재 엄마만 불쌍하지 뭐. 그렇게 고운 각시를 두고. 쯧쯧 몹쓸 양반."

물동이를 이고 서서 한마디 덧붙이는 운이 엄마를 참 많이 미워했

던 유년이었다. 그랬다. 아버진 역마살이 들려 떠나지 않으면 아팠다고 했다. 동네 사람들은 잘난 남자가 독립운동하러 간다고 비웃던 걸 기억한다. 아버지 가출 후의 어머니는 병자였다. 박 속같이 하얀 얼굴의 어머니는 아무에게도 곁을 주지 않았다. 말을 잃어버린 사람이었고 웃는 법을 모르는 여인이었다. 뜨락에 붉은 구두가 없는 아침이면 어머니는 그림자놀이를 시작한다. 아버지가 집에 머물 때는 그래도 분칠하고 입술이 붉은 어머니를 볼 수 있었다. 아버지의 출타가 시작되는 날이면 미끄러지듯이 안방으로 들어가서 숨어버리는 어머니였다. 바깥채에 사는 머슴 박 서방 내외가 집안의 일들을 도맡아 했고 동생과 나의 양육은 원래 할머니 몫이었다. 가끔 어머니가 그리워 안방 문을 살며시 열면 핏기없는 얼굴의 어머니가 누운 채 손사래를 친다. 어머닌 삶을 놓아버린 여인 같았다. 웃는 방법을 잊어버린 여인 같았다. 어머니의 사랑마저 외면당한 남매는 할머니의 손에서 키워졌다. 할머니 역시 아들의 긴 방황으로 마음 문을 닫았는지 살가운 정을 주지 않았던 것 같다. 완고하고 근엄한 할머니의 곁에는 언제나 담배 냄새만 가득했고 발붙일 곳이 없던 나의 유년은 아팠다고 기억된다. 사랑을 받아보지 못했기에 사랑을 주는 법도 모르는 아이로 성장했다. 늘 뭔가가 부족했고 언제나 외로웠고 그러면서 말문을 닫아버린 아이가 되었다. 나중에 어머니는 환갑을 넘기는 해에 내게 말했다.

"난 그때 결핵을 앓고 있었어. 약을 먹고 있었지만, 그 시절의 폐병은 사형선고였단다. 너희 아버진 언제나 출타 중이고 자식들마저 폐병 때문에 할머니에게 뺏겨 버리고 어미는 살고 싶지 않았단다."

"여자를 바꿔가며 데리고 들어올 때는 난 차라리 죽었으면 했다. 있는 듯 없는 듯 사는 게 내 생존의 방편이었다."

"어미의 정을 주지 못해 참 많이 미안했다. 허나 궁색한 변명이지만 내 한 몸마저도 가눌 기력이 없던 사람이었어. 애야, 가슴에 한을 쌓아두지 말거라. 그건 곧 자신을 피폐하게 만드는 독소가 되느니."

아버지라는 존재마저 불확실하고 어머니의 사랑마저 잃어버린 우리의 성장 과정은 결국 결손가정이었다. 정서불안과 분리불안과 긍정을 부정하는 여러 형태의 문제들이 나의 성장과 함께 자라나고 있었고 사랑할 줄 모르는, 사랑받을 줄도 모르는, 불행으로 치닫는 삶을 불러오게 된 것이다. 가을의 어느 날 떠났던 아버지가 하얀 눈을 뒤집어쓰고 돌아오면 한 계절이 바뀌는 동안 보지 못했던 아이를 향해 따뜻한 눈길 한번 주지 않는 사람이었다. 그렇게 자란 나는 결국은 아버지의 존재 자체를 부정해버리는 사람이 되어갔고 기가 막힌 건 아이러니하게도 아버지의 역마살을 유전으로 받았는지 나도 집으로 돌아가는 길을 모르고 싶은 사람이 되어가고 있었다. 그러면서 아버지의 얼굴도 잊어버렸고 아주 가끔 걸려 오는 어머니의 전화마저 밀어내는 중년의 여자가 되어 있었다. 아무도 곁에 두지 못하는 인격 장애자가 되어 있었다. 결핍을 앓으면서도 결핍의 의미마저도 모르고 살고 있었다.

"그만 모셔 가세요. 더 이상 해독이 되지 않습니다."

의사의 말에 정신이 들었다. 몇 번의 위 세척 끝에 당연하다는 듯 의사가 말했다. 위세척으로 오한이 드는지 젖은 몸으로 바들바들 떨고 누워있는 아버지는 더 이상 사람의 형상이 아니었다. 오한으로 이빨 부딪히는 소리가 병원을 흔들 정도였다. 가망이 없는 환자여서 그런 걸까? 집으로 데려가라고 했다. 이럴 줄 알면서 병원으로 와야 했던 걸 후회하면서 이젠 집으로 가자는 손짓마저도 하지 못하는 초죽음 된 아버지를 업고 돌아왔다. 1970년대의 지방 병원은 그랬다. 입원과 호스피스 과정과 임종까지 그리고 장례까지 토탈서비스를 하는 요즘의 병원 시스템은 상상 불가였던 시대적 이야기다.

속수무책이었다. 죽음을 기다리기 위해 집으로 모셔온 후 사흘만이었다. 그 긴 사흘 동안 잠 한잠도 자지 않고 치열하게 고통과 싸웠던 아버지는 손톱이 빠지고 얼마나 기어 다녔는지 뼈가 보일 만큼 무릎이 까지고 얼마나 이빨을 갈았던지 생니가 빠졌었다. 어쩌면 아버지가 원했던 대로 병원을 가지 않았더라면 그 극심한 통증의 시간은 많이 단축되었을 것이다. 간암 말기 환자의 간은 독성이 강한 약을 해독하지 못했을 테니까 아마도 숨을 놓는 시간이 짧았을 것이고 아버진 조금은 덜 고통스러웠을 것이다.

"이럴 줄 알았으면 병원을 데려가지 말걸. 사람만 더 욕 보이게 만들었네. 어쩔까, 저리 아파서. 아이고 부처님 고마 데리고 가소. 그만큼 벌 받았으면 되었으니 고마 눈 감게 해주시오. 관세음보살, 관세음보살."

긴긴 세월을 해바라기 하며 세상의 모든 기다림을 다 짊어지고 살아온 어머니는 아직도 아버지를 진정으로 사랑하는지 애달픈 기도를 하고 있었다. 나보다는 조금 덜 비뚤어진 동생도 연민이 묻은 눈빛으로 아버지를 바라보고 있었다.

'인과응보예요. 아버지.'

울컥울컥 올라오는 싸늘한 한마디를 목구멍으로 밀어 넣는다. 당신도 알고 있을, 그래서 처절한 마지막을 견디고 있는 아버지에게 나는 그때까지도 냉정한 시선을 보내고 있었다. 그러나 절대 아버지처럼 책임과 도리와 정이 없는 사람은 되지 않을 것이라던 나는 언젠가부터 그 책임과 도리와 정이 없는 사람으로 살아가고 있었다.

'난 혼자가 좋아. 얼마나 자유로운 영혼이야.'

구차한 변명으로 합리화를 하지만, 지금의 내 삶에 만족하지 않다는 것을 난 알고 있다.

"처녀 귀신이 되려나 쯧쯧."

"고만한 인물에 왜 연애도 못 하는지 에구."

"저 아비는 호색한이라 속 썩이더니 딸년은 사내라면 십 리 밖으로 도망질이니. 고르지도 못하지."

"난 못하는 게 아니고 안 하는 거라니까. 그리고 결혼이 그리 바람직한 건 아니라는 걸 엄마가 더 잘 알면서."

못 들은 척 가슴만 쓸어내리는 어머니였다. 어머니가 아닌 다른 여자들이 피고 지는 꽃처럼 왔다 떠나는 우리 집이었다. 짧게는 두어 달 길게는 이삼 년까지 머물다 떠나는 그 꽃들을 우린 숙명처럼 받아들이고 살았다. 가끔은 까만 기와집에 세 여인의 동거가 펼치는 진귀한 풍경이 연출되기도 했다. 내 아버지가 위대한 사람인지 어머니가 관세음보살님인지 도덕도 윤리도 없는 기막힌 서사가 펼쳐지던 고택이었다. 이해할 수 없는 건 구중궁궐에서도 처첩들의 난투극으로 역사가 바뀌기도 한다는데 우리 집엔 큰소리는커녕 순종을 미덕으로 아는 여인들만 사는 것 같았다.

"그건 니 아비의 처세술이 좋아 몇 여자를 거느리고 살아도 집안이 평화로운 게야 사내가 잘났으면 잘난 값을 하는 게지."

잘난 아들을 둔 할머니의 밉살스러운 말에 내가 가만히 있을 리가 없다.

"할머니. 아들에 대한 맹신 때문에 하나뿐인 할머니 아들은 망나니가 되어버린 것을 왜 모르실까? 제발 어디 가서 그런 말은 하지 마세요. 남들이 욕해요."

부글거리는 속을 할머니를 향해 쏟아내던 그때 나는 이미 결혼 적령기를 넘기고 서른을 넘기고 있었다. 결혼이란 걸 부정하며 진실한 사랑 따위는 절대 존재하지 않는다는 생각이 고착되어버린 슬픈 청춘이었다. 섹스도 추잡하고 더러운 행위라는 걸 아버지를 보며 배웠고 어머니를 보며 결혼은 미친 짓이라는 걸 세뇌되며 자랐다.

"사랑이 영원하다고 믿으세요?"

"그럼요 사랑은 영원하죠."

"평생 한 여자만 사랑하며 살 자신이 있으신가요?"

"당연한 거 아닌가요?"
"당연이라…."

맞선 자리였다. 그윽한 남자의 시선을 그윽하게 느끼지 못하고 그 시선이 나의 알몸을 스캔하고 있는 것처럼 불쾌하였다. 그 남자의 얼굴 위로 내 아버지의 얼굴이 겹쳐진다. 세상의 모든 남자를 아버지의 기준으로 잣대를 들이댄다. 가지고 놀다 버리는 구슬이나 딱지 같은 것이 여자라는 사고가 각인되어버린 나는 신성한 사랑 따위는 없다고 생각한다. 수많은 여자가 다녀가고 또 다녀가도 아버진 미련 따윈 없었다. 냉정한 남자였다. 그런 아버지를 보며 자란 내 남성의 가치관은 아버지가 표준이 될 수밖에 없었다. 난 절대로 어머니 같은 삶은 살지 않으리라. 차라리 남자의 위에서 군림하며 살 거야. 그때까지도 난 오만했고 당당했다. 사랑이 절박하지도 않았고 고독이 그리 무서운 것인지도 몰랐다. 혼자라는 이 자유가 무언가에 결속되기를 갈망하지도 않았다. 다치지 않는 자존을 위하여 아무도 내 마음속으로 들어올 수 없도록 견고한 성을 쌓았다. 오로지 홀로 살았다.

"나 같은 자식을 만들지 않을 거야."
"사랑 같은 건 허상일 뿐. 추잡스러운 건 사절이야."
수녀도 아니면서 여승도 아니면서 남자를 배척하고 고고한 척 도도한 척 그렇게 중년이 되어버렸다.
"우울증입니다."

"네?"

"공황장애입니다."

"……"

"치료가 시급해요. 증세가 꽤 깊습니다."

A4 용지 수십 장 분량의 카운셀링을 받으며, 노곤한 잠이 쏟아지는 알약을 먹으며 나는 그렇게 중년을 허비하고 있었다. 조그마한 소도시의 남자 중학교에서 국어를 가르치고 있었고 참으로 마른 삶을 살고 있었고 어느새 서른 즈음이 되어버렸을 때 아버지의 죽음과 직면한 것이었다.

가을비가 오동나무 잎사귀에 후드득 뿌리는 오전이었다. 오늘 나흘째였다. 추적거리는 비를 보며 모든 게 다 부질없다는 나를 발견하게 된다. 한계가 없는 저 통증을 바라보며 제발 그만 데려가시라고 빌고 있었다. 저 통증에서 해방될 수 있다면 어떤 미움도 놓을 수 있을 것 같았다. 아버지의 형벌은 며칠 간의 저 혹독한 고통으로 다 갚았다는 생각이 들었다. 인간으로는 도저히 감당하기 어려운 단근질 같은 저 고통을 난 보았다. 그건 지옥이었다. 인간으로서는 견딜 수 없는 통증이었다. 제발 죽여 달라고 애원하던 아버지의 모습 속엔 아무것도 남아 있지 않았다. 신이라 한들 무슨 권리로 저토록 지독한 통증을 줄 수 있단 말인가.

나흘째 되던 밤에는 생손톱이 빠지고 무릎은 생살이 헤어져서 허연 뼈가 보였다. 도저히 견딜 수 없는 고통이었다. 제발 죽여 달라는 눈빛으로 애원하는 아버지를 어쩌면 좋단 말인가? 할 수만 있다면, 그래도 된다면 나는 내 손으로 아버지를 이 고통에서 놓아 드리고 싶었다. 무지한 시대였다. 병원에서 모셔 가라고 한다고 아무런 대책 없이 집으로 모셔온 나의 무지에 화가 났다. 그 시대의 의료 시스템과 대도시가 아닌 산골이었던 이유와 집에 가서 죽고 싶다던 아버지의 애원과 무심한 의사의 권유 따위, 그 모든 것들 때문에 아버진 겪지 않아도 될 최악의 고통을 겪었다.

"차라리 병원을 가지 않았으면 극한의 고통을 줄일 수 있었을 건데."
"내가 무슨 자식이라고. 자식의 도리는 무슨."
"마지막 술 한잔 사다 드렸으면 저리 가시지는 않았을까?"

자책은 어느샌가 연민으로 바뀌었다. 아버지가 숨을 놓기 전에 나는 아버지와 화해를 해야 한다고 생각했다. 아직 내 삶의 전반부 속 아버지를 다 이해할 수는 없지만, 닷새 동안의 지옥 같던 그 형벌로 내 가슴 속 앙금이 다 희석된 것 같았다. 감히 내가 아버지를 용서할 자격은 없다. 그러나 이해와 화해의 사이에는 아직도 많은 간 극이 있겠지만, 미루어 두고라도 난 아버지와 화해만이 당신을 보내드리는 마지막 과제라 생각했다. 용기를 내어 아직도 깊은 신음을 물고 있는 아버지 곁으로 다가갔다. 얼마나 혀를 깨물었는지 핏물이 아버지 입에서 흘러내리고 있었다. 독경하던 스님도 잠이 들었고 지칠 대로 지친 사람들도 이른 아침까지 늦잠에서 깨어나지 못하고 있었다. 닷샛날 아침이었다. 아버지의 고통은 조금씩 잦아들고 있었다 혼미한 정신으로 나를 바라보는 것 같았다. 죽음이 방문 앞에 와 있다는 걸 알았다.

"아버지."

가만히 당신의 손을 잡았다. 철들고 처음으로 진심으로 잡아보는 손이었다.

"인제 그만 가세요. 아버지 제발 인제 그만 떠나세요."

아버지의 가느다란 신음과 나의 기도만 깨어있던 아침, 아버진 잠시 나를 가만히 응시하더니 눈을 감으신다. 아버진 내 기도를 들었을까? 울컥 뜨거운 회한이 가슴을 치받는다. 무엇이 나를 이렇게 슬프게 만들었는지는 모르겠지만 한 번도 느껴보지 못한 뜨거움이었다. 아버지의 가슴에 엎드려 통곡하는 내 손을 아버지가 꼭 쥐었다 놓는다. 떠나가는 한 계절의 색깔이 그리도 청명한 날 아버진 내 손을 잡고 가셨다.

아버지가 지독한 고통에서 해방되던 날 구운 오징어처럼 온몸을 돌돌 말아 안고 숨을 놓았다. 장신이었고 꽤 몸집도 컸던 아버지였다. 누가 봐도 큰 사람이었던 아버지가 한 움큼 밖에 안되는 몸으로 공처럼 동그랗게 누워있었다. 팔과 다리를 펴려고 주물러도 보고 힘껏 펴 보았지만, 통증에 오그라든 신경 줄은 석고처럼 굳어서 펼 수가 없었다. 얼마나 아팠으면 온몸의 심줄이 이렇게 오그라들 수 있었을까?

"미안합니다. 미안합니다."

"아버지 아프게 해서 죄송합니다."

"아버지, 아버지."

내 입에서 아버지라는 말이 스스럼없이 나왔다. 참 오랜만에 불러보는 아버지였다. 단단하게 걸었던 걸쇠가 툭 하고 풀린 것 같았다. 내 설움에, 내 한에 내가 울었던 것 같다. 아버지의 고통스러운 죽음 앞에서 내 아집 속에 존재하는 모든 기억은 편린에 불과했다. 늙고 병든 몸으로 집으로 들어온 자신의 모습이 비참했으리라. 자식들과 아내에게 병든 몸을 의탁하기엔 자신의 과오가 너무 컸음을 알았으리라. 죽음을 준비하며 느꼈을 회한과 후회와 어떤 두려움이 내 마음으로 뼈아프게 전이가 되어왔다. 아버지가 숨을 놓기 전날 밤이었다. 나는 아버지의 거실로 쓰던 사랑채에서 아버지의 방대한 언어를 해독해야 했다.

"잠시 쉬어라."

"괜찮아요."

"그럼 잠시만 따라오너라."

아버지 곁을 지키고 있는 내 손을 잡고 어머닌 댓돌로 내려섰다. 차일이 쳐진 마당엔 죽음을 배웅하려고 모인 사람들도 흩어지고 피워놓은 모닥불도 사위어 가고 있었다. 푸르스름한 달빛이 오래된 기와집에 내리고 어쩌면 저승 같기도 한 이 밤의 색깔에 살짝 소름이 돋았다. 사랑채 문을 열고 어머닌 내 등을 밀었다.

"뭐예요?

"여기 네 아버지의 많은 이야기가 있을 거야."

"네 아버지도 아픈 사람이었다. 어미는 그걸 알기에 바라보기만 했을 뿐이었다. 이제 아버질 원망에서 놓아드려라."

　연극 대본을 읊조리듯 어머닌 가만가만 말하며 대나무로 만든 그리 크지 않는 고리짝을 선반에서 내려놓는다. 손 기름때가 묻어 반질거리는 그 상자는 연륜을 말하고 있었다. 어머니는 조심스럽게 상자를 열어 누렇게 퇴색된 노트 몇 권을 내 앞에 놓고 나가신다. 미묘한 냄새 속에서 아버지의 과거를 만나던 그 밤, 나는 이해와 화해의 방정식을 배웠다. 간간이 찢어지고 누런 때가 묻은 그 노트 속엔 만년필로 그려진 악보와 글이 아버지의 삶을 말하고 있었다. 전혀 난해하지 않았다. 아버지의 독백은 아름다운 시였고 한 편의 소설이었다. 아버지의 퉁소 소리였고 장구 소리였다. 나라를 잃었던 민초(民草)의 한과 시대를 잘못 타고난 남자의 절절한 독백이었다. 아버지이기 전에 꿈을 실현하지 못했던 풍운아의 절절한 언어를 해독하며 나는 온전한 용서를 배웠다. 저마다의 삶의 방식이 틀릴 뿐이라는 것과 저마다 가슴의 응어리를 풀어내는 방법이 다르다는 것을 인정하며 객관적으로 한 인생을 바라볼 수 있었다.

　'내가 날 망쳤네. 누구의 잘못도 아니었네. 그래서 지금 혼자네.'

　'먹어도 먹어도 드는 공복감과 언제나 죄인이라는 사슬로 숨이 막힌다.'

　아버지의 독백 속에서 난 아버지의 고뇌를 만났다. 아버지가 길을 떠나면 동네 아줌마들의 독립운동 간다는 놀림이 어쩌면 진실이 포함되어 있을지도 모른다는 생각이 들기도 하였다. 가끔 아버지의 노트에는 해방 전 시국에 대한 울분으로 가슴을 때리는 문장들이 많았기 때문이었다. 어릴 때부터 할아버지를 따라 만주 벌판을 헤매고 다녔던 이야기에 난 놀랐다. 36년이란 길고 긴 식민지 시대와 6.25 전쟁과 휴전을 치르면서 시대의 지성인이었던 아버지의 상처는 또 얼마나 컸을까? 해방 후 아버지가 추구했던 이념과 사상의 혼란까지도 아버지를 방랑자로 만드는 데 한몫했을 것이다.

언제나 혼자였음을 아파했고 방탕이라고 질시 받았던 여성 편력까지 가슴의 응어리를 풀기 위한 하나의 수단이었거니 가늠되었다. 아버지는 방종이 아닌 단절된 삶을 택했을 수도 있었겠다는 생각이 들었다. 아버진 가정이라는 울타리를 속박으로 여겼을 것 같기도 했다. 가을이 오면, 봄이 오면, 아버진 길을 떠나지 않고는 견디지 못하는 역마살을 앓았고 예인의 감성이 있기에 노래하고 휘적휘적 떠돌아다녀야 살아있음을 느낄 수 있었을 것이다.

아버지로 인해 비뚤어진 나의 사고 역시 내 가슴의 응어리를 풀기 위한 몸부림이지 않겠는가. 나보다 더 좋지 않은 환경 속에서도 지극히 정상적인 사고로 정상적인 삶을 살아가는 사람들이 많다는 걸 생각하는 밤이었다. 못나고 비뚤어진 나의 삶을 결손가정이라는 것으로 돌리며 합리화하고 있었던 것은 아닌지 다시 한번 나를 돌아보았다. 나 역시 모든 것이 나의 잘못임을 인정하게 되는 밤이었다. 이해가 먼저고 화해는 그다음이라는 방정식을 알았다. 이해라는 셈법이 어려워 얼마나 많은 시간을 허비했던가.

이처럼 반가운 죽음이 또 있을까? 우린 아버지 죽음을 반가워했던 아이러니를 전혀 미안해하지 않았다. 오히려 어머니와 동생도 한 시름 놓았다는 눈빛이었다. 나 역시 큰 한숨 한 번 쉬고 마당으로 내려섰다. 긴 서사의 막이 내리던 기와집엔 가을이 눈물을 뿌리고 있었고 또 한 계절이 떠나고 있었다.

'복 복 복'
어떻게 맞이한 죽음인데 어느새 지붕 위에선 망자의 혼을 부르고 있었다.
'가게 두세요. 혼을 부르지 마세요. 제발 떠나게 두세요. 편안히 가시게 그냥 두세요.'
차마 꺼내지 못하는 말을 입속에 두고 지붕만 쳐다보았다. 지붕 위엔 아버지의 옷이 깃발처럼 펄럭이고 영원한 자유를 갈망하던 한 영혼이 훠이훠이 날아가고 있었다.

2 이제 우리 그만 살까요

"떠나기 좋은 밤이잖소, 허허."
"그런가요?"
실없는 말은 아직도 남은 두려움 때문일까? 허허로운 그의 웃음과 떨리는 목소리가 무엇을 말하는지 나는 알고 있다. 나 역시 떨고 있는가? 우리와는 아무 상관없다는 듯 달빛이 유난히 맑다. 어젯밤처럼 그제 밤처럼 별이 한바탕 쏟아지고 있었다. 내일 밤에도 저렇게 별은 쏟아질 텐데, 우린 여기까지다.

"예뻐요."
언젠가 그가 소년처럼 다가와 처음으로 내게 하던 말이었다. 그날 그의 그러한 말이 없었다면 이 밤 이러한 상황이 있었을까? 어느새 내 영혼은 깊은 심연으로 빠져들어 가는지 스르르 잠이 온다. 그가 내 손을 꼭 쥐었다. 혼자가 아니어서 난 조금도 슬프지 않았다.

"같이 갈 수 있어서 고마워요. 잘 가요."
멀리서 그의 목소리가 희미하게 들렸다. 대답해야겠는데 말이 나오지 않았다. 내 삶의 무대에 암막 커튼이 내려지는 밤. 나는 이제 여든둘의 삶을 이별한다.
　우린 이제 저 별이 되려 한다는 부질없고 사치한 감성은 아니었다. 우리가 밤을 선택했던 건 찬연한 태양과 결이 고운 바람이 부는 낮엔 떠나기가 싫어질 것 같았기 때문이다. 어쩌면 밝은 햇살 아래서는 두려움이 증폭될 것 같은 예감이 있었을지도 모르겠다. 총총 별이 빛나는 밤에 잠자는 것처럼 그렇게 가고 싶었다면 그것도 조금은 사치였을까?

"예쁘십니다."
"네?"
"예쁘시다고요."
"?⋯⋯"
"고우시다구요."
"⋯⋯!"

　강남의 대학병원 신장내과 진료실 앞이었다. 담당의에게 직접 전송되는 혈압계에 측정을 마쳤다. 혈압은 오늘도 널을 뛰듯 올랐다. 빈혈을 느끼며 앉은 내게 그가 말을 건넨다
"고우시다고요."
　귀가 먹어 잘 못 듣는 줄 알았을까? 그는 한 옥타브를 높인다. 정말 잘못 들은 줄 알았다. 절대로 나에게 하는 말은 아니었을 것이었기에 무심히 옆을 바라보았다.
"여사님, 여사님께 드린 말이에요. 신장내과 진료받으시는 모습

가끔 뵈면서 참 곱다고 생각했어요. 아프신 분 같지도 않아서 부럽기도 했구요."

그는 내가 앉은 앞줄 의자에서 말없이 바라보는 내게 부끄러운 듯 고개를 숙인다.

"뜬금없이…… 죄송해요……"

낯설지 않은 할아버지였다.

'뭐지?'

대답 대신 독백을 삼켜버리며 정말 뜬금없다는 듯 그를 보았다. 들어서는 안 되는 금기어를 들은 것 같았다. 생소한 말이었다. 예쁘다. 곱다. 그런 말은 오래전 잊어버린 단어였다. 무언가를 들켜버린 사람처럼 진료실을 황급히 빠져나왔다. 내 진료시간은 아직도 한 시간이나 남았다는 핑계를 대며 그의 시야에서 벗어났다. 응급실 뒤편 작은 마당에는 꽃들이 한가득 피어있었다.

"정말 예쁜 것은 저런 것이지."

고물고물한 햇살을 만지며 그가 내게 던지던 말을 애써 지우고 있었다. 꿈에서도 돌아갈 수 없는, 정말 예뻤던 시절을 떠올리며 헛헛한 웃음을 지어본다. 그런데 마음은 봄날 아지랑이처럼 흔들리고 있었다. 뭘까 이 마음은.

"뜬금없기는, 채신머리없이."

병원 뒷마당에는 봄이 한창인데, 난 앞으로 얼마나 더 살 수 있을지도 모르는데. 그런 나를 상기하며 도리질을 한다. 사실 나는 그를 알고 있었다. 이름이나 어디에 사는지 누군지는 모른다. 그러나 언젠가부터 이곳에서 우린 때론 아는 사람처럼 가벼운 묵례를 하기도 했다. 혈액검사의 수치를 걱정하며 조금씩 절망이 깊은 날이면 모르는 사람처럼 외면하고 병원을 벗어나기도 하였다. 정확하게 말하면 우린 모르는 사람이었다. 동종의 병을 앓고 있다는 것과 병원을 오는 주기와 약국에서 받아가는 약봉지의 부피가 비슷하다는 점으로 곧 투석이 임박한 처지가 아닌가 미루어 짐작한 것이었다. 언젠가부터 약속이나 하고 온 것처럼 내가 내원(內院)하는 날이면 같은 시간에 앞뒤의 순서로 만나지기 시작했다. 그가 앞이거나 아님, 바로 내 뒤의 순번이거나. 그러면서 가벼운 묵례를 나누는 그런 정도의 아는 사이였다. 어느 날 갑자기 내게 말을 걸어온 건 처음이었다.

내 머리보다 더 하얀 은발이었고 불면 날아갈 것 같은 검불 같은 사람이었다. 도토리 키재기처럼 누가 얼마나 더 살지 전혀 예측할 수 없는 만성 신부전 말기 환자들이었다. 그리고 그와 난 허락된 삶을 거의 다 살아버린, 오늘 떠나도 아깝지 않을 칠십 팔십 대의 노인이었다.

"예쁘세요."

훅 들어온 그의 말 한마디에 붉어지는 귓불을 숨기던 그날 이후 우린 또 모르는 사람처럼 묵례마저 생략했다. 아무 대답도 없이 휑하니 나가버린 나의 냉정함에 아마 무색했었을 것이다. 가끔 눈길이 마주쳐도 죄라도 지은 사람처럼 나는 고개를 돌려버렸다. 그러나 한 달에 한 번씩 진료 오는 날이면 내 순번 앞이거나 바로 뒤거나 또 그렇게 만나게 되고 있었다.

내게 몇 번의 봄이 남았을까? 그렇게 아까운 봄을 또 보내고 여름을 맞았다. 칼륨을 제한해야 하는 식이요법 때문에 십 년이란 긴 세월 동안 푸른 채소를 거의 먹지 못한 나는 여름을 증오하며 살았다. 푸릇푸릇한 상추와 열무김치와 달콤한 과일들을 전혀 먹을 수 없는 이 여름은 그만 살고 싶은 충동이 더욱 큰 계절이었다. 사람들에게는 아무것도 아니라 하겠지만 그 아무것도 아닌 사소하고 평범한 것들을 포기하고 참으며 살아가야 한다는 게 이젠 지겨웠다. 그 사소하고 평범한 것들을 포기하지 말고 지겨운 내 삶을 포기하면 좋겠다는 생각을 하며 산다. 가장 좋아하는 참외 한 입마저 먹지 못하는 이 여름이 사계절 중에 가장 싫었다. 삼겹살에 상추쌈 입이 터지도록 한 입 먹어보는 게 나의 슬픈 버킷리스트가 되었다. 그 모든 것들이 삶을 건조하게 만들었고 삶이 귀찮아지기 시작했다. 식도락을 즐기며 살던 옛날은 이제 없어졌다. 철저하게 제한된 식단으로 살아온 시간이 십 년이 넘었다. 사소하지만 그 사소한 것들이 주는 행복이 간절했다. 어디 식단뿐이겠는가. 만성 신부전 환자들의 삶은 인간이 누릴 수 있는 것 중에 아마도 절반 이상은 포기하며 살아야 한다. 그렇게 살면서도 생존을 부여잡고 안간힘 쓰는 내가 싫을 때가 많았다. 지난달 콩팥 수치가 또 떨어졌다는 담당 교수의 걱정과 꾸중을 들었다.

"이런 식으로 관리가 안 되면 투석이 가까워요. 좀 더 조심하시고 수치를 올려 오세요."

AI 같은 담당 교수의 금속성 멘트를 들으면서 또 그만 살고 싶다는 생각을 한다. 내가 얼마나 노력하는지 내가 얼마나 많은 것을 인내하는지 아무것도 모르면서 저 교수는 꼭 같은 말을 하루에도 수없이 내뱉고 있겠지. 대답도 없이 싸늘한 표정으로 진료실을 나오는 내게 교수는 인사조차 하지 않는다. 최대한 절제하고 포기하고 사는데도 이러한 현상이 온다는 건 이제 나의 삶도 종점이 가까웠단 것이겠지. 그러면서도 나는 상추쌈 몇 입만 먹어보고 싶은 간절함으로 더 우울한 여름을 보내고 있었다. 그 여름의 중간쯤 어느 날이었다

"저기. 여사님."

혈액 검사실 앞이었다. 순번 번호표를 뽑아 들고 빈자리를 찾는 내 시선 속으로 그의 모습이 들어왔다. 지난 봄날, 미풍처럼 잠시 다녀갔던 마음의 균열을 떠올리며 그를 바라보았다. 어떤 행위도 부끄러울 것이 없는 내 늙음을 생각하며 많은 생각과 사념이 지나간 후였기에, 뜬금없다는 표정이 아닌 반가운 눈빛으로 그를 바라볼 수 있었다.

"아 네…… 안녕하셨어요? 좀 어떠세요?"

생각지도 못했는지 나의 밝은 대답과 표정에 잠시 그의 눈이 커진다. 숨 고르기처럼 잠시의 시간 후 그는 말을 건넨다.

"오늘 슈퍼 문이 뜬다네요. 몇십 년 만에 달이 가장 큰 날이라고, 오늘 못 보면 14년 후에나 뜬대요. 꼭 보시라고."

"아 네 그렇군요."

"저는 오늘 못 보면 영영 못 볼 테니 오늘 꼭 보려구요."

"네, 아…… 네 그렇구나. 그러네요."

"여사님도 꼭 보시라고."

버릇처럼 말끝을 흐리면서 그는 덜 핀 웃음을 웃고 있었다. 그 이야기를 내게 한다는 게 참 미안한 듯 뜻 모를 웃음을 남겨놓고 그는 채혈실을 나가고 있었다. 14년 후에나 다시 뜰 슈퍼 문을 우린 볼 수가 없다는 얘기를 하고 싶었던 걸까? 그러나 사실 나는 14년 후의 슈퍼 문에 관한 인지를 하지 못하고 있었다. 오늘 밤 슈퍼 문이 뜬다는 사실만 알고 있었을 뿐 내가 14년 후의 슈퍼 문을 볼 수 없다는 것까지는 생각이 미치지 않았다는 것이다. 갑자기 슬그머니 부아가 끓어 올랐다.

'그 마지막 슈퍼 문을 혼자서 보든지 말든지 하지, 오래 살지 못한다는 걸 저도 나도 알면서 이런 식으로 각인을 시켜야 하나?'

괜한 짜증을 부려보기도 했다. 그 날밤의 커다란 달은 처연하도록 아름다웠고 내가 보던 달 중에 가장 컸던 기억이다. 꼭 슈퍼 문을 보시라던 그를 잠시 떠올리며 미소를 지어본다. 나에게 슈퍼 문을 보라고 이야기해줄 사람이 누가 있겠는가. 마지막 볼 수 있는 큰 달이라고. 꼭 보라고 그렇게 간절히 말해줄 사람이 누가 있을까. 그가 아니었으면 다시는 볼 수 없을 이 커다란 달을 이렇게 애달피 바라볼 수 있었을까? 같은 병을 앓으며 같은 아픔을 겪으며 어쩌면 앞서거니 뒤서거니 하면서 세상을 이별할 사람이 아니던가. 다음 진료 때 그를 만나면 내가 먼저 인사를 해야지. 커다란 달이 앞 동의 아파트 꼭대기에 걸릴 때까지 나는 하염없이 축축한 여름밤에 젖고 있었다.

"커피 드셔도 되죠? 난 커피 한 잔 정도는 먹어도 된다던데."

슈퍼 문을 보던 다음 달 병원 셔틀버스에서 그를 만났다. 반가운 인사 대신 커피 한 잔 어떠냐는 내 질문에 그는 그늘을 걷어낸 웃음으로 답한다.

"네. 커피 한 잔 정도는 괜찮다고 그러네요. 제가 대접할게요."

"아뇨, 아뇨. 저번 슈퍼 문 꼭 보라고 하셔서서 고마워서요. 제가 살 거예요.

"아, 네. 그날 달 보셨구나."

전철역에서 십 분이면 병원까지 도착하는 셔틀버스 속에서 십 년 만에 처음으로 타인과의 진솔한 대화를 한 것 같았다.

처음 병원 검사받던 날, 만성 신부전 4기라는 병명을 듣는 순간 난 뭔가 수치심 같은 걸 느꼈던 것 같다. 뭔가 내가 잘못해서, 잘못 살아서 벌을 받는 거라는 생각이 들었다. 곧 투석할 수도 있다는 의사의 멘트를 들은 후, 긴 시간 동안 나를 꽁꽁 싸매고 가슴을 닫고 살았다. AI처럼 감정 배제된 멘트를 하는 의사 앞에서 어쩌면 저렇게 일말의 동정도 없이 얘기할 수 있는지 놀라웠다. 그런 의사 앞에서 불쌍한 사람처럼 이것저것 물어보는 것조차 구차했다. 그날부터 난 살아야 한다는 생각이 그리 간절하지 않았다. 그저 어떤 의무처럼 병원 길을 오갔던 것 같다. 칼륨의 수치가 올라가면 주치의의 힐난이 귀찮아서 식이요법을 했다. 삶에 대한 갈망이 절대 간절하지 않았던 것 같았다. 난 이 세상으로 잘못 배달온 택배 같다는 생각을 하고 살았다. 반송할 주소를 몰라 되돌아가지도 못하는, 개념 없이 던져진 불필요한 사람이었다고 생각했다. 삶 전체를 다 돌아보아도 진정으로 내가 원했던 삶은 없었기에, 이 세상으로 던져졌으니 의무처럼 살았던 것이었다. 이만 돌아가도 무방하다고 생각했기에 삶에 대한 집착이 강하지 않았던 것이리라. 내게 삶이란, 그저 주어진 생명이라서 견디고 있는 것일 뿐이었다.

코로나로 인해서 갑자기 떨어진 수치 때문에 투석을 해야 할지도 모른다는 의사의 말을 듣는 순간 투석실까지는 가지 말아야 한다고 생각을 했다. 이틀에 한 번씩 투석용 침대에 누워 4시간씩 전신의 피를 걸러내야 생존할 수 있다면 절대 투석만은 피해야 한다고 생각했다. 주렁주렁 호스를 달고 살아 보겠다고 할 만큼 내 인생이 그리 행복하다거나 아깝지 않았다. 그만 살아도 괜찮을 것 같았다. 그렇다고 아이들 가슴에 상처를 주면서까지 이쯤에서 삶을 스스로 놓아버릴 수 있는 용기는 없었다. 그러므로 허락된 시간이 다 하는 날까지 투석을 받지 않고 이 정도의 콩팥 수치를 유지하는 길은 노력밖에 없다고 결론을 내렸다. 많은 것을 포기하고 많은 것을 참아내야 했다. 많은 제약이 따르는 만성 신부전 환자였기에 내 바운다리에 견고한 펜스를 치고 스스로 마음을 가두어 버렸다. 스스로 생각해도 나는 내가 가여웠다. 친구와 식사 자리마저 피하고 인간관계마저 손사래를 칠 수밖에 없다 보니 어느새 난 외로운 섬이 되어 있었다.

"얘 까탈스럽기는 너랑 밥 먹으면 나까지 편식하게 되네 아무거나 좀 먹지 그게 뭐니."

"그렇게 식사습관이 까다로우면 어디 너랑 만나겠니?"

아프다는 건 부끄러운 일이 아닌 게 아니었다. 수치스러웠고 불편스러웠다. 나만 불편하면 되지 왜 다른 사람마저 불편해야 하는가. 나를 만나는 사람에게 불편한 내가 되기 싫어서 만남을 거부했다. 과일 한 쪽도 먹지 않는 친구. 푸른 채소를 극구 사양하는 친구. 고기를 새 모이만큼 먹는 사람, 탄산음료 한잔 시원하게 마시지 못하는 불편한 사람을 사람들은 만나고 싶을까? 아프다고. 아파서 그러는 거라고 얘기하면 이 상황들을 이해할까? 그 모든 상황을 설명하고 또 설명하기엔 내가 너무 구차했다. 어차피 내 곁에서 떠나는 사람들이기에 난 가슴을 닫아버리고 그만 혼자가 되기로 했다. 그렇게 병원과 집이 나의 전부로 알고 살아온 지 십 년이 가까워지고 있었다.

참으로 오랜만이었다. 누구와 이렇게 커피를 마시자고 손을 내밀어 본 지가 얼마 만이었을까? 뭔가 달짝지근한 감정이었다. 병원 마당엔 미리 달려온 갈바람이 서성이며 한 계절과 한 계절이 교차하고 있었다.

"아무래도 투석실로 가야 하나 봐요. 더는 견뎌주지 못하는지, 담당 선생님이 투석준비를 해야 한다고 하시네요."

그는 가을 하늘 끝에 시선을 매달아 둔 채 무심한 듯 말을 던진다.

"……"

"그만하면 내 콩팥도 많이 견뎠다고 생각을 해요. 투병 한지가 벌써 십 년이 넘었으니 감사할 일이죠."
"네…… 수치가 회복이 안 되나 봐요."
"네 투석실 안 가고 떠났으면 좋으련만."
"어차피 각오한 일 아닐까요? 받아들이는 수밖에."
그저 일상적인 말밖에 할 수가 없었다. 누가 누구를 위로하는 건지. 아마도 나는 나를 위로하고 있었던 건 아니었을까? 병원 건너편 아파트 사이로 노을이 번질 때까지 다 식은 커피를 홀짝거리며 그와 난 오랜 친구처럼 서로를 그렇게나마 위로하며 앉아 있었다. 커피처럼 식어가는 우리의 남은 생을 돌아보면서.

우리의 아픔이 얼마나 고통스러운 것인지 우리가 겪어야 할 인간 존엄의 상실이 얼마나 큰지, 가끔 얼마나 무서운지 얼마나 쓸쓸한지 하루하루 죽음을 향해 걸어가는 이 걸음의 무게가 얼마나 버거운지, 겪어보지 않은 사람은 모를 것이다. 아침에 일어나면 한 움큼의 약을 털어 넣어야 하루를 시작할 수 있다. 횡단보도를 건널 때 예고도 없이 빈혈이 시작되면 파란불이 깜박거려도 주저앉아 있어야 하는 상황이다. 빵빵 경적을 울리는 차들과 짜증 섞인 운전자들의 욕지거리는 이제 면역이 생겨서 견딜 수 있다. 염분을 최대한 줄여야 하는 만성 신부전 환자의 식단은 늘 구역질이 나지만, 그것도 이젠 참을 만하다. 콩팥 수치가 올라갈까 봐 독감을 앓으면서도 항생제와 진통제 복용을 하지 못하는 것도 독기로 견딘다. 그러나 그 모든 걸 혼자서 감당해야 하는 긴 세월이 너무 고통스러웠다.

"괜찮으세요?"
퇴근한 아들은 내 방에 들어서지도 않고 던지는 한마디였다.
'너라면 괜찮겠니?'
나는 입 밖으로 내지도 못하고 가슴에다 넣어버린다.
"어머니 저녁 드셨어요?"
'밥도 안 해놓고 출근해 놓고 뭘 물어?'
이게 현재를 살아가는 노인들의 현주소가 아니겠는가? 젊은 사람들과 사고(思考)의 간 극이 너무 심한 현실에선 그저 묵묵하게 인내하는 게 우리들의 몫이라 생각할 뿐이다. 그게 마찰을 줄이는 방법임을 오래 산 우리는 안다.

너무 외로웠다. 밤새 열이 펄펄 끓어도 찬 물수건 한 장 이마에 올려주는 사람이 없었다. 한기가 들어 따뜻한 물 한 모금이 필요한 밤에도 혼자였고 전철 타고 버스 타고 몇 번씩 환승하며 병원 가는 길도 혼자였다. 그만 살고 싶을 만큼 쓸쓸하고 쓸쓸하던 날에도 난 언제나 혼자였다. 누군가 곁에 있어 줄 사람을 그리워하면서도 사람을 곁에 두지 못했던 나였다. 그건 내 사고(思考)의 결핍이었고 정신적인 인격 장애였다. 그 모든 걸 유년의 결손가정의 트라우마와 젊은 날 원만하지 못했던 결혼으로 인한 상처 때문이라고 합리화했던 내 모자람의 결과였다. 쓸쓸함과 외로움은 한해 한해 나이테의 넓이와 같아지지만, 성격을 고쳐 맬 수는 없어서 나는 늘 아플 만큼 외로웠다.

　이젠 육체마저 병들고 떠나야 하는 날을 헤아리는 이 시점에서 난 어쩌자고 그에게 낯선 감정을 느끼는가. 앞서거니 뒤서거니 하면서 투석실을 가야 하는 아픔에 대한 연민일 수도 있겠다. 말을 하지 않아도 직면한 상황들을 완전하게 이해할 수 있는 동질감 때문일 수도 있겠다. 그 모든 통증을 공유하는 친구가 생겼다는 게 연애라도 하는 것처럼 가슴이 떨려왔다. 뭘까? 아무리 자문을 해봐도 답은 명료하지 못했다. 그러나 난 그의 근황이 궁금하기 시작했고 아침에 눈을 뜨면 제일 먼저 그가 생각났다. 내게 허락된 시간을 다 살아버린 이 늙음 앞에서 어쩌자는 건지 당혹스러웠다.

　'죽었을까?'
　'투석을 받고 있으려나.'
　'전화번호를 주고 올걸.'
　연민의 감정으로 가을을 보내고 크리스마스를 보냈고 또 봄을 보내고 겨울이 올 때까지 그는 소식이 묘연했다. 잠시 잠깐 만난 사람에게 왜 이리 마음이 쓰이는지 당황스럽기도 했다. 그러나 전화번호라도 물어보지 못한 바보스러움을 원망하며 나는 그의 근황을 걱정하고 있었다. 그의 소식이 끊어진 후 두 번째 크리스마스 즈음이었다. 혹시 이번엔 그를 볼 수 있을까? 막연한 기대지만 그를 꼭 만나야 할 것 같은 마음이었다. 그저께 큰맘 먹고 산 진달래색 립스틱도 살짝 발랐다. 행여 그의 출현에 창백한 얼굴이긴 싫었다. 누구를 이렇게 기다려 본 기억이 있었던가? 병원 가는 날이 기다려지는 이 달 큰한 감정이 즐거웠다. 오늘은 그의 근황을 확실하게 알아보리라. 그가 아직은 죽지 않고 살아있기를 빌고 또 빌었다.

역시 신장내과 앞 대기실에도 역시 그는 없었다. 정기검진일이 거의 같은 날이 많았기에 우린 앞서거니 뒤서거니 하며 자주 만나지는 그런 환우였다. 서로가 모르는 척했어도 언젠가부터 난 그를 찾고 있었다는 걸 부인할 수 없었다. 그의 가벼운 묵례마저 외면하긴 했지만 나를 보는 그의 시선을 감지하고 있었고 뭔가 모를 낯선 감정이 잔잔한 파문처럼 일고 있었는데, 그런데 이제 그가 보이지 않는다. 언제나 혈압측정기 옆 소파에 앉아 있었다. 투석실로 갔을 것이라는 생각을 하면서도 그의 투석실행을 난 자꾸만 밀어내고 있었다. 어쩌면 그건 나의 투석실행이 가까워지고 있다는 걸 용인할 수 없는 이기(利己)였으리라. 우리에게 남은 한가지 희망은 투석을 받지 않고 살다 가는 것이었다. 피할 수 없다면 최대한 늦추는 것이었다.

"최대한 노력해서 수치를 올려 볼 거예요. 내년까지라도 일상을 유지했으면 좋으련만."

혼잣말처럼 말끝을 흐리던 그의 눈에 간절함이 매달려 있었던 기억이다. 진료를 마친 후 혹시 지금쯤 투석실에 있으려나. 아무것도 생각나지 않았다. 그냥 나는 그를 봐야겠다는 생각뿐이었다. 지금 보지 않으면 다시는 그를 만나지 못할 것 같았다. 몽유병 환자처럼 엘리베이터를 탔다. 그를 만나서 무엇을 어떻게 해야 하는지 생각도 없이 내 발보다 마음이 먼저 달려간다. 어쩌면 나는 그를 나와 동일

시했을 수도 있었겠다는 생각이 들었다.

"코드블루 코드블루~~"
 엘리베이터 스피커 속에서 다급한 멘트가 울린다. 대학병원 하늘엔 또 별 하나가 지려나. 다리에 힘이 풀려 지탱이 어려웠다. 죽음의 부호 같은 스피커의 멘트는 곧 다가올 그와 나의 죽음에 대한 예견 같았다. 병원에서는 가끔 듣는 다급한 저 멘트가 그 날따라 왜 그리 절박하게 들렸던지. 8층 투석실까지 가는 동안 엘리베이터 벽에 의지해야 했다. 신장내과 간호사가 호명하던 그 이름 김성진이 기억났다. 우린 서로의 이름마저 모르고 있었다는 걸 생각하며 이곳까지 온 내가 조금 한심스럽기도 했다.
 "환자의 개별 신상 문제는 알려드릴 수 없네요."
 가족도 아닌 사람에게 그의 현재 투석상황을 알려줄 수 없다는 투석실 간호사의 매정한 말을 뒤로하고 돌아서는데 그와 나의 인연은 여기까지라고 생각했다. 그럼 그렇지 주제 파악을 하고 살자고 나를 나무라고 또 나무라며 병원문을 나섰다. 어쩌면 죽었을지도 모른다는 생각을 자꾸만 부정하며.

 하루가 너무 길었다. 딱히 해야 할 일도 없었다. 자꾸만 깊어가는 병증 말고는 아무런 변화가 없었다. 다리의 부종이 너무 심해서 가까운 곳의 산책마저도 체념하고 아무도 올 사람이 없는데 무엇을 기다리는 사람처럼 나는 멍하니 하루를 보낸다. 고장도 안 난 핸드폰을 만지작거리며 귀에 대보기도 하고 아침에 약을 먹고도 깜박 잊고 안 먹은 것처럼 12시쯤 또 약을 먹는다. 어느 날 070으로 시작하는 번호의 전화를 받던 날. 나는 죽지도 살지도 못하는 지금이 너무 싫었다.

"여보세요."

"안녕하세요 여론조사입니다. 사 십 대는 4번 오 십 대는 5번 육십 대는 6번을 누르세요.

나는 서슴없이 7번을 눌렀다.

"귀하는 해당이 되지 않습니다."

야멸차게 뚝 끊어버리는 전화기 너머 뚜뚜 신호음만 처량했다. 70대는 여론조사에서도 밀려나는 건지 씁쓸함만 가득한 하루였다. 나는 이제 완전히 사회에서도 배제된 노인이었다. 그리고 곧 숨을 놓을지도 모르는 환자였다. 고독은 차라리 사치였다. 나는 우울의 늪에 깊이 빠져버렸다. 상실은 더 큰 상실을 낳고 무력한 나의 하루가 간신히 간신히 이어가고 있었다. 지난번 검진 때 투석준비를 해야 한다고 했다. 아마도 이제 나는 곧 요양 병원으로 가야 할 것이다. 이제 나의 기도는 오직 하나다.

'이 밤 잠든 그대로 가게 하십시오. 오래전 생명 포기각서도 작성하였고 행여 내 몸 어느 한 부분이라도 가능하다면 연구자료로 써도 좋다는 각서도 마친 상태이니 어여삐 여기시고. 오늘 밤 잠든 그대로 거두어 주소서.'

하나님이든 누구든 능력자시면 기도를 들어달라고 밤마다 빌고 또 빌고 있었다. 이만큼 산 것도 감사하다고 고맙다고 지극히 겸허

하게 매일 밤을 이승과 작별하는 연습을 하고 있었다. 한가지 두 가지 서랍 속의 옷을 수거함에다 내다 버리면서 나는 나를 지우기를 하고 있었다.

 겨울이 떠날 무렵이었다. 며칠 전 갑자기 콩팥의 염증으로 병원을 입원했다가 퇴원하는 날이었다. 그날 역시 나는 혼자서 퇴원하고 있었다. 곧 쓰러질 것 같은 몰골로 택시를 타기 위해 병원 앞에 서 있는데 그가 불현듯 내 앞으로 걸어왔다. 눈은 십 리도 더 들어가고 바람 불면 날아갈 것 같은 사람이 느닷없이 내 앞에 나타난 것이다. 나보다 더 수척해진 사람이 인사도 못 하고 바라보고만 서 있는 내 손을 잡아끌더니 병원 옆 라면집으로 들어간다. 날씨가 워낙 춥기도 하고 갑자기 손목이 잡혀 따라 들어온 곳이라 아무 말도 못 하고 김이 펄펄 나는 난로 옆에 앉았다. 그와 난 딱히 할 말도 없었다. 우리가 친한 친구도 아니었고 두세 번 잠깐 스치듯 만난 사이였는데 나는 왜 이 사람에게 무한한 이야기를 해야 할 것 같은지. 그도 나도 약속한 것처럼 애잔하게 바라보고 있었다. 한참을 보리차만 후후 불던 그가 무겁게 입을 열었다.
 "지금은 사정이 있어서 잠깐 뵙고 가야 합니다. 혹시 저를 걱정하셨을까요? 연락할 방법이 없었어요. 아 참 어떠세요? 많이 아프세요?"
 "바쁘시다면서요."
 "네 지금은 아이들이 기다리고 있어서…… 이거 제 명함입니다. 여사님 전화번호를 보내주시면 이따 전화 드릴게요. 뜨거운 국물이라도 좀 드시면 덜 추우실 겁니다. 혼자 드시게 해서 미안합니다."

만둣국 한 그릇이 내 앞에 놓이고 그는 자꾸 뒤돌아보며 병원 쪽으로 가버렸다. 잠시 꿈을 꾼 것 같았다. 지나가는 바람처럼 짧은 시간에 다녀간 그 사람 때문에 뭔가가 또 내 가슴에 또 균열을 일으키고 있었다. 그가 아직 살아있다는 것이 감사했고 아직 쓰러지지 않았다는 것이 고마웠다. 그의 건재함은 곧 내 미래의 건재함이라고 생각했을까? 조금만 더 살아도 좋겠다는 간사한 내 마음이 밉지 않았다. 그가 사주고 간 따뜻한 만둣국을 먹으면서 오랜만에 미소도 지어보았다.

"행여 누워 계시는지? 나오실 수 있으시면 택시로 오세요. 기다리고 있겠습니다. 따습게 입고 나오세요."

철 늦은 눈이 사분사분 내리고 있는 날 그의 문자를 받았다. 일초도 망설임 없이 난 그를 만나러 나가고 있었다. 외출도 조심스러울 정도로 좋지 않은 몸이었지만 용수철처럼 일어선 내 마음을 말릴 수가 없었다. 그의 문자는 내게 일말의 희망이었다. 차창 밖으로 내리는 눈을 보며 그를 만나러 가는 날, 나는 먼 옛날 어디쯤 서 있는 기분이었다. 백화점 커피숍에서 만난 그는 생각했던 것보단 훨씬 혈색이 좋아 보였다. 뭔가 좋은 일이 있는지 약간 상기된 모습이기도 했다. 평소의 그가 아닌 것처럼 말수도 많았고 아픈 사람 같지 않았다. 그간의 근황 따윈 서로 묻지 않았다. 잔잔한 클래식 선율에 마음을 맡기고 그가 아직 건재한 것만으로 고마웠다. 커피가 식어갈 때쯤 그가 물었다. 그는 원래 용기가 있었던가? 오래 사귄 벗에게 건네는 일상적인 말투였다.

"여행 어때요? 눈도 오는데……"

난 일 초도 쉬지 않고 기다렸다는 듯 답했다.

"그래요. 눈도 오는데."

"어디로?"

"따뜻한 온천이 좋을 것 같아요."

지금의 우리 앞에 무엇이 걸림돌이 될까. 모든 절차 따위는 생략해도 무방하다고 생각했다. 칠십 후반의 할머니였다. 팔순을 넘은 할아버지였다. 곧 죽을지도 모르는 질환을 앓으며 오늘 내일을 힘겹게 버티는 사람들이었다. 무엇을, 어떤 것을 두려워하고 수치를 느껴야 하나? 얼마나 남았을지 모르지만 나는 그 시간을 마음 가는 대로 쓸 것이라 다짐했다. 우린 같은 생각을 했던 것 같았다. 오랜 세월을 함께 한 사람처럼 주저 없이 손을 내밀었고 서슴없이 그 손을 덥석 잡을 수 있었던 건 쥐꼬리만큼 남은 생에 대한 애착과 쓸쓸함 때문이었을 것이다. 내가 허락할 줄 알았던지 모든 준비가 되어 있었다. 난 아무것도 궁금하지 않았다. 모든 건 그의 뜻대로 따를 뿐이었다. 꽤 깨끗한 용모를 가진 중년의 남자가 운전을 해주는 안락한 차 속에서, 오래 같이 산 노부부처럼 저물녘 풍광을 즐기고 있었다. 꿈이어도 괜찮지만 꿈이 아니길 소망하며 이제 곧 넘어갈 일몰 같은 우리의 시간을 간절히 붙들고 있었다. 경기도와 충청도의 경계지점에 있는 한적하고 아담한 도시의 온천 앞에 우린 내렸다. 작은 도시 위로 어느새 어둠이 깔리고 있었지만 난 불안하다거나 초조한 마음은 전혀 들지 않았다. 생소한 경험이었다. 남의 남자와 이런 곳에 이런 모습으로 서 있다는 게 처음이었지만 조금도 죄의식을 느끼거나 부끄럽지 않았다. 조금의 설렘과 어쩌면 안도감이라 표현하고 싶은 그러한 감정이 교차하고 있었던 것 같았다.

"아픈 건 좀 어때요?"

그가 물었다.

"아직은 견딜 만해요."

간략한 내 대답에 그러면 되었다는 듯 긴 숨을 쉰다.

운전기사를 보내고 정갈한 한식집에 마주 앉았다. 꽤 진수성찬인 저녁밥을 우린 천천히 먹었다. 약속이나 한 듯 먹지 말아야 할 음식마저도 우린 맛나게 먹으며 웃었다. 행복하다는 느낌이 내 긴 삶 속에 몇 번이나 있었을까? 전혀 아프지 않은 사람처럼 민속주를 몇 잔 마시기도 하면서 제법 많이 웃었다. 가끔 그의 눈 속에 습기가 고인 걸 보기도 했지만 난 그가 어쩜 모든 걸 내려놓은 사람이라는 생각을 했다. 그가 감추고 있는 깊은 비애를 난 느끼고 있었다. 투석에 대한 것도 콩팥 수치도 그 아무것도 물어볼 수 없었다. 그는 지금 삶을 포기하는 과정이리라. 오늘의 이 여행도 결연한 그의 생각을 읽을 수 있었기에 아무것도 묻지 않고 나설 수가 있었다. 어쩌면 항상 내가 생각하는 나의 마지막도 그러한 수순이었기에 그의 마음을 단번에 알아차릴 수 있었던 것 같다.

"늘 혼자였던 당신이 애처로웠소. 몇 년을 지켜보며, 내가 아프지 않았다면 당신을 지켜주고 싶었소."
 몇 잔의 술이 그를 부채질했는지 속을 털어내었다.
 "아내는 일찍 갔지만 내게도 자식들이 있는데 언제부턴가 나도 혼자가 됩디다. 우두커니 채혈실 의자에 혼자 있는 당신을 지켜보며 나를 보는 것 같았어요."
 숨이 차는지 식어버린 물 한 모금을 마시며 그는 나를 건너다보았다. 뼈와 거죽 사이에 살이라고는 조금도 없는 것 같은 그의 마른 얼굴에 식은땀이 맺혀있었다.
 "괜찮으세요? 힘드시면 숙소로 가십시다."
 "아뇨. 아직은 괜찮아요. 생각하시는 만큼 오늘내일 떠날 정도로 나쁘지는 않아요. 걱정하지 마세요."
 나는 그 식당에서 금지된 푸른 채소와 과일을 먹으며 자유를 느꼈다.
 '그래 사는 건 이런 거야. 이제, 그만 살아도 괜찮아.'
 나의 혼잣말은 나의 결심이었다

 싱글 침대가 두 개가 얌전하게 놓여 있고 그리 크지는 않지만 협소하지 않은 호텔이었다. 어둠이 융단처럼 창밖에 깔려있고 별 하나 보이지 않는 하늘엔 어느새 눈이 그치고 있었다. 잠시 어색했다. 난 아직 마음이 여자인 건지. 그도 그랬을까? 계면쩍은 웃음을 농담으로 지웠다.
 "여인이랑 호텔에 오니까 가슴이 두근거리는데요."
 "그러세요? 후훗 우리가 지금 남자와 여자일까요?"

"아닌가?"

"로망일 뿐이죠."

그랬다. 로망이었다. 어깨를 내어줄 사람이 필요했지만 언제나 마음 닫고 살았다. 어미로만 살았던 터널 같은 시간은 추웠고 쓸쓸했다. 이번 생에서는 허락되지 않는 특권 같은 것이라 치부하며 살았다. 젊은 여인의 홀로서기는 세상의 무게가 가볍지 않았다. 그 긴 시간, 여자이기를 포기했던 젊은 날이었는데 지금 내가 여자를 꿈꾼다는 건 미친 짓이지만 그도 나도 아직 가슴은 식지 않았으리라.

삽입되어있던 정맥 주사기를 빼 버렸는지 팔에는 울퉁불퉁한 상처가 남아 있었다. 고구마 줄기 같은 혈관이 울퉁불퉁 튀어나온 그의 팔은 생존의 투쟁이 역력했다. 이틀에 한 번씩 온몸의 피를 여과시켜야 하는 작업은 고통이며 수치이기도 하다. 만성 신부전 환자의 존엄은 투석전과 투석 후로 나뉘는 것 같았다. 이게 우리의 현실이었다. 내일의 안녕마저 확신할 수 없는 불안한 목숨 앞에 잠시 로맨틱에 젖었던 순간이 애달팠다. 밤은 우리의 아픔과는 아무 상관없다는 듯 조용히 흘러가는데 뭔가를 확인하듯 가만히 그의 손을 잡았다. 작은 테이블을 마주하고 앉아 그의 눈을 바라보았다. 눈동자를 붙잡으려면 달려가야 할 정도로 눈이 깊었다. 처음으로 찬찬히 그의 얼굴을 마음에 새겨본다. 어쩌면 다시 못 볼 수도 있을 그의 손을 잡고 나직이 이야기를 시작했다.

"투석 바늘을 왜 뺐어요? 투석 포기하시게요?"

"······."

"투석 안 받으시면 안 되는 거 아시죠?"

"……"

"그래도 조금 더 사시려면."

아무런 대답 없이 그저 웃는다. 한참을 아무 말 없이 앉아 있던 그가 일어서서 창문을 조금 열었다. 와락 늦겨울 바람이 달려들었다. 답답한 건지 길게 들숨을 쉬더니 그가 입을 열었다.

"난 견딜 수가 없어요. 지금의 이 상황이. 곧 투석실이 있는 요양병원으로 입원하면 그곳이 내 마지막 세상이 되겠지요. 남의 손을 빌려 소 대변 처리해야 하는 상황이 올 것이고 어쩌면 콧줄로 끼니를 대신해야 할 것이고, 합병증의 통증은 또 어떻게 견뎌야 할까요. 그 모든 것들을 왜 견뎌야만 하는지…… 휴, 난 이제, 그만 살고 싶어요. 아니 그만 살래요."

그는 숨이 막히는지 몇 번 가슴을 두드리며 가쁜 호흡을 밭아낸다.

"좀 누우세요. 진정하시고."

"여사님은 어떠세요? 그런 상황이 와도 견딜 수 있으실까요?"

"……"

"자식들은 아비 때문에 저들끼리 싸우겠지요. 이번 주엔 네가 가라. 다음 주엔 내가 갈게. 그러다가 바쁘다는 핑계로 한 보름쯤 후에나 얼굴 들이밀겠지요. 병원도 혼자 다니고 아파도 혼자 아프고 밥도 혼자 먹습니다. 체면 때문에 가끔 들여다보는 자식들인데 지금보다 더 아프면 누가 날 보살펴 줄까요? 내 손으로 갈 수 있을 때 그만 가렵니다. 자식들 걱정으로 재혼도 안 하고 내 손으로 다 키워낸 새끼들인데, 자식이 상전인 줄 몰랐습니다."

"다 그렇게 삽니다."

"살아야 할 이유가 한 가지도 없습디다. 투석실에 누워 조금만 더 살아 보자는 생각을 하고 또 해봐도 살아야 할 이유가 하나도 없던걸요. 내 손으로 내 삶을 정리할 수 있을 때 가는 게 현명하다는 결론입니다. 병이 짙어지면 나의 사고마저 상실되고 걷고 먹고 싸는 기본적인 것까지 할 수 없다면 얼마나 불행한 삶이겠어요. 그건 사는 게 아니고 견디는 거지요."

독백하듯 풀어내는 그의 말에 명치가 저며왔다. 그는 내가 해야 할 말을 대신하는 것 같았다.

"얼마나 남았는지는 모르겠으나 투석도 안 할 겁니다. 먹고 싶은 것 먹고 어디 조용한 곳에서 담대하게 마지막을 기다릴 겁니다."

그는 그 무서운 이야기를 나직하게 소곤대듯 그렇게 말하고 있었다.

명치가 부서지는 것 같았다. 가늠하고 있었던 상황이었지만 견딜 수 없을 만큼 통증이 몰려왔다. 나는 가만히 그의 등을 쓸어주며 울컥울컥 올라오는 뜨거운 회한을 삼키고 있었다. 무슨 말이 필요할까. 우리들의 아픔 따윈 아무 필요 없다는 듯 고즈넉한 겨울밤은 깊어가고, 나는 내 삶의 처음으로 외간 남자의 살 냄새를 맡았다.

"선생님, 우리 같이 살래요?"

그 말은 같이 살자는 게 아니었다. 같이 가자는 말이었다. 그도 내 말뜻을 알았던 것 같았다.

"그럽시다."

정해진 수순처럼 그와 나의 동행이 묵언 속에 이루어졌다. 나는 그의 마지막 길에 편승하리라. 내가 실행하지 못하는 그 마지막을 그의 용기에 묻어가리라 이제 나도 더 살아야 할 이유가 한 개도 없지 않은가? 온천 대중탕으로 내려가 뜨거운 물에 피곤을 씻어낸 후 호텔의 조식을 먹었다. 꽤 여유롭고 평화롭게 노년의 삶을 즐기는 부부처럼 난 그의 팔짱을 꼈다. 모닝커피 한 잔과 커튼을 비집고 들어오는 한 줌의 햇살과 조용히 들려오는 음악으로 우린 극단적이었던 어제의 불행을 까먹고 있었다. 아직은 이 정도의 안락을 즐겨보고 싶은 욕심이 고개를 들었다. 그건 추잡한 노욕이 아니었다. 손톱만큼 남아 있는 우리들의 시간이 너무 소중해서, 그리고 희미해져 가는 우리들의 촛불이 느닷없이 꺼질까 봐, 손을 꼭 붙잡고 같이 살자는 내 질문이었다.

그 역시 조금의 당황도 없었다. 그 시간이 아주 짧다 하더라 후회하지 않으리라는 생각은 벌써 우리를 멍정하게 지배하고 있었다. 무모하다거나 경솔하다거나 그런 생각은 우리에겐 합당하지 않다는 생각이었다. 따뜻하고 세심한 배려를 받으며 조금만 행복해져도 무방할 것 같은 이 욕심을 누구에게 이해를 부탁하지도 않을 것이다. 내 버킷리스트가 너무 늦게 도착했을 뿐이라고 나를 위로할 뿐. 그와의 동거를 타진할 때 난 이미 그와 마지막을 같이 할 것이라는 생각을 했다. 확실한 건 아니지만 나 역시 내게 닥친 고통을 인내하고 살 필요는 없다는 걸 항상 인지하고 있었던 상황이었다. 어떤 결론까지는 결심하지 못했지만, 알몸으로 선 것 같은 자존 앞에서 호흡만 유지하는 삶이 무슨 소용일까를 고민하던 나의 내면이었다.

여자라는, 남자라는, 문을 닫은 지 오래된 늙은이들은 그저 바라만 보고 있어도 힘이 되었다. 서로의 체온을 느끼면서 잠들 수만 있어도 좋았다. 사랑이란 언어는 우리에게 너무 가벼운 단어였다. 마지막을 함께 할 수 있는 사이라면 어떤 단어가 어울릴지 가늠이 되지 않는다. 어쨌든 우린 그렇게 동거인이 되기로 한 날 조금 더 살아 보자고 과욕을 부리기도 했다. 동질의 통증이었기에 더욱 애잔한 마음이었다.

겨울이 또 가고 봄이 농익을 무렵에 우리의 동거는 시작되었다. 그는 모든 것을 정리했다고 했다. 우린, 안된다고 펄펄 뛰는 자식들과의 감정도 끊어냈다. 모자라지 않을 만큼의 경제적인 것들과 햇볕이 종일 놀다가는 산 밑 조그마한 집에 우린 똬리를 틀었다. 투석은 아예 끊었다. 요독 증상이나 합병증을 대비해서 멀지 않은 곳에 병원이 있는 곳으로 자리를 잡았다. 언젠가부터 서서히 내려가던 수치에 나의 투석도 임박하고 있었고 빈혈 주사는 며칠에 한 번씩 맞아야 할 만큼 시급하게 건강이 하락하고 있었다. 밤이면 식은땀으로 온몸이 젖었고 매스꺼움도 심해졌다. 아픔도 어느새 그와 간 극이 없어진 것 같았다. 조금만 더 살고 싶은 열망으로 우린 투석 이외에 열심히 약도 먹고 산길을 걸으며 기도하며 살았다.

서산에 걸린 노을처럼 시간은 천천히 흘러 주었다. 마지막 뜨거움이었기에 일몰은 붉게 타는 것처럼 잠시 그의 건강도 통증을 유보하고 있었고 산 공기와 그의 배려 덕분인지 나 역시 반짝 생기가 돌았다.

"기다리지 마시오. 장에 갔다가 이쁜 색싯집에서 놀다 올 테니.
"그러시던지."
"샘도 안 나오?"
"피, 그깟 일로 샘은 무슨."

오일장 날 대문을 나서며 그는 옛날 내 아버지처럼 농담을 던지고 나는 내 어머니의 말투로 말을 받는다. 아프지 않은 사람처럼 신접살림 차린 신혼부부처럼 우린 온갖 놀이를 섭렵하며 아까운 시간을 소중히 쓰고 있었다. 내가 가장 받아보고 싶었던 남자의 정을 그는 한없이 주었고 그 역시 지금 이 순간이 가장 행복하다고 말했다.

접시꽃이 지고 달맞이꽃이 피는 밤도 지나고 방 두 칸 작은 집에 사계가 두 번이나 지나가도록 우린 소꿉놀이 같은 이 놀음에 취해 웬만한 통증은 잊고 살았다. 자식들의 성화 따윈 걸림돌이 아니었다. 가끔 이해 못 할 늙은이들의 행보가 가소롭기까지 한지 부끄러움은 자기들 몫인 것처럼 힐난까지 하지만, 목숨을 담보한 이 행보에 무슨 제약이 있을까. 꿈같은 시간이었다. 그와 보낸 이 년여의 세월이 내가 살아온 팔십 년이라는 세월보다 달았다. 그를 가여워하였고 그를 향한 연민은 곧 사랑이었다. 내가 만났던 세상 중에 가장 아름다웠던 세상이었다.

신은 그만큼만 허락했다. 밤중에 119차에 실려 가는 상황이 발생하고 병원에 붙들려 나오지 못하는 현상들이 일어나기를 거듭했다.

호흡곤란이 잦고 폐색증도 일어나고 요독의 합병증은 그의 죽음을 재촉하고 있었다. 나 역시 투석을 받지 않은 관계로 콩팥의 수치는 최저점에 도달했고 부종과 빈혈과 메스꺼움으로 일어나지 못하는 상황까지 온 것이다. 우린 이제 결단해야 한다는 것을 알고 있으면서도 하루만 더 하루만 더 시간을 힘겹게 붙들고 있었다. 죽기 싫었다. 시간이란 절대자에게 사정이라도 하고 싶었다. 일 년만, 아니 석 달쯤만이라도 그와 내가 아프지 않고 온전하게 살아가게 해주기를 간곡히 빌고 또 빌었다. 또 119차에 실려 갔던 그가 돌아오던 그 밤, 우린 알았다. 더 이상의 시간은 우리에게 무의미하다는 걸.

"몰래 도망 나와 택시로 왔어. 난 당신 혼자 남겨놓지는 않을 거야."

겨우 말을 이어 갈 만큼 그는 숨이 찼고 나 역시 이젠 한 발짝도 걸어 나갈 수 없을 만큼 병은 깊었다.

"후회 안 할 거예요?"

"더 사는 건 치욕이에요."

약속을 지키려고 후 불면 날아갈 것 같은 몸으로 다시 내 곁으로 와준 그를 와락 안으며 난 울며 말했다.

"그만 갑시다. 이제, 그만 가자고요. 다음번에 또 실려 가면 당신은 돌아오지 못해요. 난 당신을 기다리며 이곳에서 나 혼자 죽긴 싫어요."

곧 자식들이 달려와서 우리를 데려갈 것 같은 강박에 더 불안한 밤이었다. 난 조용히 일어나 삼단 서랍 속에 둔 옷 두 벌을 꺼내 놓았다. 그게 무엇을 의미하는지 그는 잘 알고 있었다.

"나, 이거 입고 갈래요."

이곳에 들어온 지 일 년쯤 후, 읍내 시장 구경 나갔다가 우연히 보게 된 장의용품 가게에서 명주로 만든 먼 옷(죽은 사람에게 입히는 옷)을 보게 되었다. 삼베로 만든 거칠거칠한 옷은 죽은 사람에게도 싫을 것이라는 생각을 늘 하고 있던 터라. 보들보들한 그 명주옷을 보는 순간 '그래 이거야' 했다.

"이왕이면 내 것도 사주지. 난 벗고 갈까?"

싱거운 농담을 하며 우린 사후에 입고 갈 옷을 미리 사 두었다. 오래 서랍 속에 둔 옷이라 약간의 냄새가 있어서 장미 향의 항수를 두어 방울 뿌려 놓았다. 아이들이 우리를 만날 때 꽃 냄새를 맡았으면 좋겠다고 생각했다. 돌아다 보니 그도 그의 역할을 이행하고 있었다. 자세한 건 모르지만 권위 있는 의사 친구에게서 '죽음의 권리'에 대한 책 한 권과 많은 설전 끝에 받아낸 약 몇 알을 소중히 꺼내어 놓는다. 그 알약을 작은 탁자 위에 놓는 그의 손가락이 바들바들 떨리고 있었다. 아니 어쩌면 그의 손위에 비친 촛불의 떨림이었을지도 모르겠다. 그의 친구는 친구에게도 죽음의 권리가 있다는 걸 알기에 어려운 결단을 실행한 것이리라.

소주 한 병과 알약 몇 알과 핸드폰을 나란히 놓았다. 아이들에게 꼭 해야 할 말 몇 마디만 녹음해두었다. 그리고 우린 명주옷으로 갈아입었다. 우린 이제 해방이다. 한없는 쓸쓸함으로부터, 상대도 없는 미움으로부터, 부정하고 싶던 현실의 벽으로부터, 수많은 통곡의 밤으로부터, 그만 살고 싶던 통증으로부터, 등등의 결박과 뼈아픈 고독으로부터 이제 나는 해방이다.

 훅 촛불을 껐다. 방문을 열었다. 촛불이 나가버린 방으로 달빛 별빛이 와르르 들어온다. 아직도 아카시아 꽃이 덜 졌는지 달큰한 바람이 불었다.

 "떠나기 좋은 밤이잖소? 허허."

 "그런가요?"

 그와 난 그만 살기로 했을 때부터 철저한 계획을 세웠다. 조금의 실수도 허용되지 않아야 한다는 그의 세심함은 여행 가방을 싸는 것처럼 살피고 또 살폈다. 이 상황은 막연한 추상화가 아니었다. 아름답지도 추하지도 않다 그만 아프고 싶은 우리의 절박한 현실이었다. 바다를 먹으며 점점 몸집을 불린 태풍처럼 우리의 통증은 이제 마지막 단계에 이르렀기 때문이다. 그 지독한 고통으로부터 해방되고 싶은 마지막 방법이었다. 내가 나일 때 선택할 수 있는 나의 권리를 행사하는 것일 뿐이다. 그가 손을 내밀었다. 손깍지를 끼고 마주 보고 웃었다. 삶을 포기할 수 있는 권리가 우리에게 주어진 것에 감사하며 잠들 것이다.

 "만약 영혼이 존재한다면 뭘 하고 싶으세요?"

 "전, 영혼이 하늘에서 살 수 있다면 녹슨 별을 닦는 별지기를 할거예요."

 그때 나는 별이 없는 캄캄한 하늘을 올려다보던 유년의 나를 기억했다.

 다시 만나자는 신파는 쓰지 않았다. 그와 나의 짧았던 마지막 삶의 이야기가 구석구석 쓰여있는 작은 오두막에서 우린 서로의 체온을 느끼며 편히 잠들 것이다. 행여 내 얼굴에 한 방울의 눈물 흔적이 있었으려나.

'이제 모두 안녕.'

마약이었을까? 참 편안했다. 가물가물 노곤한 잠이 쏟아지고 통증도 없고 피가 나도록 긁어도 가렵던 요독 증상도 씻은 듯 사라진다. '이건 축복이야.' 내 평생에 이런 편안함이 있었을까? 그가 내 손을 다시 꼭 잡는 걸 느낀다.

"행복해."

아마도 난 내가 태어난 후 처음으로 이 말을 뱉은 것 같았다. 깊은 계곡으로 날아가는 한 마리 새처럼 나는 훨훨 날아갈 것이다.

3 고리

뛰어내렸다. 어쩌면 바다를 향해 날았다는 게 정확한 표현이겠다. 절망이란 것도 슬픔이란 것도 그 어떤 통증도 없었다. 먼지처럼 가볍게 날았다. 아무 곳에도 존재하지 않았던 것처럼, 실체가 없었던 것처럼 분녀는 시커먼 파도가 넘실대는 바다 위로 날았다.

'툭'

고리가 풀어지는 소리를 들었다.

어머닌 폭포 앞에 서면 또 다른 길이 보인다고 했다. 거긴 또 다른 길을 찾아가는 꼭짓점이라고 했다. 세상의 모든 길을 돌아오면서 긁히고 베이고 피멍 든 마음을 토해내는 물의 길이기에. 떨어지는 것은 또 다른 살길이라고 어머닌 말했다. 도저히 간과할 수 없는 일이거나 용서가 어려운 억울한 일을 당하거나 억장이 무너지거나 하면 이 폭포에서 북을 치며 기도한다고 했다. 어머닌 당신의 마지막이 이 폭포에서 떨어지는 숙명임을 알았을까.

"고리를 끊어야 한다. 절대 팔자를 대물림해서는 안 된다. 알겠느냐?"

마지막 숨을 간신히 쉬며 애원하듯 분녀를 바라보던 어머니였다.

푸른 새벽, 광란 같은 춤을 추며 누구에겐가 빌고 또 빌던 어머니의 간절한 염원은 아무 소용이 없었다. 할머니의 기도는 언제나 감기약 같은 것이었고 환부에 바르는 빨간 약 같은 것이었다던 어머니의 믿음은 허구였다. 어머니의 분진이 이 폭포 위를 날 때 어머니는 모든 게 허구임을 알았을까.

"세상엔 견디지 못할 만큼 아픈 상처는 없다. 저 물기둥을 보아라. 떨어지는 곳이 시작점이다. 아파도 또 다른 살길이 있기에 떨어지는 것이다."

그렇게 어머닌 이 폭포가 희망이었고 위로였고 미래로 나가는 탈출구였었는데 어머니는 이 폭포가 당신을 집어삼킬 줄 예지하지 못했던 걸까.

이해 못할 어떤 죄를 지었다 해도 사람을 개새끼처럼 두드려 패 죽이는 시대에 분녀는 살고 있었다. 어둠이 다 깔리지 않은 유월의 해거름 녘 사립문을 발로 집어 차고 들어온 아랫말 김 주사댁 머슴과 안방마님은 두말도 없이 어머니를 멍석말이했다. 홍두깨로 내려치고 발로 밟고 갖은 매질을 하더니 멍석 위에 '컄' 침까지 뱉고서야 뒤도 안 돌아보고 사립문을 나선다.

"조리돌림 안 당한 걸 천만다행으로 알거라."

독살스럽게 멍석 위로 뱉은 마님의 그 말은 분녀의 가슴에 이명처럼 남아 있었다. 그 멍석말이로 어머닌 숨을 놓았고, 어디에다 항변 한마디 못한 채 상엿집 아재의 도움으로 야밤에 기름 몇 되로 불에 태워졌다.

"나 죽거든 상엿집 아재한테 부탁해서 꼭 화장시켜다오."

늘, 언제나 입버릇처럼 부탁했던 어머니의 소원이었다. 어머니가 멍석말이로 죽었는데 어디 가서 누구에게 어떻게 이 억울한 사연을 말해야 하는지 분녀는 아무런 힘이 없었다. 다만 절구통을 끌어안고 푸석푸석한 어머니의 뼈를 빻고 또 빻으며 하염없이 울기만 하는 게 전부였다. 그리고 어머니의 간곡한 부탁대로 폭포에다 어머니를 날려 보냈다. 그날따라 바람도 잘 불어서 어머닌 저 넓은 바다로 훨훨 날아갔다. 사람의 신분이 층층마다 다른 1940년대였다. 어머니의 신분은 백정보다 더 아래층에 속하는 무당이었고 이름은 당골네라 불렸다.

"지 어미를 닮았나, 눈에 신기가 있어. 아유 무서워라."

그 어미에 그 딸년이라는 고정관념이 당연시되던 시대였다. 마당에서 굿판이 벌어지는 날이면 분녀는 헐렁헐렁 한 문고리를 잠그고 언제나 이불 밑에 숨어 있었다. 어머닌 분녀가 다 클 때까지 한 번도 굿판 심부름 따위는 절대 시키지 않았다. 면사무소 다니는 김 주사 아저씨가 다녀가던 날 밤 분녀에게 막걸리 심부름 좀 시킨다고 그 밤에 아저씨를 쫓아내던 어머니였다. 가끔 손님처럼 어머니 방을 다녀가는 남자들에게도 분녀는 성역시 되었다는 걸 나중에 알았다.

"미친 것들 감히 누구를."

어머니에게 분녀는 무엇이었을까? 훗날 자신이 이 폭포에 섰을 때도 분녀는 몰랐다. 무엇을 배워 본 적도 없었고 사람들과의 인간관계를 형성해보지 않았으니 분녀에겐 삶의 방식 같은 건 아무것도 없었다. 삶은 균형이 있어야 평등하지 않겠는가? 균형이 없이 너무 기우는 자신의 삶은 불필요한 삶이라는 걸 짐작하였을 때 분녀는 삶을 놓아야 하는 절망만 남았었다.
"그만 살자."
붕긋한 배를 안고 폭포에 선 분녀는 겨우 열여섯 피다 만 꽃이었다.

이름이 분녀가 아니고 당골네 딸년이라는 게 머리에 각인된 건 아마 대여섯 살쯤이었나 생각된다. 더러운 것이 묻은 아이처럼 언제나 사람들 속에 섞이지 못하고 철저하게 밀려난 것 같았다. 언제나 혼자였다. 또래의 아이들마저 분녀를 바라보는 눈초리가 싸늘했다. 벌레를 보는 것 같은 사람들의 시선을 피해 분녀는 항상 그늘로 숨었다. 꽃도 혼자 보고 별도 혼자보고 밥도 혼자 먹으며 철저하게 혼자가 되어버렸다. 태어나 보니 무당의 딸이었고 백정보다 더 천민이었다. 애초에 아버지라는 사람을 만난 적도 없으니 그저 어머니 혼자 저를 낳은 것이라는 생각을 했다. 예닐곱 살 때쯤 면에 가는 길옆 교회에 잠시 간 적이 있었는데 그곳에서 본 성모마리아와 예수처럼 우리 어머니도 동정녀 마리아였고 자신도 예수와 동격이라는 소설 같은 생각을 한 적이 있었다.
"무당 딸이 여긴 왜 와? 야, 넌 여기 오면 안 되는 거야."
아이들의 놀림과 마귀 취급에 며칠 만에 그깟 교회를 안 다녔지만, 풍금을 치며 성가를 부르던 남자 고등학생의 얼굴이 자꾸만 생각나곤 했다. 그때부터 분녀는 무시와 천대가 익숙해지기 시작했다. 동정의 시선과 적선하듯 베풀어 주는 야릇한 친절은 꼭 어떤 대가가 따른다는 걸 알았다. 그러나 분녀는 자신을 방어하기 위한 견고한 빗장을 걸기엔 너무 어렸고 세상을 너무 몰랐다.

뽀드득 뽀드득 만지면 깨끗한 소리가 나는 물처럼 방망이질 잘해서 빨아 넌 하얀 옥양목 치마처럼 청자색 물이 뚝 떨어질 것 같은 그런 그림을 그리고 싶은 아이였다. 아랫동네 연밭에 피어나는 연꽃처럼 그렇게 피어나는 건 싫었다. 그 예쁜 연꽃이 왜 시궁창 뻘밭에서 살아야 하는지 분녀는 이해할 수가 없었다. 예쁘지 않아도 좋았다. 선생님을 아버지로 둔 같은 반 아이처럼, 마당 넓은 기와집과 하얀 앞치마가 정갈한 엄마를 둔 경애처럼, 분녀는 그런 아이로 살고 싶었다. 그러나 그런 것들은 허황한 꿈이라는 걸 알았을 땐 어느새 연밭의 진흙 속에 갇혀버린 팔자라는 걸 분녀는 받아들일 수밖에 없었다.

어머니 역시 아버지가 누군지도 모르고 태어났다. 어머니의 어머니는 딸의 아비가 누구인지 알았을까? 어머니의 어머니 역시 남의 집 운수 점이나 봐주고 객귀나 물려주며 호구를 이어가는 처지였다. 팔자 도망은 못 한다는 옛말은 진실이었다. 당골네 새끼는 역시 당골네로 살 수밖에 다른 탈출구가 없었다. 신의 딸로 살아야 하는 두 여인의 아름다움마저 대물림되었던가. 얼굴마저 덜 예뻤으면 신의 딸로만 살 수 있으련만 면 소재지를 다 뒤져도 어머니만큼 예쁜 여자가 없었다. 처연하도록 아름다운 여자였다. 도화살이 든 그 아름다움은 뭇 사내들의 가슴에 불을 질렀다. 누구든 어머니를 보는 남자는 열병을 앓아야 했다. 신분이 제일 낮은 당골네에게 아무것도 선택권이 주어지지 않았다는 것은 시대의 몫이었다. 분녀가 열 살이 되던 그해 해방이 되었다고 온 천지가 들썩였다. 그러나 온 천지가 들썩여도 분녀의 집에는 조금의 변화도 없었다. 그런 것들은 누릴 수 있는 사람들에게만 허용되는 것이었다. 워낙 천한 것이어서 일본 놈에게 특별히 고통을 받아본 기억도 없었다. 아마 그 일본 사람마저도 최하위의 계급인 당골네는 점령의 필요가 없었을 수도 있었겠다. 존재의 가치라는 건 소수점만큼도 없는 가혹한 삶이었다. 있으나 마나 한 사람이었을까? 아니면 없으면 더 좋을 사람이었을까?

뭇 사내들을 거부하지 못하고 복종하며 살았던 어머니였다. 죽음마저 스스로 선택할 수 없었던 건 어머니의 어머니처럼 아비를 말할 수 없는 아이를 낳은 죄의 값이었다. 태어나지 말았어야 할 목숨을 끌어안고 대물림될 당골네의 고리를 끊어버리기 위해 폭포 앞에 섰다고 했다. 아이와 함께 목숨을 끊는 게 팔자 도망을 하는 최선이라 생각했다. 꼭 끌어안은 포대기 속 아이의 까만 눈이 어미를 빤히 올려다보는데 어머니는 누가 자기를 밀어버리는 것 같아서 도망치듯 폭포를 내려왔다고 했다. 살기를 결심하며 어머니는 절대 팔자 대물림은 없을 거라고 결심했다. 어떤 일이 있어도 딸자식은 당골네를 만들지 않겠다고 다짐하며 개미처럼 오직 재산을 불렸다. 오직 재산만이 힘이라 생각했던 어머니는 당신의 아름다움을 미천으로 차곡차곡 문서를 모아갔다.

음악 선생이 당골네의 적산 가옥에 세를 든 건 열세 살 봄이었다.

당시엔 초급대학(2년제 전문학교)을 졸업하면 교사 자격증이 주어지는 시대였다. 스물을 조금 넘긴 선생이었다. 서울의 부잣집 아들이라는 소문이 사람도 도착하기 전에 바람에 실려 왔다. 산골 동네 소녀들의 마음은 벌써 소문으로 하늘을 날고 있었다. 그것도 꽃피는 봄이었다. 전쟁 직후였기에 정상적인 나이로 입학을 하는 아이들 보다 보통 서너 살 많은 나이로 입학을 하는 아이들이 많았다. 국민학교(초등학교) 졸업할 때쯤이면 시집갈 나이가 되는 처녀도 있었다. 작은 면 소재지를 흥분시키는, 도착하지도 않은 총각 선생의 이야기로 모두 소설을 쓰고 있었다. 그 이야기의 끝에는 분녀의 어머니가 적산 가옥을 어떻게 취득했는가의 이야기가 더 많은 비중을 차지했다. 왜냐면 그 음악 선생이 어머니의 적산 가옥으로 세를 들었기 때문이다. 그 이층집이 어머니의 소유라는 걸 모르고 있던 사람들은 소란스러울 정도로 말을 물어 날랐다.

"세상에, 학교 옆 일본 집도 당골네 집이라며?"

"저년의 아랫도리는 얼마나 깊어서 논이랑 밭이랑 그것도 모자라 이층집까지 먹어치운다니? 대단한 년."

"새로 온 음악 선생도 엄청 부자라는데 저년이 가만 둘랑가?"

"에이 설마 아직 어린 총각이라는데."

"저것이 먹을 것 안 먹을 것 가려서 먹는 거 봤소?"

작은 면 소재지가 어머니와 음악 선생의 이야기로 파도처럼 출렁이고 있었다. 혹자는 계약하러 온 선생과 어머니가 이층집에서 뒹구는 것을 봤다는 사람도 있었다. 어머니는 시끄러운 소문 따위는 안

중에 없다는 듯 새벽이면 언제나 폭포 위에서 둥둥둥 북을 치며 기도를 하고 있었다.

점술이 용하다는 소문과 아름다운 외모로 어머니는 꽤 쏠쏠하게 재산을 불려가고 있었다. 단지 용하다는 소문과 아름답다는 이유만으로 어림없는 일이라는 걸 읍내 사람들은 다 알고 있었다. 물론 어린 분녀도 그 적산 가옥이 왜 어머니 명의가 되었는지 알고 있었다. 어머니는 이재(理財)에 꽤 밝았다. 절대로 재산이 없는 남자는 싸리나무 집 출입을 허용하지 않는다. 푸줏간 할배의 가래침 뱉는 소리가 일 년쯤 어머니 방에서 들리고 난 후 읍내 초등학교 옆 이 층 적산 가옥이 어머니네 집이 되었다. 그 적산 가옥이 어머니 명의가 된 후 그 할배는 아마도 몇 개월 넘기지 못하고 저승길을 가버렸다.

"죽을병이 걸린 노인네가 색을 어지간히 밝혀야지. 제명에 못 죽은 게야, 쯧쯧."

"할배 아들들이 반병신들이니까 쉽게 빼앗겼지. 조금만 똑똑해도 어림없었을걸?"

"당골네 저것의 머리는 또 얼마나 비상하냐고, 논이랑 밭이랑 엄청 많을걸? 몸땡이 값은 전부 땅에다 묻는다잖아요. 무당질보다 아랫도리 값이 더 많을 거야."

미나리꽝 옆 우물가는 동네 여자들의 수다 장소였다. 아무리 뒷말이 난무해도 분녀의 어머니는 신의 뒷배가 있어서인지 조금도 주눅이 들지 않았다. 혹여 심기를 잘못 건드려 어머니의 비방이라도 당할까 봐 조심하는 것인지, 직접 어머니의 행동을 지적질하는 사람은 없었다. 점을 봐준다거나 굿을 해서 버는 것보다, 별 보고 왔다가 별 보고 사립문 나서는 알 만한 아저씨들 때문에 어머니의 재산은 꽤 알차게 불어났다.

"야 이년아 내가 쓰면 얼마나 쓰것냐, 이 모두 네년 밑천이야. 어미 가고 없더라도 눈깔 똑바로 뜨고 이것들 잘 지키거라."

어머니는 소중한 듯 집문서 땅문서 대여섯 개 늘어놓고 분녀를 다그친다. 아무짝에도 쓸데없는 묵정밭과 거저 주어도 농사지을 사람이 없다던 너른 산비탈 밭까지 어머닌 미친 듯이 치마폭으로 쓸어 담았다. 베개 밑 송사라고 했던가. 어머니의 이불 밑엔 도대체 뭣이 들었기에 온갖 사내들을 그리 홀리는지 분녀는 알 수가 없었다. 그러나 그 비싼 '비로도' 치마 하나 못 입어보고 멍석말이로 숨을 놓을 줄은 왜 몰랐을까? 어머니의 점괘도 어머니의 운명은 보이지 않았을까? 온갖 천시를 받으며 모은 재산을 한 푼도 써보지 못하고 저승길 가버린 어머니였다.

어머니는 그 적산 가옥에 국민학교(초등학교)로 부임한 음악 선생을 세를 들였다. 다다미가 깔린 적산 가옥에 풍금이 들어오는 날 분녀는 그 집이 우리 집이라는 게 슬펐다. 어머니가 그 적산 가옥을 사기 전에는 분녀는 그 집을 동경하고 있었다. 언제나 그 적산 가옥을 끼고 등교하면서 번듯한 2층 목조 집을 우러러보았다. 일제 강점기의 표본 같은 건물이지만 어린 그녀에게는 부의 상징이었고 신분을 상승하고 싶은 이층집이었다. 얕은 담 너머 일본식 정원엔 기형의 소나무들과 석등이 고급스러웠고 이름도 다 모를 꽃들이 계절에 상관 없이 피어나고 있었다. 그 집이 어머니 말처럼 왜놈의 집이었건 백정 할배의 집이었건 상관없었다. 그 집을 지날 때마다 분녀에겐 그 집이 분녀의 꿈이 되었고, 그 집의 이 층에서 목선이 하얀 여인으로 살 것이라는 꿈을 꾸며 살았다.

"여우 같은 년 천식 걸린 늙은이 꼬드겨서 저 아랫도리에 다 쑤셔 박고도 낯짝을 들고 다니니 원."

남들의 수군대는 소리를 들을 때면 분녀는 가장 아끼고 소중하게 간직한 보물을 잃어버린 것 같았다. 그건 어머니가 가져서는 안 될 분녀의 성역 같은 것이었다. 어머니의 것이 훗날 자신의 것이 된다 해도 분녀는 절대 행복하지 않을 것 같았다. 분녀가 꿈꾸고 간절하게 원하던 것을 어머니의 비천한 수단에 의해 가져야 하는 건, 그건 수치고 모멸이고 자신의 꿈에 대한 배신이었다. 어머니가 그 집을 취득함으로 그 집은 더 이상 신선하지 않았다. 어머니는 절대 그 집을 가질 자격이 없는 사람이었다. 그렇게 비루해져 버린 자신의 꿈을 외면하며 학교 가는 길을 일부러 향교 쪽으로 돌아서 다니던 어느 날이었다.

"얘, 일본 집 너희 집이라며? 거기 오늘 음악 선생님 이사 오더라. 알고 있었니?"

분녀는 분녀라는 이름으로 불리지 않았다. 언제나 이름은 '얘'였다. 분녀의 이름을 부른다든지 자기랑 같이 논다든지 하면 자신도 분녀와 같은 급이 된다고 생각하는 모양이었다. 백정 할아버지네 아들도 이름을 부르고 머슴 딸도 이름을 부르는데 분녀의 이름만 부르지 않았다. 대를 이어 무당이 될 팔자로 알고 있는지, 귀신과 사람의 중간쯤으로 생각하는지, 유독 당골네만 하나의 인간으로 취급해 주지 않는 토속신앙에 대한 폐습이 있었다. 친구도 없었고 사촌도 없었고 언니 오빠도 없었다. 늘 혼자였고 폐쇄된 골방에서 무한대의 상상 속에 살고 있었다. 그 상상 속의 세계에 갑자기 출현한 음악 선생님으로 분녀는 아름답고 신비스러운 스토리를 쓰고 있었다.

당돌하고 영악하고 영민하기도 했던 분녀는 비련의 여인이 되기도 하고 거대한 성벽에 갇힌 공주가 되기도 하고 오만하고 당당한 신여성이 되기도 했다. 하필이면 음악 선생이 왜 이층집을 세 들었는지는 모르지만, 이층집과 음악 선생을 연계시킨다는 건 죄악시 되었다. 어머니가 샀다는 이유만으로 분녀는 그 집에 대한 환상을 버렸기 때문이었다. 뭔지 모르지만 갑자기 그 이층집이 불결해 보이는 것이다. 그러나 분녀는 아직 본인의 의사대로 살 수 없는 아이였다. 어느 날 어쩔 수 없이 어머니를 따라 선생님 집으로 방문하던 날, 한 번도 보지 못한 다른 세계를 만났다. 감미로운 음악이 흘러나오는 턴테이블과 벽면으로 가득 채워진 책들과 학교에만 있는 줄 알았던 커다란 풍금까지 분녀는 한 번도 만나지 못했던 신세계를 보았다.

'이렇게 사는 사람도 있었구나.'

'나도 이렇게 살 거야 풍금을 치며 책을 읽으며 이렇게 고급지게 살 거야.'

무슨 맛인지도 모를 차 한 잔과 양과자 한 접시를 내어주는 선생님은 처음으로 보는 아름다운 남자였다.

"어머니를 닮아서 예쁘구나. 몇 학년이야?"

목소리도 꿀 같은 선생님 말씀에 대답도 못 하고 고개만 푹 숙이고 있었다. 정원에 핀 벚꽃이 자꾸만 하르르 떨어지고 있었다. 그리고 분녀의 마음속엔 생전 처음으로 이름 모를 꽃이 마구마구 피어나고 있었다.

아이들이 그곳엘 가는 것은 공부가 이유였다. 분녀보다 두세 살 많은 살구나무 집 언니도, 향교 지킴이네 귀선이도 알사탕 가게 딸내미도 또 같은 반 아이도 저녁만 먹고 나면 동구 밖으로 모인다고 했다. 일본관사 음악 선생님의 집에서 밤마다 공부한다고 했다. 풍금에 맞춰 노래도 부르고 모자라는 산수 공부도 가르쳐 주신다고 했다. 그 적산 가옥은 아이들의 노랫소리로 넘쳐나고 여자아이들의 깔깔대는 웃음소리마저 음악 같았다. 학교에선 그곳엘 가지 못하는 아이와 그곳엘 출입하는 아이들로 분리되는 현상마저 일어나기도 했다. 학생이라고는 하지만 선생님과 나이 차이가 아주 근소한 소녀들도 있었다. 그 시대는 순수의 시대였는지 누구도 그곳의 출입을 부정적으로 묘사하지 않았다. 전쟁으로 인하여 배우지 못한 만학도들에게 좋은 스승이 되어주는 그 음악 선생을 존경하고 감사하게 생각했다. 누구는 계란 몇 알을 들고 가고 또 누구는 김치 한 보시기 갖고 가고 상급생 언니들은 십자수 곱게 놓은 손수건도 드렸다는 소문들이 나돌았다. 어느 날 그 모든 소문을 다 안다는 듯 어머니는 조용하고 무거운 목소리로 분녀에게 말했다.

"넌 절대로 이층집에 가지 말거라. 만약 그 선생님이 직접 너를 오라고 불러도 가면 안 된다. 알겠니?"

분녀는 언젠가부터 어머니와 대화를 잘 하지 않는다. 어머니의 물음에 그저 바라다보는 것으로 답이 된다고 생각했다. 그냥 묵묵히 말하는 것만 듣는 편이지만 그것이 긍정적이거나 '네'라는 대답은 아니었다. 분녀는 혼자의 세계 속에서 말썽이 될 짓거리 같은 건 만들지도 않으려니와 그저 조용히 숨만 쉬고 있었다. 마음은 지독한 감기도 앓고 태풍도 지나가고 눈물이 넘쳐나도록 소나기가 퍼부어도 언제나 조용했다. 그러나 절대 선생님 댁에 가면 안 된다는 어머니 말에 어쩌면 처음으로 반항을 했다.

"난 가고 싶어도 못가. 누가 나랑 같이 공부한대? 아무도 내가 오는 걸 반가워하지 않아. 그거 몰랐어? 나도 가고 싶어. 나도 그 풍금 소리에 노래도 하고 싶어. 그렇지만 나는 안 되는 거잖아. 학교 다니는 것도 얼마나 힘든지 몰라? 난 왜 이렇게 안 되는 것만 많은 세상에 살아야 해?"

분녀는 태어난 후 처음으로 마음을 밖으로 소리쳐본 날이었다. 아무 말 없이 어머닌 자물쇠가 달린 궤짝을 열더니 분홍 보자기에 쌓인 묵직한 보따리를 꺼낸다.

"풀어 보아라."

어머닌 어느새 목이 잠겼다. 분홍 보자기를 던져놓고 어머닌 마루도 없는 댓돌로 내려서더니 거적을 들치고 정지(부엌)로 들어간다.

분명 어머닌 그저께 굿판에 쓰고 남은 청주 한 사발 들이키고 있을 것이다. 시큼한 짠지 냄새를 풍기며 들어온 어머니의 목소리는 어느새 평정을 찾았다. 청주 한 사발이 목이 잠기는 어머니의 서러움을 풀어주었을 것이다.

"넌 곧 서울로 갈 거야. 이게 너를 다시 태어나게 해줄 수 있을 거야. 그곳엔 너를 무당의 딸이라고 업신여기는 사람도 없을 거야. 어미는 너를 위해 이것들을 모은 거란다. 조금만 참아. 풍금보다 더 좋은 피아노라는 것도 사줄 거야. 너는 여기 있을 아이가 아니란다."

어머니가 내놓은 보따리에서 수북하게 나오는 문서들. 그건 당골네가 아닌 훌륭한 사람으로 거듭날 분녀를 위한 재물이라는 것이었다. 그런 것들을 위해 어머닌 많은 것을 희생하며 살았다는 듯 말에 힘이 실려 있었다. 그러나 분녀는 어머니의 그런 말들이 타령 같았다. 어머니 방 커튼 뒤에 앉아 있는 어머니의 신들에게도 들으라는 듯 말하는 것 같았다. 저 뒤에 좌 불하고 앉은 신중에 어머니의 어머니 흉상도 있는 것 같았다. 어느 날 밤 술 취한 어머닌 흉상 하나를 마당에다 집어 던져 버렸다. 미친 듯이 날뛰며 마당을 돌다가 제풀에 지쳤는지 흙 묻은 형상을 닦고 또 닦더니 커튼 뒤에 다시 앉혀 놓았다. 밤새 흐느끼는 어머니의 울음을 꿈결처럼 듣던 날이었다.

저 멀리 보이는 먼 산이 뿌옇게 비가 묻어오는 날이었다. 요즘처럼 일기예보 같은 건 상상도 못할 시대였다. 설령 비가 온다고 해도 변변한 우산 따위는 없던 때였다. 학교를 막 나서는데 빗줄기가 황토

내음을 일으키며 후드득 퍼붓는다. 댕그렁 댕그렁 양은 도시락 숟가락 부딪치는 소리를 구령 삼아 뛰어도 소나기를 피해 갈 수는 없었다. 양조장 문을 지나 어머니 집 일본관사 앞을 지나는데 마침 음악 선생님과 만났다. 기름칠 잘된 누런 우산을 들고 막 대문을 나오던 참이었다. 죄를 지은 사람처럼 인사도 없이 피하려고 뛰려는데 선생님은 어느새 분녀 앞에 섰다. 우산을 분녀의 머리 위에 씌워주며 뛰려는 분녀의 팔을 잡았다.

"아직 비가 그치려면 좀 기다려야 할 거야. 뛰어가면 비를 다 맞아. 비 그칠 때까지 들어와서 기다렸다가 갈래?"

대답도 안 했는데 선생님은 대문 안으로 분녀를 넣어 버렸다. 어쩌면 그걸 분녀가 원했는지도 모르겠다. 절대로 선생님 댁에 가면 안 된다는 당골네의 말 따윈 아무 효력이 없는 건지 어느새 분녀는 서재 겸 거실 같은 마루방 의자에 앉아 있었다. 담임선생이 아닌 관계로 잘 만나지 않았기에 선생님을 볼 기회는 별로 없었다. 음악 시간에만 분녀네 교실로 오시지만 집주인의 딸이라고 특별하게 바라본다거나 하지도 않았다. 아이들 따라 선생님 댁을 한 번도 방문한 적도 없으니 처음 어머니랑 같이 와본 것뿐이었다.

"왜 이렇게 늦게 가는 거야? 수업은 벌써 마쳤을 텐데."

선생님의 음성은 한 톤이 낮았다. 그의 물음에 답을 해야 하는데 분녀는 늦게 하교하는 이유를 말할 자신이 없었다.

'난 다른 아이들과 같이 다니기 싫어요. 아니 다른 아이들이 나랑 같이 다니는 걸 싫어해요. 그래서 다른 아이들 다 가고 나면 집에 가

요. 그리고 아이들 다 가고 없는 학교가 너무 좋거든요. 모두 내 것 같으니까요.'

속으로만 말하는 분녀를 선생님은 빤히 쳐다보기만 했다. 분녀의 속말을 들은 것처럼 해맑게 웃으며 양과자 몇 개와 달콤한 음료 한 잔을 테이블에 놓으면서 또 살며시 묻는다.

"넌 왜 선생님 집에 공부하러 오지 않니? 친구들은 많이 오는데."

결국엔 아무 말도 못 하고 일어서는 분녀의 손에 선생님은 우산을 들려준다. 분녀가 본 남자 중에 저렇게 아름다운 남자가 있었던가? 소나기가 퍼붓던 날 그게 무엇인지는 모르지만 분녀는 약간의 미열을 앓았다.

"언제든지 와도 좋아. 선생님은 마음이 아픈 아이에게 친구가 되고 싶어. 알겠지?"

분녀가 마음 아픈 아이라는 걸 안다는 선생님의 그 말을 마음에 담고 또 담았다. 아프면서도 달콤했던 열세 살의 여름이었다.

타박타박 캄캄한 신작로를 혼자 걸어도 무섭지 않았다. 벌써 몇 번째인가? 오늘은 꼭 들어가리라 다짐을 하면서 어머니 몰래 사립문을 열고 나왔지만, 그 대문 앞에만 오면 오금이 붙어버리는 걸 어쩌랴. 다시 쭉 뻗은 신작로를 달빛을 친구 삼아 걸어오는데 벌써 여름이 가버렸다. 까르르 하하 호호 웃는 소리와 풍금 소리에 맞춰 아이들이 부르는 음악 소리를 들으면서 초인종을 누르지 못하고 돌아선다. 귀뚜라미 소리와 풀벌레 소리를 들으며 이 십 여나 되는 캄캄한 신작로를 걸어오면서도 분녀는 지루하거나 슬프지 않았다. 바라볼 수 있는 사람이 있다는 게 행복했다. 비록 그 문전에서 돌아서지만, 가슴은 왜 그리 달콤했을까? 봄날 산자락의 삐비처럼 달짝지근한 감성으로 집으로 돌아오던 그 신작로는 온통 분녀만의 마이웨이였다. 아무도 침범하지 않는 혼자만의 영역 같았다. 늦은 밤 시골의 신작로에는 별빛과 수줍은 달빛과 감미로운 바람과 또 한 사람, 선생님만 있을 뿐. 새벽이 올 때까지 집으로 가고 싶지 않던 분녀의 첫사랑이었다. 가을은 쓸쓸하다는 걸 처음으로 느끼던 분녀의 덜자란 순수의 시절이었다.

"너덧 세 걸릴 거야. 끼니 잘 챙겨 먹고."

큰 굿을 하러 바닷가로 간다는 어머니가 떠난 지 사흘쯤 되었다. 가끔 하루 이틀 정도 기도하러 큰 산을 간다든지 판이 큰 굿을 위해 집을 비우는 날이 있긴 하지만 이번처럼 사 오일간이나 오래 집을 비우는 일은 흔치 않았다. 이곳도 바닷가라서 더러 혼 굿도 하고 재수굿도 하지만 이번에는 그쪽 시청에서 주관하는 대동굿이라는 큰 굿판이라고 했다.

"니 어미가 그래도 나라에서 하는 큰 굿판에 뽑혀 나가는 갑다."

툭 던지는 말이 그냥 자랑은 아니었다. 그래도 어머니는 어떤 자부심 같은 것도 있지 않았나 싶었다. 그랬다. 어머니의 소리는 영혼도 울릴 만큼 처량하고 구성지고 깊은 동굴 같은 울림이 있다는 건 분녀도 알았다. 마당에서 굿판이 벌어지면 듣기 싫어도 어머니의 무가(舞

歌)를 들어야 한다. 빠르다가 느리다가 통곡 같다가 애원 같기도 한 어머니의 소리에 어느새 어린 분녀의 눈에 이슬 한 방울이 맺힌다.
"역시 당골네 소리는 천하일품이여."
"암 잘하고말고. 당골네는 기생이 되어야 했제."
"당골네 어미가 대물림하느라고 그렇게 된 게지."
모두들 인정하는 어머니의 소리와 미모였다. 면 소재지에서는 어머니보다 더 굿을 잘하는 사람이 없었던지 어머닌 생전 처음으로 큰 굿판에 뽑혀 나가는 것이었다. 분녀를 홀로 두고 가기가 걱정스럽기도 하지만 어머닌 설레는지 잠도 설치며 길을 나섰다.
어머니 떠난 지 사흘째 되던 날 눈이 사분사분 내리고 있었다. 어머니 없는 줄 다 아는지 손님이라고는 개미 새끼 한 마리도 없는 날이었다. 바람마저 숨을 죽이는 날, 찹찹하게 눈은 쌓이는데 분녀는 어떤 해방감을 즐기고 있었다. 며칠은 아무도 없이 오로지 혼자라는 그 해방감이 이제 겨우 열 살이 조금 넘은 아이에게 어떤 감정인지 명료하지는 않지만, 어린 분녀에겐 적요함 그 자체가 편안했다. 어머니의 출타를 아는지 점 보러 오는 사람도 없었고 험험 헛기침하며 슬슬 구렁이 담 넘어오듯 어머니를 찾아오는 사내들도 없는 날이다. 조그마한 집이지만 오로지 혼자라는 게 왜 그리 좋은지 분녀는 가만히 콧노래도 불러본다.
신전을 모셔둔 어머니의 방과 조그마한 마루를 중간에 둔 분녀의 방과 가마니로 거적을 달아둔 정지(부엌)와 사립문 밖 뒤깐(화장실) 하나가 전부였다. 나무로 지은 집도 아니고 진흙과 짚을 섞어서 만든 흙집이었다. 재산이 쏠쏠한 어머니는 면사무소 옆 국밥집도 소유하고 있었다. 이런 집에서 살지 않아도 될 건데 굳이 이곳을 고집하는 건 어머니의 어머니가 여기만 계시기 때문이라 했다.

"장터 부근으로 이사 가면 안 되나? 학교도 너무 멀고 동네에서 떨어져 무섭기도 하고."

"니 할매가 절대 가면 안 된다고 하잖아. 우리만 가면 뭐하냐? 니 할매가 죽어도 안 간다는데?"

"아이고 참 할매는 벌써 죽어버렸는데? 죽은 사람이 어딜 가?"

"저 지랄 보소, 할매는 여그 어미 가슴에 늘 살아 있다니께?"

"가슴에 있으면 더 데리고 가기가 좋겠네. 무슨 말을 하는지 모르겠네."

"아이고 야야, 나중에 크면 다 알게 된다. 고마 시끄럽다."

어머니의 어머니가 여기 계시기 때문에 너도 여기 살아야 한다는 게 분녀는 도저히 이해가 안 되었다. 담도 없이 싸리나무 울타리에 삽짝도 싸리나무였다. 귀신들은 싸리나무 회초리가 무섭지도 않은지 온갖 귀신들이 우리 집을 넘나든다고 생각했다. 눈 오던 그 겨울날, 어머니가 없어서 하얀 천지가 온통 내 것 같던 날. 무섭지도 않은지 신처럼 언덕배기를 올라오는 한 사람이 있었다. 눈을 하얗게 덮어쓰고 사립문을 민 사람은 음악 선생님이었다. 깜짝 놀란 분녀는 어찌해야 좋을지 몰라 인사도 못 하고 서 있었다.

"여기였구나. 한번 와보고 싶었어."

어머니가 멀리 출타 중이라는 걸 알고 온 것처럼 그는 서슴없이 방문을 열었다. 걸터앉을 마루가 없어서인지, 그래도 되는 것처럼 서슴없이 어머니 방으로 들어간다. 그리고 성큼 커튼을 열어젖히고 어머니의 신당을 구경하고 있었다. 그곳은 어머니만 열 수 있는 공간이었다. 신성한 신들의 공간이었고 어머니의 어머니가 살아계시는 방이기 때문에 어머니 외의 어떤 사람도 그곳은 허락되지 않는 공간이었다.

"이러시면 안 되는데요."

그를 만난 후 처음으로 입 밖에 내 본 소리였다. 그만큼 어머니의 신당은 분녀에게도 존재 가치가 있었던 곳일까? 스스로 놀라며 분녀는 신당의 커튼을 급히 닫아버렸다.

"그러니? 여긴 보면 안 되는 곳이니?"

대답 대신 조용히 어머니 방에서 나오는 분녀의 손을 그는 와락 잡는다. 덜컥 자신의 무릎 위에 앉아버린 분녀를 내려다보며 그는 열에 들뜬 사람처럼 몸을 떨었다.

"너는 어쩜 이렇게 예쁘니?"

잠시 먼 우주를 다녀온 것인가. 분녀는 허공에 떠 있는 것 같았다. 옴짝달싹할 수가 없었다. 마당에 쌓인 눈처럼 머릿속은 하얗다. 그가 무릎에 분녀를 앉혔을 때 이건 나쁜 짓이라는 걸 알면서도 그를 밀어내지 못했던 분녀였다. 조숙했던 분녀는 그의 행위가 무엇인지 알고 있었다. 치마 밑으로 들어가는 그의 손을 잡았지만, 필사의 항거는 아니었다. 그는 가느다란 신음을 내며 자두만 한 분녀의 가슴과 온몸을 더듬고 있었다. 분녀는 부끄러움보다 수치스러운 감정을 느끼면서 어찌할 바를 모르고 있었다.

학습 같은 것은 없었다. TV가 있는 시대도 아니었다. 해방과 전쟁 직후 시골의 문화는 미개했다. 남자와 여자가 아이를 낳고 사는 행위를 어디에서 배웠는지 기억에 없다. 그러나 아이들은 알고 있었다. 역시 분녀 자신도 알고 있었다. 아마도 자신의 학습은 어머니를 통해서 익힌 게 아닐까 생각한다. 어머니를 찾아오는 많은 남자들을 분녀는 짐승이라 생각했다. 여름날 열어놓은 문으로 수없이 본 그 행위는 짐승의 짓거리가 분명했다. 그러기에 분녀의 학습은 아름다운 사랑이 아닌 불결한 행위로 자리매김되어 있었다. 분녀의 훗날, 남자와의 그런 행위는 절대 하지 않을 것이라는 생각을 했다. 어느 책에서 잠시 본 플라토닉만이 사랑이라고 꿈꾸던 소녀였다. 아름답다고 생각했던 선생님의 이 행위가 분녀에겐 더럽고 수치스럽게 느껴졌다. 어떤 이유인지는 명확하게 알 수는 없지만, 그를 완강하게 밀어낼 수 없었던 자신의 무력이 더 부끄러웠다. 은밀한 곳으로 들어오는 그의 손을 잡고 애원 섞인 눈으로 사정했지만 그의 손은 더 거칠었고 분녀는 아랫도리가 파열되는 커다란 통증을 느꼈다. 분녀는 그때 이런 생각을 했다. 이렇게 아픈 짓을 어머니는 왜 자주 할까? 어느새 하늘엔 싸락눈이 함박눈으로 바뀌고 있었다. 안온했던 겨울의 오후가 소용돌이치는 토네이도 같았다.

"난 네가 너무 좋아. 넌 내게 여신 같아. 난 너를 사랑할 거야. 오늘은 둘만의 비밀이야. 아무에게도 우리의 비밀을 누설하지 마. 알았지? 약속해 응?"

분녀의 손가락을 그의 손에다 걸면서 분녀의 이마에 그의 입을 맞추었다. 그리고 그는 자꾸만 분녀의 얼굴을 쓰다듬고 있었다. 가기 싫은 듯 한참이나 가만히 앉아 있던 그는 자꾸 뒤를 돌아보며 언덕을 내려가고 있었다. 분녀는 뽀얀 눈발 속으로 걸어가는 그를 그저 멍하니 바라볼 뿐, 한동안 어떤 생각이 들지 않았다. 무엇을 어떻게 해야 할지, 이 상황이 무엇을 의미하는 건지 어린 분녀는 개념이란 자체도 없었던 것이었다. 무명 고쟁이에 묻은 붉은 선혈과 끈적한 불순물을 닦으면서 분녀는 구토를 시작했고 무언가 자신의 몸에 더러운 것이 묻었다는 강박 같은 게 들기 시작했다. 그날부터 분녀는 그 불순물이 묻은 손을 씻기 시작했고 하루에도 몇 번씩 아랫도리를 씻기 시작했다. 피가 나도록 씻고 또 씻어서 딱지가 앉고 헐어도 또 씻기를 반복했다. 철저하게 무시하며 짓밟힌 것이라는 걸 차츰 깨닫기 시작했다. 그 대상이 세상에 태어나서 처음으로 좋아했던 아름다운 선생님이었기에 분녀는 죽을 만큼 슬펐다. 그러나 아무것도 할 수 없었던 자신의 무력도 후회하고 있었다.

명확하게 설명을 할 수가 없었다. 눈 오는 오후에 자신에게 일어났던 그 일을 숨겨야 한다고 생각했다. 누구도 알아서는 안 될 자신의 죄 같은 것이라 생각 들었다. 워낙 비천한 출신이다 보니 자신의 자존 같은 건 모르고 살았던 것이었다. 양반이나 상전들은 그런 짓들이 죄가 아니라고 세뇌되었던 시대였다. 어머니의 일상 속에서 그리고 사람들이 취급하는 어머니에 대한 행동들을 보면서 분녀 역시 비천한 계급이라고 생각하며 살았다. 그러므로 선생님은 아무런 잘못도 없는 것이었고 모든 건 본인의 잘못이라고 각인되어 버렸다. 어머니의 어머니도 돌아가실 때까지 남자가 몇 번이나 바뀌었다고 들었다. 분녀 어머니 역시 대를 이은 당골네 삶이었으니 오죽했을까? 그러한 상황에서 아비가 누군지도 모르는 자신의 몸뚱이가 귀한 줄 알았을까? 선생님과 본인의 그러한 짓거리를 누가 알았다면 분명 선생님보다 분녀를 나무라는 사람이 더 많았을 것이다.

'그 어미에 그 딸년이지 뭐. 생긴 것 좀 봐. 사내 열 잡아먹게 생기지 않았냐고. 영악스럽고 어린 년이 색기가 흐른다니까.'

아마도 그렇게 쉽게 치부했을 것이다. 어린 몸을 그에게 빼앗겨 놓고도 처녀를 잃은 충격 따윈 없었다. 분녀에겐 여자의 정조(貞操)라는 개념 같은 건 없었다. 언제나 일어날 수 있는 일 중의 하나라고 생각했던 것 같다. 다만 왜 그리 욕지기가 올라오고 온몸에 그 끈적한 배설물이 묻은 것처럼 더러웠을까? 사타구니와 아랫배가 끊어지는 것 같은 통증보다 자꾸만 달라붙는 더러운 생각으로 분녀는 수없이 손을 씻고 사타구니를 씻었다.

"이거 선생님 집에 가져다 놓으련?"

"오늘 선생님 방 청소 좀 부탁해."

눈 오는 날 그 후, 그는 분녀를 놓아주지 않았다. 하교하는 분녀에게 심부름을 시키거나 어떤 이유라도 만들어서 이층집으로 불러들였다.

"난 네가 없으면 이곳에서 견디지 못할 거야. 넌 나의 빛이야. 사랑한다 애야."

"얼른 커라. 나랑 같이 서울 가게."

"아, 난 네가 너무 좋아. 난 너를 꼭 데리고 갈 거야."

"아 넌 어쩜 이렇게 신비스럽니? 넌 나를 죽일 것 같아."

그는 열병을 앓는 사람 같았다. 분녀를 끌어안고 한숨 쉬다가 앓다가 몸을 떨다가 그 찐득한 배설물을 흘려놓고야 정신이 들었다.

"우리의 비밀은 영원히 지킨다. 알지? 또 약속."

언제나 그 짓거리가 끝나면 비밀 엄수의 약속을 한다.

아이들의 부러움마저 견디기 힘들었다. 선생님의 심부름은 혼자서 독차지한다고 시샘하며 눈 흘기는 아이들에게도 분녀는 부끄러웠다. 아무에게도 말하지 않은 채 그리고 아무것도 거부하지 못한 채 분녀는 또 봄을 맞았고 어머니가 이상하다는 듯 바라볼 만큼 피가 나도록 손과 몸을 씻었다. 그는 꼭 분녀의 손에 자기의 그것을 올려놓고 만지라고 했다.

"네가 아직 덜 커서 아플 거야 손으로 만져주면 빨리 끝낼게. 그러면 네가 좀 덜 아플 거야."

씻어도 씻어도 그 물건의 감촉은 손안에 살아있었고 비릿한 배설물은 닦아도 닦아도 지워지지 않았다. 한 번도 그의 행위를 거부한 적 없었다. 그래야만 되는 줄 알았다. 선생님은 거부할 수 없는 상전인 줄 알았다. 분녀는 그를 거부하면 불이익을 당할 줄 알았을까? 무식하고 천박한 산골 무지렁이였던 어린 분녀는 사는 게 그런 건 줄 알았다. 그때 그 선생님은 스물두 살쯤 되었던 것 같았다. 그 시대에는 초급(전문대학)만 졸업하면 교사 자격이 주어지는 시대였다. 나이 차이가 열 살도 되지 않는 그에게 분녀는 왜 그리도 복종해야만 했을까를 반문하지만 그때는 어쩔 수 없었다는 생각뿐이었다. 어쩌면 몸서리쳐지는 더러운 행위를 당하면서도 그가 한 약속을 믿었을까? 서울로 데려가겠다던 그 약속이 그 짓거리보다 의미가 컸던가. 무당 딸이 아닌 사람으로 대접받으며 사는 것이 꿈이었던 분녀에게 그는 탈출구가 되어줄 사람이라 믿었던가? 헉헉거리는 그의 뜨거운 숨결을 참아가며 찢어지는 것 같은 아랫도리의 통증을 견디며 분녀는 눈을 꼭 감고 이곳을 떠나는 상상을 하고 있었다. 신분 상승을 꿈꾸던 우매했던 소녀였다. 그리고 분녀는 아이러니하게도 그를 사랑하고 있었던 것일까?

"야 이년아 작작 좀 씻어라. 어디 손이 남아나겠냐?"

어머니의 질책이 있던 그 날, 눈치가 빠른 어머니는 뭔가를 직감한 것 같았다. 어떤 암울한 기운이 작은 초가를 감돌고 있었다. 그 후 손님도 받지 않고 어머니는 날마다 출타했다. 그렇다고 어머니가 굿을 나가는 것도 아니었다. 잘 입지 않는 꽃무늬 치마저고리를 입고 핸드백까지 옆구리에 낀 것을 보면 귀한 사람을 만나거나 어려운 곳에 가는 것이라 짐작했다.

"어디 가지 말고 집에 붙어있거라. 한 발자국도 나가지 말어. 알아들었냐."

무거운 목소리였다. 평소처럼 욕지거리도 섞지 않고 저 폐부 깊은 곳에서 나오는 것처럼 묵직한 소리였다. 거부할 수 없는 무언가가 담겨 있었다. 죄를 지은 죄인에게 형벌을 내리는 신처럼 어머니가 두려웠다. 이런 상황과는 아무 상관없다는 듯 천지가 봄이었다. 나무꾼 아재의 지게 위에도 봄이 한 다발 얹혀 있다. 무너져 가는 토담 밑에도 봄이 피워놓은 자잘한 풀꽃들이 반짝이는데, 분녀는 어머니의 엄명으로 학교도 가지 못하고 봄날의 오후를 불안으로 보내고 있었다. 학교를 졸업하면 과연 어떻게 될지, 어머니는 분녀의 미래를 어떤 모습으로 생각하고 있을지, 선생님은 진정으로 자기를 서울로 데려가실지, 산비둘기 울음처럼 생각과 생각의 여운만 길었다. 자신의 봄이 시작되어야 하는 꽃처럼 반짝여야 하는 이 시점에서 분녀는 불확실한 내일을 예견하며 불안과 어떤 공포에 떨고 있었다.

"이리 들어오너라."

꽃무늬 포플린 치마를 휙 걷으며 열린 사립문으로 들어온 어머니는 달큰한 삐비 냄새를 달고 왔다. 몇 잔의 약주 냄새는 언제나 단내가 났다. 아무 말 없이 신당의 커튼을 열어젖히고 분녀를 그 앞에다 앉힌다.

"내겐 거짓말을 해도 되지만 저기 계신 할매 앞엔 거짓말을 하면 안 되는 거 알지? 바른대로 말하거라. 넌 절대로 무당질은 안 할거지?"

느닷없는 물음이었다. 그건 어머니가 더 원하지 않으셨던가?

"너도 무당 팔자를 타고 난 년이라 어미는 언제나 노심초사하고 살았다. 절대로 대물림 안 하겠다고 이를 물었는데 결국 이런 식으로 신께 매를 맞는구나. 곱게 곱게 키워서 너의 신분을 모르는 곳으로 보내려고 어미는 악착같이 살았다. 지금 어미는 어떤 방식으로 너를 보내야 할지 아무것도 모른다. 돈만 있으면 다 해결될 줄 알았는데, 휴."

어머니의 한숨에 삐비 냄새가 방안에 가득 퍼진다. 한참을 뜸 들이던 어머니는 분녀를 당신 앞으로 바짝 끌어다 놓고 달래듯이 말을 한다.

"다시는 그놈이 너를 못 건드릴 거야. 그 음악 선생이란 놈은 이제 여기를 떠날 거야. 그리 알아. 교장 선생님과 약속했어."

"남자는 어떤 놈이든 절대 믿으면 안 되는 거야. 어미 팔자를 닮아서 너도 평생 남자를 조심하며 살아야 한다. 알겠느냐."

분녀는 갑자기 어떤 반항이 치밀었다.

"엄마가 남자를 조심하고 살았다고? 나도 엄마처럼 그래도 되는 줄 알았어. 엄마도 맨날맨날 그랬잖아."

갑작스러운 분녀의 포악질에 어머니는 한참을 가만히 앉아 있었다. 그리고는 분녀의 말을 못들은 채 말을 이어 나간다.

"넌 지금부터 학교는 안 다닐 거야. 학교는 어미가 찬찬히 알아볼게 기다려 봐. 어미도 생각을 많이 해 봐야 할 것이야. 바깥출입 일체 말고 방구석에 콕 처박혀 있어. 진작 어미에게 말했어야지, 그 나쁜 놈을 그냥."

분녀는 어머니의 한탄 같은 긴 말끝에 저도 모르게 말을 던지고 말았다.

"그럼 선생님은 언제 떠난다고? 나도 안 보고?"

기가 찬 어머니가 분녀의 등 짝을 후려쳤다.

"미친년, 내가 교장을 만나고 그놈을 만나면서 너 하나 안 다치게 하려고 얼마나 애를 썼는데."

분녀가 생각해도 분녀의 입에서 그 말이 어떻게 나왔는지 기가 막혔다. 저도 모르는 자신의 마음은 그 선생을 좋아하고 있다고 이실직고를 해버린 셈이었다. 그렇다면 손과 몸을 왜 그렇게 씻어댔을까? 좋아하는 감정이었다면 불결하지도 않았을 텐데, 셈본보다 더 어려운 분녀의 마음을 자신도 이해할 수가 없었다.

"관세음보살 나무아미타불 아이고 부처님 이년을 어찌하면 좋습니까? 다 제 탓이오니 저를 벌주세요."

그 많은 신들은 다 어디 보내고 부처님만 찾고 있는 당골네는 연약한 어미였다는 것을 분녀는 조금도 몰랐다.

"선생님 주소 좀 적어 놨어?"

분녀의 철없는 말에 당골네는 더 이상 진정이 안 되는지 후다닥 분녀의 머리채를 휘감는다.

"야 이년아 그만 뒈지거라. 아무리 어리다 해도 이젠 곧 시집갈 나인데 어미가 왜 이렇게 사는지 그리도 모르겠냐? 아이구 어머니, 어쩌면 좋소? 죽일 수도 없고 살릴 수도 없는 저년을. 아이고 내 팔자야."

태어나서 처음으로 분녀는 매타작을 당했다. 당골네는 맛있는 음식도 딸이 먼저였고 모든 것은 딸을 위해 존재하는 것처럼 분녀를 아꼈다. 솔직하게 말하면 신당보다 분녀의 입이 우선순위였다. 어쩌면 당골네에게 분녀는 신보다 우위였다고 말해도 무방하다. 실신이라도 할 것 같던 당골네는 무슨 결심을 했는지 무복을 갈아입고 굿판에 쓸 장비를 챙기더니 등 너머 폭포로 올라간다. 밤새 어머니의 북소리가 폭포에서 들렸다. 어머니는 누구를 저주하는 것일까. 아니면 다시는 음악 선생이 분녀에게 접근하지 못하도록 신들에게 빌고 있는 것일까. 잦아지다가 둥둥둥 거세게 들리다가 북소리는 새벽까지 들려오고 어머니는 폭포수에 몸을 씻으며 빌고 또 빌고 있었다.

어머니가 음악 선생의 멱살을 잡고 교장 앞에서 개 거품을 물었다는 소문이 역병처럼 번졌다는 것과 선생님이 그날 밤 마지막 기차를 타고 떠났다는 말을 살구나무 집 딸이 들려주었다. 분녀는 꽤 오래도록 아팠다. 무엇인지 모르지만 꼭 쥐고 있던 걸 잃어버린 느낌이었다. 반 학기 남은 학교마저 나가지 못하고 어머니의 감시 아래 바깥 출입도 못 하면서 긴긴 여름이 다 가도록 잃어버린 그 무엇만 생각하고 있었다. 문득문득 가슴에 파고드는 선생님의 약속은 탱자나무 가시같이 가슴을 찔렀다. 서울로 데려가 대학공부도 시켜주겠다던 그의 귓속말이 이명처럼 살아 올랐다. 그것이었다. 떠나버린 그의 약속과 자신의 미래에 아무도 몰래 그를 그려 넣던 시간들을 잃어버린 상실감. 아마도 분녀는 그를 가슴에 품었을지도 모르겠다. 처음으로 자신의 편이었던 사람이었다. 처음으로 예뻐해 주던 사람이었다. 아직 덜 핀 꽃이었지만, 활짝 핀 꽃이 되어 그를 사랑하고 싶었던 바람이 있었는지도 모르겠다. 그럼에도 불구하고 분녀는 그가 떠나고 없는데도 손을 씻고 몸을 닦는 습관은 여전했다. 그 행위 자체는 평생 불결한 짓거리로 고착이 되어버린 것일까. 어머니를 올라타고 충혈된 눈으로 분녀를 바라보던 남자들의 기억이 있는 한 분녀의 증세는 여전할 것이다. 대책 없고 아이러니하지만 명쾌한 설명이 불가했다.

"있는가?"

"어미는 어디 갔는가?"

"물 한 모금 떠오련? 목이 마르네."

음악 선생의 소문과 함께 분녀를 바라보는 남자 어른들의 시선에 기름기가 흘렀고 귀신같이 어머니가 없는 날이면 어슬렁거리며 마당을 들어서는 사내들이 있었다. 신병처럼 열에 들떠 앓고 있는 분녀 앞에 양과자 몇 개 내밀며 은근슬쩍 분녀의 엉덩짝을 쓸어보는 사내도 있었다.

"아이고 고년 찰지게도 생겼네. 환장하겠네."

"음악 선생처럼 나도 한 번 안아줄래? 내가 너 이쁜 옷 사다 줄게, 응?"

누구의 아버지, 누구의 삼촌, 알만한 어른들이 어린 분녀를 탐내는 것은 분녀의 잘못으로 귀결되어버렸다.

"저 화냥년, 젊은 음악 선생도 홀려서 쫓겨 가게 하더니 이제는 백여시처럼 동네 남정네들까지 홀리고 있네. 아이고 아직 어린 년이 지 어미보다 더 잡년이네."

그렇게 분녀는 어미와 같이 화냥년으로 취급되었고 불가항력같이 상전님들에게 어린 정조를 헌납해야 했다. 서울로 보내준다던 어머니는 워낙 무식해서 어떤 엄두도 못 내고 있었고 분녀 역시 어떤 대책 같은 걸 세우기엔 아는 게 너무 없었다.

비가 부슬부슬 오는 날 밤이었다. 가슴을 짓누르며 치마를 벗기는 사람은 가끔 밤늦게 어머니 방을 들어가던 김 주사였다. 워낙 안방마님의 성정이 불같아서 어머니도 두려워하는 사람이었다. 분명 김 주사가 술이 많이 취해서 어머니 방인 줄 잘못 알고 들어온 줄 알고 밀어내는데 그게 아니었다. 김 주사는 어머니 말고 분녀를 찾아온 것이었다.

"얘야, 가만있어. 니 어미 알면 시끄러워져. 쉿 가만히 있으면 되는 거야. 음악 선생처럼, 응?"

아무리 어린 것이라 해도 어머니의 방에 들락거리던 사람에게 그 짓거리를 한다는 건 안 되는 것이라는 걸 알았는지 김 주사를 힘껏 밀어버리고 분녀는 캄캄한 마당으로 뛰어나왔다. 대성통곡을 하는 분녀의 울음소리를 듣고 마당으로 나온 어머니는 김 주사의 멱살을 잡고 사정없이 방망이로 내려친다. 김 주사는 방망이로 몇 대 얻어맞고 도망을 치고 모녀는 각자 제 방에서 밤새 울었다.

"잡것들, 점잖은 양반을 저런 잡년들이 욕을 보여? 어미나 딸년이나 콩밥을 먹어봐야 정신이 들라나?"

느닷없이 들이닥친 김 주사댁 안방마님과 머슴은 분녀 어머니를 멍석말이 시작했다. 어미도 딸도 합세해서 김 주사를 홀려서 재산을 갈취했다는 것이었다. 그리고 김 주사에게 방망이로 폭행을 했다는 것이었다. 법은 멀고 주먹은 가까운 시대였다. 그들은 양반의 후손들이었기에 무당이란 계급의 천민들로서는 불가항력이었다. 치외법권 같은 조그마한 바닷가였고 아무것도 모르는 무식한 사람들이었다. 멍석 안에서 겨우 숨만 붙어있던 어머니는 사흘을 못 넘기고 그렇게 숨을 놓았다.

"너는 절대로 무당이 되지 말아라. 그리고 아이를 낳아서는 안 된다. 그래야 대물림되는 고리를 끊을 수 있다. 꼭 명심하거라."

숨을 몰아쉬며 겨우겨우 이어가던 어머니의 말이었다. 어떤 방법으로 그 고리를 끊어야 하는지 또한 그 고리라는 게 무엇인지 분녀는 아무것도 몰랐다. 다만 어머니의 뼛가루를 폭포에 뿌리며 '죽여 버릴 거야, 죽여 버릴 거야' 이를 갈고 있었다.

"불이야, 불이야, 불이야",
어디가 시작점인지 어디가 끝인지도 모를, 이십여 호 되는 집들이 한꺼번에 활활 불에 타고 있었다. 한잠 달게 잘 새벽 시간이었다. 커다란 기와집 김 주사네 집도 마루도 없는 작은 초가도 온 동네가 축제처럼 훨훨 불타고 있는데 그 시간에 누가 감히 양동이 하나 들고 나와 불을 끄는 사람도 없었다. 온 동네에 기름을 뿌린 것처럼 바람도 없는데 동네는 전소가 되고 있었다. 소방서 하나 없는 작은 동네에 마른 집단에 불붙은 듯이 불길은 춤을 추며 타올랐다. 잠을 깬 몇 사람의 동분서주는 조금도 보탬이 되지 않았고 마을은 혀를 날름거리는 불꽃이 집어삼키고 있었다.

그 시간, 폭포 위엔 자진모리장단으로 미친 듯 북을 두드리는 분녀가 있었다. 훨훨 불에 타는 아랫동네를 바라보며 눈에 불을 켠 듯 미친 듯이 춤까지 추는 분녀는 죽은 당골네의 모습이었다. 곤두박질치는 폭포는 분녀가 두드리는 북소리와 함께 우렁우렁 울었고 불빛과 연기와 북소리가 어우러진 그 새벽은 당골네의 울부짖음과 몸부림 같았다. 폭포도 동네의 불빛에 환타 색이었다. 분녀는 어머니의 무지개색 무복을 휘날리며 접신이 된 것처럼 뛰고 있었다.

아이를 가진 듯 분녀의 배가 도드라지게 불러 있었다. 어머니의 어머니가 그랬고 어머니가 그런 것처럼 분녀 역시 아비를 알 수 없는 아이를 가진 것일까?

"죽여 버릴 거야"

누구를 죽인다는 건지 분녀는 눈에 불을 달고 너풀너풀 춤을 추며 폭포 위를 날았다. 분녀가 폭포에 휙 뿌려버린 어머니의 재산도 훨훨 날아갔다. 논문서며 밭문서며 적산 가옥 문서, 국밥집 문서가 분녀의 무복처럼 날개를 펴서 훨훨 날았다.

'툭'

질긴 팔자의 대물림이 끊어졌을까?

상엿집 아재가 기름통을 끌어안고 김 주사네 헛간에서 죽어 있었고 김 주사네 안방에서 김 주사와 안방마님이 숨을 놓았다는 소문이 돌았다.

4 자야

'니가 왜 거기서 나와'

요즘 한참 뜨는 어느 가수의 노래처럼 그녀가 또 불쑥 내 앞으로 뛰어든다. 이제 내 인생도 거지반 다 살아버린 말년인데 왜, 무엇 때문에, 내 앞에 나타났을까? 그녀를 처음 만나고 보내고 또 만나고 보내는 긴 시간까지 나는 그녀가 그냥 자야라는 것만 알고 있다. 최소한 그녀의 신상 정도는 알고 있어야 했겠지만 나는 차라리 그녀에 대해 모르기를 바랐던 것 같기도 하다.

그녀는 내 삶으로 들어와서는 안 되는 사람이었다. 끌고 가기에도 버거웠던 내 삶을 더 혹독하게 헤집어 놓은 여자였다. 그러면서도 미안하다는, 잘못했다는 생각이 전혀 없는 여자였다. 삶의 본질이 다른 사람이었고 내 사고로는 그녀의 삶의 방식이 이해 불가한 여자였다. 이번 생도 다음 생도 만나지 말아야 할 그 여자가 긴 시간을 넘어 왜 또 내 앞에 섰는지 당혹스럽다. 나는 그녀에게 갚아야 할 전생의 채무가 아직도 남았던가.

할아버지들의 돈내기 윷판이 벌어지고 있는 어느 공원 앞이었다. 어느 여인이 카세트에서 흘러나오는 트로트 음악에 둠칫둠칫 춤을 추고 있었다. 윷놀이 훈수 드는 사람들과 막걸리 한 잔씩에 흥을 돋우는 무리들 속이었다. 낮술 한잔했는지 공원 앞에서 흐느적거리는 여인은 오가는 행인들의 좋은 눈요기였다. 나 역시 휴일 오후를 무료하게 보내던 중이라 딱히 목적지가 있는 것도 아니어서 물끄러미 춤을 추는 여인을 바라보고 있었다.

"일루와 막걸리 한잔 마시고 놀아."

"젖무덤도 아직 남산만 하네그려 흐흐."

할아버지들이 야한 농담을 걸어와도 상관없다는 듯 그녀는 신명에 취해 있었다. 진한 화장을 한 탓인지 천박하게 더 늙어 보이는 여인이었다. 무릎을 겨우 덮은 까만 치마에 물방울무늬의 베이지색 블라우스를 입고 있었다. 진한 화장으로, 화려한 입성으로 감추었다 한들 가릴 수 없는 가난과 비천함은 그녀의 현실을 유추하게 한다.

축축했던 여름이 바작바작 말라가는 9월의 일요일이었다. 습기 가득한 가게를 벗어나고 싶었다. 어느새 살짝 내려앉은 가을 속을 걸어 종로까지 왔다. 물빛 하늘은 아니어도 하루를 온전하게 휴식으로 쓸 수 있는 오늘이 내겐 참 특별한 날이었다. 하필 종로3가 쪽으로 향했던 내 발등을 찍고 싶은 일이 일어난 건 가게를 나선 지 불과 십 분도 걸리지 않았다. 그녀와 내가 여기쯤에서 또 만나지는 게 운명이 짜놓은 각본이었을까? 트로트 리듬에 몸을 흔들던 그녀가 잠시 멈추어 서서 나를 바라보았다. 그녀와 나의 시선이 허공에서 만났던 순간 그녀보다 내가 먼저 돌아섰던 기억이다. 그녀가 나를 왜 바라보고 섰는지 그 이유를 알아버렸기 때문이었다. 아닌 척 모르는 척 오직 그곳을 벗어나야 한다는 생각으로 도망치듯 악기 상가를 향해 걸었다. 차마 뛰지는 못하고 뜀박질 같은 걸음으로 뒤도 안 돌아보고 걸었다.

"이모."

덜미를 잡는 그녀의 부름을 무시하고 걷기만 했다

"이모."

어느새 따라왔는지 그녀가 내 등을 잡는다. 정말 노래 가사처럼 '니가 왜 거기서 나와'였다. 가끔 코끝을 간지럽히던 가을바람마저 숨을 죽였는지 답답했다. 가지도 못하고 그녀를 바라보지도 못하고 죄지은 사람처럼 낮은 담 너머 보이는 공원의 탑 꼭대기만 바라보고 있었다. 개 꼬리 석삼년 묻어놔도 황모 안된다더니 그녀는 지금도 이 공원에서 필시 그녀의 본업에 충실하게 살고 있었던 모양이었다.

이 공원이 갈 곳 없는 노인들의 놀이터가 되어버린 건 오래전이었다. 노인들의 사행심을 이용해 야바위꾼과 도박성 윷판으로 변해버렸고, 그 유명한 박카스 아줌마들의 윤락 장소로 변모해 버린 건 알만한 사람들은 다 알고 있다. 늙어도 수컷의 습성은 어쩔 수 없는지 꼬깃꼬깃 접어둔 쌈짓돈으로 늙은 윤락녀들을 품어보는 그런 곳이었다. 그녀도 그곳에서 기생충의 습성으로 몸을 파는 창녀였다. 그녀는 내가 처음 만날 때도 윤락녀였고 두 번째 만날 때도 창녀였었고 다 늙어버린 지금도 창녀인 것 같았다. 수치를 모르고, 살아가야 하는 방법도 모르고 생각이라는 걸 할 줄 모르는 단순 동물 같은 그런 사람이었다. 말하지 않아도 그녀가 이곳을 무대로 살아가는 박카스 아줌마라는 걸 안다는 듯 냉정한 얼굴로 서 있는 나를 잡아끌었다. 이율배반적인 내 행동인 줄 알면서도 왜 나는 야멸차게 그녀를 뿌리치고 가버리지를 못하는지, 또다시 난 그녀와 허름한 식당에 마주 앉았다. 어젠가 어느 역전에서 만났을 때처럼 그녀는 백치 같은 표정으로 나를 빤히 쳐다본다. 우린 악연이 아닌 것처럼, 어쩌면 우린 늘 만나던 이웃인 것처럼 친숙한 얼굴로 바라보고 있었다

"아줌마 맥주잔 하나 줘요."

선짓국 국물 한 숟갈 떠먹으며 이곳의 단골인 듯 주인을 부른다.

"소주잔으로 먹어, 저번처럼 자빠지지 말고. 에휴, 술도 좀 줄이면 좋겠구만."

"잔소리 붙들어 매고 언능 잔이나 주쇼. 아 그라고 여기 손님은 사이다나 한 병 주던가요."

부끄러움이라곤 소수점 1도 없는 당당함이 그녀의 무기라는 걸 다시 상기하며 오히려 그 부끄러움은 내 몫이 되어버렸다. 그녀 앞에 앉아 죄인처럼 고개를 들지 못하는 나를 식당 주인은 자꾸 힐끔거린다. 나 역시 같은 부류로 생각하나 싶어 얼굴이 화끈거렸다. 지은 죄도 없이 좌불안석이 되는 내 입장은 무시한 채 맥주잔에 소주를 한 컵 따르더니 원샷을 해버린다. 참 맛있는 음식을 먹는 것처럼 소주를 단숨에 마신 후 입맛을 다신다.

"그렇게 먹으면 속 버려."

내가 해야 할 말은 아닌 것 같은데 나도 모르게 튀어나오는 말이었다.

"웬 걱정? 속 버리면 죽으면 되는 거지 뭐. 오래 살 일이 뭐가 있다고."

적반하장도 유분수였다.

"그래. 내게 할 말이 뭐가 있다고 날 붙들어? 난 이제 널 안 보고 싶어."

"나도 뭐 이모가 보고 싶지는 않아요. 근데 또 이렇게 우연히 만나지니까 그냥 모른척할 수는 없잖아요."

'이모, 이모, 내가 언제부터 즈이 엄마의 형제라고. 이모는 무슨.'

혼자 투덜거리는 내 앞에서 그녀는 뭐가 그리 당당한지, 남은 소주를 맥주잔에 채우며 깊은 한숨을 내쉰다. 난 그녀가 내게 하고 싶은 말을 알고 있었다. 그건 불문율처럼 하지 말아야 한다는 걸 그녀도 알고 있었다. 그러나 나를 만났으니 그냥 타인처럼 보내줄 마음은 아니었으리라. 어떤 방식과 어떤 모습으로 살던지 제 뱃속으로 낳은 새끼를 잊을 수는 없었을 테지. 쉰을 훨씬 넘은 이 나이까지 윤락으로 살아가고 있는 여자를 내 아이의 어미로 인정하기는 싫지만 당장 일어설 수가 없었다.

"이모 고마워요."

"뭐가?"

"이모한테 참 많이 미안하고, 할 말이 없다는 것도 알아요. 아이는 옛날에 잊었어요. 내 새끼가 아니라고 생각해요."

'그런데 왜 날 붙들었어?'

목구멍까지 올라오는 말을 겨우 밀어 넣었다. 한숨을 쉬었다가 홀짝홀짝 소주를 마시다가 특유의 멍한 모습으로 허공을 보다가 그렇게 그녀는 자기 이야기를 풀어놓고 있었다. 미안하다는 말이 그녀 입에서 나온다는 건 이례적인 것이었다. 그녀는 미안하다는 감정과 잘못했다는 마음을 느끼지 못하는 사람이었다. 그런 그녀가 선뜻 미안하다는 말을 하고 있다. 나이 탓이었을까. 그동안 이 여자의 삶에 어떤 변화가 있었을까? 일어서려던 엉덩이를 다시 의자에 내려놓으며 나는 작심한 듯 말을 건넨다.

"아직도 왜 이러고 살아? 몸 파는 거 말고 다른 건 못하니? 사람으로 태어났으면 사람대접을 받고 살아야지. 언제까지 이러고 살 거야?"

"옛날에 포장마차 하라고 준 돈으로 뭐 했니? 그때 이런 생활은 다시 안 한다고 약속했잖아."

끝내는 야멸찬 말을 쏟아내는 나를 쳐다보던 그녀는 실소를 금치 못하겠다는 듯 쓴웃음을 짓는다. 네가 뭘 알아? 하는 것 같은 표정이었다.

"이모, 몸뗑이 팔아먹는 게 죄라면 난 죄인 할게요. 아님, 난 죽을 수밖에. 도둑질도 못 하고 어쩌라고, 내가 가진 건 내 몸뗑이 하나뿐인데, 아무것도 모르면서."

"그때 그 남자는?"

대답 대신 술만 거푸 마신다. 끊으면 피가 동이 동이 쏟아질 것 같은 젊은 날부터 도덕적, 윤리적, 종교적, 법적, 모든 것이 금하고 있는 윤락이 부끄럽지도 않냐고 물었다. 술기운을 빌렸을까? 갑자기 자야는 겁박하듯 포악질을 하며 대들었다.

"니가 뭘 알아? 열 살부터 팔려와 남의 집 식모살이하던 내 팔자를. 어찌 알아? 지랄하지 말고 꺼져. 이년아."

"야 이년아, 삼 일 굶으면 남의 집 담장 다 넘는 법이야. 자기 새끼 며칠씩 굶고 있으면 남의 집 담도 넘는다더라. 개 뭣도 모르면 주둥이 닥치고 있어. 고상하게 도덕인지 윤리인지 그따위 씨부렁대지 말고. 나는 학교 문 앞에도 못 가봐서 법인지 뭔지도 몰라 이년아. 유식한 너나 잘 살아. 꺼져 이년아."

처음 보는 자야의 광기를 보면서 소설 같은 내 인생 속으로 더 슬픈 영화의 주인공이 들어온 것 같았다. 많이 취해버린 자야를 감당할 수 없어 도망치듯 그 자리를 나왔다. 다시는 그녀와 만나지지 않기를 간절하게 바라면서도 그녀의 지갑에 내 가게의 명함을 넣어 두었던 건 곧 대학을 졸업할 내 딸을 위한 마음이었던 것 같다.

그녀의 머리엔 어떤 생각이 똬리를 틀고 앉아 있을까? 처음 그녀를 만났을 때와 지금까지 나는 그녀를 온전히 이해할 수 없다. 내 삶으로 들어오지 말아야 할 그녀였다. 그녀가 아니었다 한들 아프지 않은 내 삶이었을까. 상처 위에 더 큰 상처를 새겨주던 그녀를 내 서른 즈음에 만났다. 순전히 타인들의 삶으로 인해 내게 들어온 그녀였다. 상대의 입장 같은 건 아무 상관없다는 듯 무심하게 툭 내뱉는 그녀의 언어는 아직도 낯설지만 그녀의 삶은 더욱 이해 불가였다.

그 골목의 끝 집에서 그녀를 만났을 때 그녀 자야는 서른이 조금 못된 이십 후반의 참으로 평범하게 생긴 여자였다. 특별히 예쁘지도 않았지만 어느 한군데 미운 곳이 없는, 어디에서나 흔히 만나지는 그런 여자였다. 그녀가 짊어지고 있는 정상적이지 않은 삶의 방식 말고는 조금도 이상하지 않은 평범한 여자 사람이었다. 어딘가 조금 덜 채워진 것 같이 야무짐도 없었고 초점이 분명하지 않은 시선으로 멍하니 앉아 있는 모습은 약간의 백치 같았다. 그러한 여자가 도대체 그런 골목에서 살아간다는 게 믿어지지 않을 정도였다.

자야는 시골 어느 토담집에서 된장찌개를 끓이고 있을 조금 순박하고 조금 모자란 여자 같았다. 백 선생의 부탁을 받고 자야를 만나러 가는 그 골목에는 특유의 냄새가 배여 있었다. 밤꽃 냄새 같은 비릿한 향이 조금은 불쾌하게 긴 골목을 흐르고 있었고 삶을 팽개친 것 같은 무표정의 여인 몇몇이 햇살도 들지 않는 판잣집 처마 밑에 앉아서 이방인 보듯 나를 보고 있었다. 미루어 짐작했던 것과 달리 나른한 오후의 그 골목엔 정적만 흐르고 있었다. 밤꽃 냄새와 담배 냄새와 하수도 냄새가 범벅된 야릇한 그 골목은 대낮인데도 텅 비어버린 섬 같았다.

"간곡히 부탁드립니다. 꼭, 꼭 만나서 저의 뜻을 전해 주세요."
백 선생의 간곡한 부탁을 상기시키며 자야가 사는 12호 판잣집 문을 열었다. 흐릿하게 지워진 12라는 하얀 숫자가 페인트 듬성듬성 벗겨진 채 찌그러진 현관 위에 쓰여 있었다. 언제 지어진 건물인지

똑같이 작은 평수에 같은 모습으로 지어진 판잣집들이 다닥다닥 붙어있는 동네였다. 듬성듬성 버섯이 자라고 있는 군락지처럼 그곳에선 곰팡내도 났다. 그곳은 도시 중앙을 질러가는 길임에도 불구하고 모두 외면하며 돌아서 가는 동네였다. 밤이면 판잣집 가가호호마다 꽃처럼 붉은 전등이 밝혀지고 나이를 가늠할 수 없는 여인들이 생존을 위한 삐끼를 하는 곳이다. 내가 인지하고 있는 그 골목은 어느 소설 속 또는 어느 영화 속의 뒷골목과 같다. 그곳까지 오기엔 많은 생각과 많은 망설임이 필요했지만 젊은 한 남자의 간곡하고 절박한 마음을 외면할 수 없었기 때문이었다.

비릿하고 후텁한 공기가 판잣집 문으로 한꺼번에 빠져나오는 역한 느낌이었다. 담배를 피우다 말고 환갑은 넘어 보이는 늙은 아줌마가 누구냐고 쇳소리로 묻는다. 가끔 영화에서 본듯한 싸구려 여인숙 내부는 언제쯤 수리를 했는지 전혀 알 수 없을 만큼 낡아 있었다. 니코틴에 찌든 벽지에 곤궁함이 얼룩으로 묻어있고 아직 덥지도 않은데 문 앞의 방에는 삭아버린 신일 선풍기가 툴툴거리며 돌아가고 있었다. 그 선풍기로 인해 깊은 복도 저 끝의 바람까지 방금 내가 열어놓은 판자 문으로 빨려 나오는 것 같아서 나는 입을 틀어막고 그 집을 뛰쳐나오고 싶었다.

"누구요?"

쇳소리의 늙은 아줌마가 내 뒷덜미를 잡는다.

"아! 네 저……"

당황한 내 모습을 아래위로 스캔하며 이방인의 출현을 못마땅한 듯 쳐다본다. 육십은 넘었음 직한 몸뻬바지의 그 여인은 낯설지가 않았다. 어느 소설 속 흔히 등장하는 어떤 캐릭터를 연상케 한다.
"누구 찾아 왔능교?"
예의 쇳소리의 톤이 높은음자리까지 올라간다. 지은 죄도 없으면서 내가 잘못을 한 것 같았다.
"네 그러니까 저기."
"저기고 요기고 간에 대체 뉘길 찾느냐꼬?"
나와 같은 사람이 사는 동네라고 마음을 다잡고 또 다잡고 왔는데 너무도 낯설은 풍경에 나는 그만 얼어버렸는지 말이 나오지 않았다. 긴 복도를 중앙에 두고 손바닥 같은 작은 방들이 문을 열어놓고 있었다. 팬티와 브래지어만 걸친 여자가 손톱을 다듬고 있었고 한 발은 복도에 내려놓고 엉덩이는 방안에 둔 또 다른 여자가 만화책을 보며 낄낄대고 있었다. 그 여자의 젖가슴은 훤히 들여다보이는 잠자리 날개 같은 시스루 셔츠 안에서 오뉴월 개불알처럼 축 늘어져 있었다.
갑자기 내 앞에 벌어진 요상한 광경에 시선을 어디 둘지 몰라 나는 허둥대고 있었다. 여기가 어떤 곳이라는 걸 다 알고 왔지만 직접 체험하는 그 풍경에 적잖이 당황하고 있었다. 윗옷을 벗어버린 사내가 복도 끝 어느 방에서 나오기까지는 그래도 자야를 만나야 한다는 결심으로 그 이질적인 풍경 속에 서 있었다. 윗도리를 벗어버린 사내 하나가 알아듣지도 못할 욕지거리를 뱉으며 걸어 나오는 모습을 보면서 난 후다닥 그 판잣집을 뛰쳐나오고 말았다. 그 사내가 나를 덮칠 것 같은 공포였다. 어떻게 긴 골목을 빠져나왔는지 기억마저 실종이다. 한 길가에 서서 버즘나무 새순을 바라보고 멍하니 서 있었다. 고물고물한 햇살이 내 정신을 깨웠다. 백 선생의 간절한 부탁을 한 길에다 내팽개쳐버리고 그 골목에 산다는 자야라는 여자도 놓아버렸다. 내가 감히 참견할 수 있는 그들의 생이 아니라고 판단했다. 그때 나는 불혹이 가까운 나이였고 내 삶을 지탱하기도 힘겹던 시간이었다. 일찍부터 삶은 견디는 거라는 철학을 알아버린 내 바운다리에 자야와 나의 연대기가 쓰이고 있을 줄은 감히 상상하지 못했다. 그때 나는 벌써 한 아이의 엄마였고 암울했던 내 1970년대가 지나가고 있었다. 그때부터 자야는 구렁이 담 넘어오듯 내 일상으로 스르르 흡수되고 있었다.

"이모님 한 번만 더 가 주시면 안 될까요? 도대체 내 말은 믿으려 하지 않아요. 이모님이 설득을 해주시면 조금 믿지 않을까요? 부탁드려요. 한 번만 더 다녀오시면."

신장이 180m 가까운 잘생긴 청년이 사슴 같은 눈으로 사정을 했다. 문간방에 세 들어 사는 백 선생은 읍내 고등학교 국어 선생이었다. 충청도 사람답게 말도 느리고 성격도 순박했다. 문간방을 세놓으면서 잘생기고 더구나 국어 선생이라는 것이 마음에 들었다. 사범학교를 졸업하고 고향을 떠나 먼 도시까지 와서 사는 백 선생에게 가끔 반찬도 챙겨주고 친절을 베풀었더니 이모님 이모님 하며 식구처럼 따랐다. 내 집으로 이사 온 지 삼 년이 되었는데도 허튼 걸음

한 번도 걸은 적이 없고 언제나 표준전과 같은 모범 청년이었다. 가끔 충청도 본가에서 다녀가시는 어머님의 얘기를 들어보면 대대로 교육자 집안이라고 하신다. 백 선생 아버님께서도 지금 고향에서 고등학교 교장으로 재임하고 계신다고 했다.

"아이고 아주머니. 장가를 보내야 할 텐데 어디 좋은 아가씨 있으면 중매 좀 서세유."

"글쎄요 시골 처녀가 백 선생 마음에 들랑가요? 연애도 안 하나 봐요. 한 번도 아가씨 데려오는 걸 못 봤네요."

"걱정마셔요. 저렇게 잘생긴 청년인데 장가를 못가려구요."

그런 백 선생이었다. 제 마음에 드는 색시가 없으려니 했다. 더구나 경상도와 강원도 접경인 이 작은 도시에서 제 눈에 차는 아가씨가 있을까. 가끔 장가 안 가느냐고 묻는 내게 '이모처럼 예쁜 아가씨가 없네유' 하며 사람 좋은 웃음만 웃었다. 결혼이란 행복한 것만은 아니어서 난 굳이 결혼하라고 자꾸 권하고 싶은 마음이 아니었다.

언젠가부터 백 선생의 귀가가 늦어지기 시작했다. 대문 여닫는 소리가 점점 늦어지고 어떨 땐 새벽에 들어오기도 하는 것 같았다. 아마도 좋은 사람을 만난 것 같았다. 이 좁은 동네에서 그렇게 자주 늦도록 시간을 보낼 만한 곳이 없었다. 필경 연애 중일 것임을 생각하고 있었다. 담을 사이에 두고 사는 옆집 할머니의 요상한 말을 듣기까지는 백 선생의 늦은 귀가를 은근히 기뻐하며 붓꽃 같은 백 선생의 어머니 웃음을 상상하기도 했다. 영등할매가 하늘에서 며느님을 데리고 내려오시는지 이월의 찬비가 을씨년스러운 날이었다.

"에구 오나가나 시 어미 심보는 다 그런게벼. 며느리 분홍치마가 다 젖도록 비를 이리도 많이 내리게 하는 건 뭐람. 영등할마시 심술은 알아줘야제."

늙은 호박전이 담긴 접시가 비 맞을까 봐 정작 자기는 안 쓰고 우산을 접시에만 씌워서 들어서는 옆집 할매의 투정이다.

"어서 오세요. 호박전 부쳤는가요? 우리도 큰 호박이 아직 두 개나 남았는데 뭘 우리까지 주시고 그런다요."

내 말이 끝나기도 전에 벌써 한발은 마루로 올라선다. 이 우중에 호박전은 핑계일 것이고 분명 속달을 해야 할 뉴스가 있을 것이었다. 동네에서 아나운서라는 별명으로 불릴 만큼 말을 물어 나르는 데는 선수였다. 칠십을 넘긴 사람인데도 건망증도 없는지 언제 어디서 무엇을 누가 어떻게 왜의 육하원칙대로 옮기는 할매의 실력은 실로 대단하다. 커피라도 한 잔 타려고 주방을 들어서는데 그동안을 못 참아서 주방으로 따라 들어선다. 할매와 나 둘밖에 없는 줄 뻔히 알면서도 일급비밀을 누설하는 듯 내 곁에 바짝 붙어서서 속삭이듯 말을 한다.

"문간방 선생 아무 일 없어? 무슨 소식 못 들었나 봐?"

다 알고 있으면 속 시원하게 털어놓지 웬 물음표냐는 듯 쳐다보는 내게 위로를 하는 것처럼 어깨를 두드리며 또 소근거린다.

"아이참 큰 소리로 말해요 집에 아무도 없는걸 알면서리."

짜증스러운 내 말에 심각한 인상을 쓰면서 더 소곤댄다.

"큰일 났어! 도대체 이런 일이 어디에 있대? 문간방 선생 어제 안 들어 왔지? 역전 깡패들이 뒤지도록 팼다네 글씨. 지금 병원에 있다고 그러던데. 역전에 있는 어느 집 색시를 좋아하다가 깡패한테 두들겨 맞았다는데, 아직 아무것도 모르고 있는겨?"

갑자기 이월의 하늘에 웬 벼락이 치는지 감전된 사람처럼 온몸으로 전류가 흐르는 것 같았다.

"……"

흥분되는지 할매의 소곤거림은 한 옥타브가 올라간다

"아이고 이 여편네야, 진짜라니께."

"에그 쯧쯧."

대답도 못 하고 세차게 도리질을 하며 정신을 차려본다

"아녜요 어디서 잘못 들었겠지 백 선생이 그런 사람 아닌 거 할매도 잘 알잖아요. 쓰잘데기없는 소리 하시려면 그만 가세요."

등을 떠다미는 내 손을 후려치더니 소곤대던 음성은 간곳없고 되레 큰소리를 친다.

"아이고 이 여편네야 지금 저기 사거리에 있는 병원에 가보고 그런 말을 해. 읍내가 떠들썩 한 일을 정작 이 집만 모르고 있을까? 수컷 마음을 다 알아? 창녀랑 바람난 게 벌써 달포가 넘었다더라. 얌전한 사람이라고 그 짓도 안 하고 산다디?"

내가 큰 잘못이라도 한 양 입에 거품을 물고 대든다. 영등할매 심술보다 더 우악스러웠다. 그날 나는 병원에 가지 않았다. 백 선생을 볼 자신도 없었고 백 선생이 나를 볼 면목이 없으리라 생각했다. 기다려보자고 마음을 다잡으며 외출마저 삼갔다. 온 동네가 그 이야기로 꽃을 피우고 있을 것 같았기 때문이었다. 그렇게 이월이 가고 삼월도 가고 물색없는 봄이 다 가도록 나는 백 선생이 입을 열 때까지 모른 척했다.

"좀 만나주세요~ 제 말은 한마디도 믿으려 하지 않아요. 난 아무래도 그 사람 아니면 안 될 것 같아요. 이모님 어떻게 하던 제 마음을 전해 주세요."

오월 어버이날도 지나고 건너편 산에 흐드러지게 핀 아카시아 향이 바람에 실려 올 즈음이었다. 푸릇푸릇 멍든 얼굴을 외면하고 다니는 것도 모른 척하고 병원에서 퇴원했을 때도 그냥 모른 척했다. 백 선생도 아무 일 없는 것처럼 행동하지만 시선을 피하는 걸 왜 모를까. 그러나 섣불리 물어본다는 것은 백 선생의 자존을 건드리는 것이려니 했다. 그러나 그 뒷골목의 사연은 더 이상 현재 진행형이 아니기를 간절하게 바라고 있었다. 잠시 청춘의 일탈이었기를 바라며 무관심 한 척 예의 주시하던 어느 날이었다. 불콰하게 술 한잔 마셨는지 마루에 걸터앉은 백 선생이 도저히 안 되겠다는 듯 사정을 한다.

"이모님도 알고 계시죠? 제 사건 소문 들으셨죠? 아무리 잊어버리려고 해도 안 되네요. 그녀 없는 삶은 제게 무의미해요

"……."

"죄송스러운 말씀이지만 사랑 없는 결혼은 행복하지 않다는 거 이모님도 잘 아시잖아요. 가끔 이모님 사시는 거 들여다보면서 늘 이모

님 걱정하고 있었어요. 전 그렇게 불행한 결혼은 하지 않을 거예요."

"……."

"이 여자면 사랑하며 살 수 있을 것 같았어요. 처해진 현실이 뭐가 그리 중요한가요? 다른 현실을 만들며 살면 되지 않을까요?"

"……."

"그녀는 절대로 아니래요. 그럴 일은 절대로 없을 거라는데. 제가 도저히 안 되겠어요. 많은 생각과 깊은 고민을 밤새며 해봐도 그녀가 없는 모든 것은 의미가 없어지네요. 교직을 해임당한다고 해도 어쩔 수 없어요. 이모님 저를 좀 도와주시면 안 될까요?"

"저를 살려주세요. 죽을 것만 같아요! 제발 부탁해요. 그녀를 한 번만 만나주세요."

백 선생은 상사병에 걸린 환자처럼 간절한 애원을 했다. 마루에 앉은 백 선생을 외면한 채 야무진 말 한마디를 뱉었다.

"백 선생 그 뒷골목 여자와 백 선생이 만나서는 안 되는 이유가 백 가지라면 만나도 좋을 이유는 한 가지도 없을 거예요. 철부지 아이도 아니고 뻔한 진실을 외면하면서 살아야 할 만큼 백 선생이 보잘것없는 사람이 아니잖아요."

"그냥 잊어요. 노랫말처럼 잊어야만 좋을 사랑이에요. 진부한 말이지만 시간이 해결할 거예요. 다 지나갈 겁니다."

신파 읊듯 뻔한 말을 지절대던 그 날 어쩌면 목숨을 담보하는 잘생긴 사내의 사랑 이야기에 내 초라하고 건조한 삶이 그리도 싫어지던지, 그래 한 번쯤 죽어도 좋을 그런 사랑도 필요하지, 대리 만족이지만 백 선생의 고백에 내가 전율하고 있던 날이었다.

첫 번째 찾아와서 도망쳤던 실수를 만회라도 하려는 듯 알건 다 안다는 눈빛으로 판잣집 낡아빠진 현관을 들어섰다. 처음 왔던 날부터 열흘쯤 후였다.

"자야 아가씨 만나러 왔는데요."

지난번 그 쇳소리의 늙은 여자가 예의 그 몸빼바지를 입고 담배를 피우고 있었다. 아마도 손님을 호객하는 비끼라는 여자인 것 같았다. 아니면 소설 속에서 만난, 이름도 유명한 포주 아줌마일까? 그 여자는 습관처럼 또 나의 아래위를 훑어본다.

"자야는 왜 찾아? 아줌씨가 자야를 왜 만나는데? 화장품 장수도 아니고."

작정한 듯 약간 오만한 표정으로 여자를 보며 난 기죽지 않는다는 음성으로 말했다.

"잠깐만 할 얘기가 있으니까 잠시 만나게 해주세요."

저번에 시스루 티셔츠 입은 여자가 두 번째 방에서 부스스한 머리를 손으로 빗으며 나오더니 앙칼진 소리를 지른다.

"에이 씨. 오늘도 더럽게 재수 없게 생겼네. 오전부터 왜 재수 없게 여자가 들어 오냐고."

등허리에 땀이 났다. 도저히 우린 같은 사람은 아니었다. 다시 한 번 마음을 다잡아 보지만 난 그들을 상대하기엔 너무 나약했다.

"야, 자야 나와, 나와서 빨리 처리해. 재수 대가리 없어. 아줌마 이 여자 나가면 소금 뿌려."
 "아니 아가씨 사람을 앞에 세워놓고 이게 무슨?"
 시스루 여자는 내 말을 들었는지 말았는지 문살이 다 부서진 낡은 문을 탁 닫고 들어가 버린다. 언제 나왔는지 영문을 모르겠다는 표정으로 멀뚱멀뚱 나를 쳐다보는 자야라는 여자를 끌고 골목을 나와 상록수라는 간판이 걸린 역전다방으로 왔다. 그녀가 자야라는 걸 직감으로 알았고 쇳소리의 여자가 분명 바가지에 소금을 담아 올 거라는 것도 직감으로 알았기 때문에 민첩하게 움직였다. 두 번째 느끼는 것이지만 그 좁은 골목이 왜 그리 길게 느껴지던지, 자야를 데리고 골목을 빠져나올 때의 내 걸음은 슬로 모션이었다.
 "아줌마 난 아줌마 말 들을 필요 없어요. 백 선생님이 보내서 온 거 다 알아요. 자꾸 귀찮게 하지 말고 그만 가셔."
 엄청나게 잘난 인물이나 되는 것처럼 퉁명스럽게 뱉어버리는 자야의 화법에 기가 막혔다.
 '언감생심 어디라고 백 선생을 이렇게 홀대하는 거지, 뒷골목에서 몸 파는 주제에.' 속으로 말이 안 되는 이 상황에 분노하며 그러나 나는 차마 말을 뱉지 못했다.
 "아가씨 백 선생은 진실로 아가씨를 사랑한답니다. 아가씨가 그런 직업을 가지고 있다 하더라도 전혀 개의치 않는대요. 사랑 앞엔 아무것도 걸림돌이 되지 않는답니다. 아가씨가 원하는 대로 어떤 방식이든 다 수용할 것이라는 의사를 전해달래요. 내가 아는 백 선생은 한순간의 감정으로 경거망동할 사람이 아니랍니다. 시간을 가지면서 생각을 깊이 해보세요. 솔직히 난 아가씨를 반대했어요. 반대하는 게 당연하지 않겠어요? 그러나 백 선생이 아가씨를 사랑하는 그 마음이 너무 깊어서 제가 여기까지 오게 된 거예요."

연극 대본처럼 주저리주저리 늘어놓고 있는 내가 한심스러웠다. 양귀비 뺨칠 만큼 예쁘지도 않고. 눈만 껌벅거리며 앉아 있는 여자에게서 조금의 매력도 없었다. 논리 정연한 말솜씨도 없는 것 같고 오직 가슴에 달고 있는 선명한 주홍글씨 명찰뿐인 저 여자에게 자기의 쌓아 올린 모든 것을 던지고 있는 백 선생이 바보 같기만 했다.

'너 같은 게 백 선생을 거부할 자격이라도 있는 거니?'

나는 목구멍까지 올라오는 말을 자꾸 꿀꺽 삼킨다. 한참을 눈만 껌벅이며 율무차를 마시고 있던 그녀가 거만한 포즈를 취하고 앉아 있는 나를 상관없다는 듯 또 말을 툭 던진다.

"아줌마, 그럼 내 빚 다 갚아 준대요?"

"빚? 무슨 빚?"

"아니 빚을 갚아 줘야 나갈 거 아뇨?"

갑자기 대답할 말을 잃었다. 앞뒤도 없이 돈 얘기부터 던진다.

'그러면 그렇지 네까짓 게 진실함이 있겠니?'

백 선생의 생각을 바꿀 수 없는 게 답답하기만 했다. 백 선생은 돈 얘기까지는 언급이 없었다. 이곳에서 직장을 옮겨갈 예정이고 자야의 과거를 모르는 곳에서 시작할 것이라는 얘기와 집에도 적당한 말로 숨길 것이라는 얘기만 했다.

"빚이 얼마야?"

그래도 일단 물어보기는 해야 할 것 같아서 무겁게 입을 열었다.
"확실하게는 모르겠어요. 포주 아줌마랑 계산을 해봐야 해요."
감정은 배제된 듯 무심하게 던지는 자야의 화법이 참 놀라웠다. 자신의 이야기가 아닌 남의 이야기를 하는 것 같다. 진정성이 결여된 그녀의 화법이 생소하다. 난 그녀의 진심을 알지 못한다는 것과 아마 앞으로도 자신의 속을 드러내지 않을 여자라는 것에 대하여 또다시 백 선생을 걱정하기 시작했다. 그러나 남자와 여자의 속살 비비는 관계는 아무도 모르는 것이기에 더 이상 깊이 관여하지 않기로 했다.

내가 자야를 만났던 게 도움이 되었는지 백 선생의 노력이 컸던지 그 둘의 사랑은 이루어졌다. 빚을 얼마나 갚아 주고 데려왔는지 사소한 일들은 내게 말하지 않았다. 감나무 잎이 수북하게 마당에 쌓여가는 어느 날이었다. 예고도 없이 백 선생 뒤에 자야가 들어섰고 가을처럼 갑자기 우울이 나를 덮쳐왔다. 그 우울의 의미는 명료하지 않지만 딴따라 삼류 소설의 첫 장을 읽는 기분이었다.
"이모님 내년 신학기에 다른 곳으로 전출할 예정이에요. 올겨울만 자야 씨랑 여기서 생활할 수 있도록 도와주세요."
부탁이라기보다 통보였다. 예의 무표정한 얼굴의 자야는 최소한의 목례마저 하지 않는다. 꽤 묵직하고 커다란 가방을 방에다 들여놓고 그녀는 문간방에 붙여 지은 입식 부엌을 들여다보고 있었다. 내년 봄 백 선생의 전근 날까지 신접살림을 할 예정이었다. 그렇게 자야는 우리의 울타리 속으로 들어오게 되었고 자야의 출현으로 좁은 동네 사람들의 우리 집 출입이 빈번했다. 고등학교 총각 선생과 역전 골목 창녀의 스캔들은 가을 내내 술꾼들의 술안주로 미용실의 수다거리로 좁은 읍내가 시끄러웠다. 백 선생의 사랑에 마냥 박수를 보낼 수만은 없는 허허로운 가을이었다.

뭔가 께름칙한 일이 일어나고 있다는 예감이 들었다. 불길한 느낌은 언제나 내 우려를 벗어나지 않았다는 게 내 생각이다. 여자의 감이라고 말하기엔 내 예감의 적중률이 웬만한 무당 뺨칠 정도였다. 그건 어쩌면 내가 살아온 세월 속에서 얻은 통계학 같은 거라고 해두는 게 맞겠다. 포기할 수도 영위할 수도 없는 진행 중인 내 삶인데 이런 불안은 어김없이 주기적으로 찾아온다.

새끼를 싸질러놓고 이혼을 할 결심은 도저히 없었던 시대였다. 짐승 같은 남자와 긴 시간을 살아내야 한다는 건 차라리 죽음이 수월할 것 같았지만 그러나 죽을 수 있는 자유마저 없던 여자였다. 아이를 버리고 갈 수도, 이혼도, 살아내야 하는 것도 모두가 형벌의 시간이었다. 여자이기에 감내해야 하는 고통은 당연시되던 때였다. 가부장적이고 남성 우월주의가 만연했던 시대였다. 봉건적인 가정의 희생일 수밖에 없던 결혼은 비단 나만의 비극은 아니었다. 대부분 여자는 부모가 선택해준 남자에게 시집을 갔던 그런 시대였다. 개중에는 연애를 하거나 운이 좋게도 좋은 남자를 만나 잘 사는 사람도 있었지만 여자라는 이유만으로 소설 한 권의 분량보다 더 혹독한 아픔을 겪으며 살아왔던 게 그 시대의 여자였다. 한 시대를 대변한 노래 가사처럼 여자의 일생은 견디며 참으며 살 수밖에 없었다. 죽어도 그 집 귀신이 되어야 한다는 유교 사상이 투철한 아버지의 가르치심은 절대불변의 진실이었다. 여자의 도리를 지키며 오직 생존하고 있었을 뿐 내겐 삶이란 건 없었다는 표현이 맞는 것 같다.

자야가 문간방으로 들어온 날부터 나는 뭔가 일어나지 말아야 할 일이 예견된 것처럼 불안정한 예감에 사로잡혀 있었다. 아침 일찍 나가고 언제나 늦은 밤에 귀가하거나 아니면 밥 먹듯 외박하는 남편이었다. 조그마한 개인 사업을 하는 남편이지만 술과 여자와 도박과 폭행 등 그중에 어느 것 하나라도 빼면 큰일이 나는 것처럼 열심히 실천하는 사람이었다. 사랑 없이도 부부라는 인연 하나만으로 백년해로 하는 사람도 많겠지만 포기하고 또 포기하고 참으며 견디며 살아가는 나 같은 여자들도 많았던 시대였다. 그저 빨리 늙어지기만 기다리며 아이의 성장하기만 기다리던 힘든 시간이었다. 남편의 귀가가 두렵던 시절이었다. 그가 저지르는 모든 행동이 내겐 오욕이었다. 그러하기에 언젠가부터 그를 정면으로 바라보지 않고 표정 없이 살아가는 인형 같은 삶이었다. 그렇게도 삶이 영위되던 시대였다.

"자야 오늘 예쁘네, 살림 차리니까 좋아? 신랑이 잘해주는 모양이야 허허허."

구두를 신다 말고 연탄재를 버리러 나가는 자야의 뒷모습을 보며 남편이 말을 건다.

"출근하세요? 오랜만이네요."

"그러네. 참 오랜만이네, 허허."

"다녀오세요, 사장님."

자야의 엉덩이를 철썩 치며 대문을 나서는 남편을 보며 나는 불안한 예감의 근원이 뭔가를 알았다. 돈으로 여자를 산다는 것에 대한 윤리적 사고가 건강하지 못한 남자와 돈에 몸을 파는 부도덕하고 죄의식이 없는 여자가 충분히 나눌 수 있는 대화였다고 생각한다. 그러나 그 여자가 백 선생의 여자였다는 것에 대한 우려였다. 내 남편의 여성 편력을 너무나 잘 알고 있기에 백 선생의 와이프라 하더라도 예외일 수는 없었다. 더구나 역전 골목에서 몸 팔던 여자라면 어떤 것도 걸림돌이 되지 않을 것이란 확실함으로 내 불안은 더 커진다. 남편의 상대가 어떤 여자이건 내겐 아무 의미가 없다. 그를 버린 지가 꽤 오랜 세월이 흘렀다. 나와 아이의 생존만이 내 책임일 뿐 남편의 사생활에 내 감정의 소모는 사치라는 생각으로 살고 있었다. 그러나 백 선생의 삶에 상처를 내는 남편이라면 두고 볼 수가 없었다. 그러나 내가 우려하는 사고가 일어나지 않기를 간절하게 바랄 뿐 난 속수무책이었다.

뭐가 그리 기분이 좋은지 휘파람을 불면서 대문을 나서는 백 선생에게 나는 인사 겸 말을 건넨다.

"새댁은 서방님 배웅도 안 하고 뭐한담?"

슬쩍 자야의 근황을 물어본다. 뭔가가 일어나고 있는 불안한 나날인데 자야는 며칠째 코빼기도 보이지 않는다.

"네 이모님 자야씬 아침잠이 많아서요. 다녀올게요. 가끔 들여다봐 주세요. 아직은 적응이 안 되는지 힘들어해요."

나의 불안을 모르는 백 선생은 신혼의 단꿈에 젖어 있었다. 새 학기쯤에 다른 지방으로 전근을 갈 것이라 했다. 아무렴. 자야를 데리고 이곳에 산다는 건 어려운 일일 것이다. 다행히 백 선생 어머니가 요즘엔 한 번도 아들을 보러 오시지 않았다. 아마도 백 선생의 어떤 처리가 있었겠지만 난 늘 불안했다. 자야가 백 선생의 방으로 온 후 난 대문을 걸어 버렸다. 남편과 백 선생이 출근하면 아무도 못 들어오게 문을 닫아버린 것이다. 우리 집에 오지 않던 사람들까지 수시로 들락거리는 동네 사람들 때문에 부아가 끓어올랐기 때문이다.

"커피 한잔 먹자."

"파김치 했는데. 맛이나 보라고."

"오늘 장에 안 갈래요? 같이 가자고."

평소엔 데면데면하던 사람들까지 구경난 것처럼 발바닥에 불이 나도록 들락거리는 통에 활짝 열어놓고 살던 대문을 그만 잠가 버렸다. 처음엔 벨을 누르다가 대문을 두드리다가 제풀에 죽어서 요즘엔 잠잠하다. 시장을 가던지 외출을 하다가 사람들을 만나면 한목소리로 묻는다.

"잘 산다니?"

"걔들은 어때요?"

"세상에나, 자야는 땡잡았네."

나는 그만 가던 걸음을 다시 집으로 향하면서 속으로 백 선생과 자야를 잘근잘근 씹었다.

'얼마나 오래갈까, 뻔하지, 사랑은 무슨 얼어 죽을 사랑, 너희들이 일 년만 살면 내 손에 장을 지질 거야, 그년의 실체를 모르는 백 선

생이 멍텅구리지.'

자야를 보는 남편의 수상한 짓거리와 방구석에 틀어박혀 중국 음식이나 시켜 먹고 누워있는 자야와 불지 않던 휘파람을 자주 불어대는 백 선생과 겉으로는 평온한 나날이 두어 달쯤 유지되고 있었다. 그러나 나는 시한폭탄을 안고 있는 것처럼 늘 불안했다.

"이번 겨울 방학이 끝나면 아마 새로운 학교로 전근을 갈 것 같아요. 아무도 모르는 곳에서 결혼식도 올릴 거구요."

"백 선생, 그렇게 좋아?"

"이모님도 참."

뒷머리를 긁으며 웃는 백 선생이 밉살스러운 날, 사분사분 눈이 내리고 있었다. 방학이라 출근을 하지 않는 백 선생 방에 수제비 한 그릇 들이미는데 자야가 없었다.

"어디 갔어요?"

"아 네 볼일 있다고~ 잠시 다녀온다고 아까 나갔어요."

"지가 여기 갈 곳이 어디 있다고?"

"아이구 이모님도, 산 사람이 볼일도 있고 그런 거죠."

나를 나무라는 백 선생의 해맑은 모습 앞에서 자야가 살던 그 긴 골목길이 왜 떠오르는지, 세상 때가 너무 묻어버린 건지 하지 말아도 될 상상이 내 머리를 어지럽혔다. 자꾸만 대문에 신경이 쓰이고 자야의 외출에 내 가슴까지 두근거리는 이 우려는 무엇이었을까? 뭔가 일어나지 말아야 할 일이 일어나고 있는 것 같은 이 불안의 엄습은 무엇일까? 짧은 겨울 해가 뒷산에 걸려있는 시간인데도 자야는 아직 외출 중인 것 같고 바람에 대문 흔들리는 소리에 백 선생은 몇 번 밖을 서성이고 있었다.

난 대문을 나섰다. 약간 경사진 소방도로를 끼고 열댓 채의 단독주택들이 늘어서 있다. 우리 집은 그중 제일 꼭대기에 자리하고 있어서 아랫길에 누가 오는지 훤히 보인다. 어느새 눈은 그치고 외투를 여밀 만큼의 겨울바람이 상쾌했다. 불안했던 마음이 찬바람에 조금 씻겨 가는 것 같기도 하여 어둠이 밀려오는 언덕배기에서 사념에 잠겨있을 때였다. 한길에서 동네로 들어오는 진입로 입구에 낯익은 실루엣이 보였다. 아직은 어둠사리가 골목에 깔리지 않은 시간이었기에 난 그들을 쉽게 알아볼 수 있었다. 차에서 내린 남편은 자야만 들여보내고 휑하니 차를 돌려 시내로 나간다. 내 불안한 직감은 언제나 옳았다. 남편의 차에서 내린 자야와 자야를 보며 해결할 수 없는 난제에 부딪치고 있다는 걸 알았다.

"어디 갔다 오는가?"

대문 앞에서 숨을 고르고 서 있는 자야에게 말을 걸어보지만 그녀는 대답도 없이 들어가 버린다. 도저히 그녀를 이해할 수가 없었다. 나를 바라보는 그녀의 표정이 당혹하다거나 일말의 미안함은 조금도 없었다. 그녀는 그런 것으로 미안해하지 않아도 되는 직업적인 어떤 합리가 있지 않나 생각했다. 죄의식이 조금도 없다는 건 아직도 그녀가 창녀이기 때문일까? 곧 태풍이 불어닥칠 예감에 난 아이러니하게도 그 피해를 어떻게 최소화해야 하는가를 걱정하고 있었다.

얼마나 많은 난제에 휘말리며 살았던가. 남편과 유부녀와의 불륜은 간통으로 이어지고 무마하기 위해 경찰서로 법원으로 뛰어다니던 내 수치스러운 시간들, 조금 모자라는 열여섯 소녀를 성폭행한 대가로 기름진 논 다섯 마지기를 상납했던 사건(1970년대에는 성폭행이 시대의 이슈로 부각되지 않았던 시대였다) 폭행을 밥 먹듯 해서 경찰서 유치장을 안방처럼 들락거리며 노름질하다가 돈 가져오라고 전화하는 건 다반사였다. 혼자서 아이를 출산하고 첫 미역국마저 내 손으로 끓여 먹었던 참으로 고단한 삶이었다. 남편은 남의 편보다 더 무섭고 싫었던 악이었다. 아이가 어미가 없어도 살아갈 나이가 되면 아무도 모르는 곳으로 도망가리라. 세월이 흐르기만 기다리며 아이를 키워내는 것으로 내 삶의 모든 것을 바치고 있었다. 그나마라도 아이에게 아비가 없다면 먹이고 입히고 가르쳐야 하는 경제적 문제를 해결할 수 없었기에 난 견디고 또 견디며 살고 있었다. 그때의 나는 마당에 묶인 개보다 더 비루한 존재가 아니었나 싶다.

"이모님 제가 없는 동안 우리 자야 씨 좀 부탁할게요."

"얼마나 걸릴까? 백 선생."

"아마 길어야 보름쯤?"

"그만큼이나?"

"최대한 빨리 오도록 할게요."

"……"

"아이구 참 이모님도. 빨리 다녀올게요."

봄이었다. 나의 일생 중에 이토록 간절하게 봄을 기다려본 적이 있었던가. 남편과 자야의 쓰레기 같은 짓거리를 지켜보며 겨우내 마음

졸이던 나였다. 아무것도 모르는 백 선생의 순애보 앞에 정녕 대책이 없었을까. 남편과 자야의 짓거리를 그때 말했다면 아마도 우리 모두의 삶이 달라졌을 것이다. 용기가 없었던 건 아니었다. 아이들과 내가 겪어야 할, 또 한차례의 태풍을 두려워했기 때문이다. 백 선생이 알기 전에 어서 전근을 가주는 게 해결 방법일 뿐이라 생각하며 봄이 빨리 와주기만을 기다리고 있었다. 너무도 비열했던 나의 봄이었다.

"살림집 얻고 세간 준비해놓고 자야 씨 데려갈게요. 빨리빨리 준비한다 해도 두 주일은 걸리지 않을까요? 새 학기라서 또 조금 바쁘기도 할 거구."

"에고, 알았어요. 언능 데불고 가요. 귀찮아."

아무 일도 없는 것처럼 그렇게 백 선생을 보냈지만. 나는 큰 죄를 짓고 있다는 자책과 부끄러움으로 고개를 들 수가 없었다.

자야와 남편의 더러운 짓거리는 현재 진행형이었고 그러나 불안 속에서도 시간은 흘렀다. 자야는 아무 일도 없었던 것처럼 백 선생을 따라 떠났다. 불편하고 아프고 귀찮은. 어쩌면 암 덩어리 같은 혹을 떼어낸 것 같은 안도감이 찾아왔다. 남편과 자야의 지저분한 관계를 백 선생이 모른 채 떠났다는 건 내 아이와 내게 불어올 커다란 태풍 하나가 피해 없이 지나갔다는 것이었다. 백 선생이 떠나든지, 자야가 가든지, 아무 상관없는 남편과 아무런 일도 없다는 듯 또다시 예전의 일상으로 돌아가면 될 뿐이었다. 그러나 나는 백 선생이 살던 방을 치우고 도배하며 몇 날을 속울음 울었다. 백 선생이 자야와 잘 살기를 기도하지 못하는 내 양심을 두드리며 남편을 저주하고 또 저주했다. 사람의 값을 하지 못하는 내 삶을 그만 멈추고 싶어도 아이의 삶 마저 거둘 수는 없지 않겠는가. 튀밥 튀기듯 아이가 빨리 자라주기만 을 바라던 그해 나는 힘겨운 불혹을 겨우 넘고 있었다.

"이모 이럴 수밖에 없었어요. 제 마음대로 이 아이를 처리할 수는 없는 것 같아서요."
백 선생이 아기를 안고 우리 집을 들어선 건 그들이 떠난 후 일 년이 조금 넘었을 때쯤이었다. 늦봄, 몽우(濛雨)가 자욱하게 내리는 날이었다. 뚝뚝 떨어져 내리는 봄꽃 속으로 잠시 조용했던 일상을 두드리는 불길한 예감이었다. 예민한 자신의 촉을 믿는 나는 안개 같은 비 속으로 무엇인지도 모를 불운한 사건을 기다리고 있었다. 한동안 조용했던 남편의 행보는 또 무엇을 데리고 올까. 그게 무엇이든 아주 작고 사소한 일탈이길 바랄 뿐이었다. 그러나 열어놓은 대문을 밀고 익숙한 남자가 아기를 안고 들어서는 모습을 보며 작고 사소한 일탈은 꿈이었음을 직감한다. 대형의 쓰나미 같은 사건임을 인지하며 나는 마음을 다잡고 있었다.
'아직은 아니야. 아직은 이 울타리를 지켜야 해.'
나는 습관처럼 전투를 준비하듯 어느새 갑옷을 입고 활과 방패를 준비하고 있었다.
"아저씨 아이랍니다. 자야가 그랬어요. 확실하대요. 자야는 아이만 두고 떠났어요."
백 선생을 올려다보며 무슨 일이냐고 눈으로 묻는데 커다란 남자가 눈물을 뚝 떨군다.

"이모 사실 저는 아이를 가질 수가 없는 몸이에요. 무정자증이라네요."

땅이 꺼질 것 같은 날숨을 길게 토해내더니 백 선생은 말을 잇는다.

"자야의 배가 불러올 때 그때부터 전 사는 게 아니었어요. 누구 아이냐고 물을 수도 없었어요. 전 차마 제가 씨 없는 남자라는 말을 못 했어요. 저의 결점이 있었기에 정상적인 결혼을 포기했던 속셈을 들키기가 싫었나 봅니다."

"그래서? 참 기막혀서."

힐난 같은 나의 되물음에 백 선생은 눈물을 그치고 담담하게 말한다.

"대학교 때 우연히 어떤 연구 실험에 동참하게 되었는데 그때 무정자증을 알게 되었어요. 자야 씨에겐 늘 미안하게 생각했어요. 자야 씨를 사랑했던 제 마음은 진정이었고요."

자야는 아이를 낳을 때까지 백 선생에게 떳떳했다고 했다. 굳이 백 선생의 말을 빌리지 않더라도 자야는 그러고도 남을 여자였다. 부끄러움도 모르고 도덕과 윤리라는 글자 자체도 모르는 여자였다. 자기가 얼마나 뻔뻔한지조차 모르고 윤락의 뜻조차 모르는 백치 같은 여자였다. 더 듣지 않아도 상황 판단은 끝났다. 그러나 아이를 두고 가야 하는 이유를 내게 납득시키기 위해 우직한 그 남자는 필사적인 노력을 하고 있었다. 내 남편을 욕하고 원망도 하지 않으면서 이 아이가 아저씨의 아이라는 것만 설득하려 했다.

"아이를 낳은 후 자야는 어느 날 홀연히 떠났어요. 이모 저는 이 아이를 제 아이로 받아들이고 있었어요. 자야 씨가 낳은 아이라면 저의 아이로 키울 수가 있겠더라고요. 어차피 전 아이를 가질 수 없는 사람이니까요."

숨이 막히는 걸까. 백 선생은 자기 집처럼 냉장고 문을 열더니 보리차 한 사발을 벌컥벌컥 단숨에 들이킨다.

"자야 씨가 떠나지 않았으면 그리고 이 아이가 아저씨 아이라는 말을 하지 않았으면 아마 이 아이는 저의 아이로 자라고 있겠지요."

"아저씨는 그런 사람이라는 걸 제가 잘 알고 있었으니 특별하게 배신감을 느끼지 않았어요. 개한테 물렸다고 생각하면 되니까요."

"그런데 이모. 이모님은 자야와 아저씨의 그런 짓거리들을 알았을 텐데 어찌 제게 한마디도 안 하셨을까요?"

"……"

고개만 숙이고 앉아 있는 나의 꼬락서니가 수치스러움을 넘어 처참하기만 했다. 백 선생의 화살은 다시 내 심장을 겨냥한다.

"신접살림하면서 행복했던 잠시의 순간들은 꿈 같았어요. 그건 찰나였어요. 자야 씨의 배가 부르면서 시작된 저의 악몽 같은 방황의 시간들을 어떻게 보상하실래요? 아저씨와 자야의 그 더러운 불륜을 알면서도 모른 채 한 이모에게 이 아기는 체벌이겠지요?"

몽우 자욱하던 그해 늦은 봄날, 까마득한 절벽 위에서 난 또 한 번 위태로운 순간을 지나고 있었다. 백 선생은 자기의 아픔을 총알 쏘듯 퍼부어놓고 떠나버렸고 백일을 넘겼을 것 같은 계집아이는 소파 위에서 평화롭게 잠들어 있었다. 그날도 남편은 외박질을 하는지 돌아오지 않았고 아무것도 모르는 저 어린것을 어떻게 할 것인가는 나의 몫이었다. 한편 순박하고 우직한 젊은 남자의 삶에 크나큰 상처를 입혔기에 나의 남은 삶은 후회와 죄의식으로 아픈 나날이 될 것이라는 생각을 하게 되었다. 그러나 이 또한 지나가리라. 위태한 절벽 위에서 나는 자신을 세뇌하고 있었다. 이제까지의 내 삶은 그러하였으므로.

"고아원에 가져다 줘버려. 누구 새낀 줄도 모르는 것을 넙죽 받기는 와 받아? 미친년 난 책임 안 져. 에이 재수 없어."

이틀 만에 집에 들어온 남편은 한바탕 욕질을 퍼부어놓고 대문을 차며 나가버린다. 나는 알고 있었다. 그 아이가 남편의 아이라는 걸. 백일이 지난 아이의 얼굴은 남편의 판박이였다. 요즘 시대처럼 친자검사 같은 건 들어보지도 못한 시대였고 더구나 시골까지 그러한 과학적 혜택을 꿈도 못 꾸던 시절이었다. 아이를 가졌다는 다방 아가씨도 다녀갔고 유산을 해야겠으니 병원비를 요구하던 어느 과부의 호소도 있었던 남편의 전적이다. 그러한 전적이 없었다고 하더라도 이 아이는 틀림없는 남편의 아이라는 걸 나는 의심치 않았다.

"업보란다. 네가 갚아야 할 업이다."

언제나 딸을 전생의 죄인으로 만들어버리는 내 어머니의 말씀이 아니라 해도 나는 그 아이를 숙명으로 받아들이고 있었다. '내 탓이로소이다' 언젠가 잠시 접해본 천주교 교리처럼 가슴을 두드리며 자신을 탓하지만 그 아이를 어디에다 어떻게 버려야 하는지 아무런 생각이 없었다. 그 아이로 인해 자야가 또다시 질긴 악연으로 끼어들 훗날을 전혀 모른 채 어쩔 수 없이 그 어린것을 내 가슴에 품었다.

함백산 정상에다 남편을 뿌리고 돌아오는 길이었다. 쉰 살도 살지 못하고 혼자가 되었다. 너무 빨리 혼자가 되어버린 여자에게 연민과 또는 야릇한 시선을 던지는 사람들이었지만 상관없었다. 압박과 설움에서 해방된 민족처럼 무한한 자유를 느끼는 남편의 죽음이었다. 남편의 죽음 앞에서 난 남모르게 손뼉을 쳤다면 나쁜 사람이었을까. 가버린 사람 앞에서 해방감을 느꼈던 불혹의 중반, 아이들을 데리고 살아가야 할 중압감 따위는 그와 살면서 당했던 그 모든 박탈감에 비하면 소수점만큼의 아픔일 것이었다. 지옥 불 같은 화장터 화구에서 꺼낸 그를 한점도 남김없이 강원도 높은 산에다 흩뿌리고 돌아설 때 아이들만 없었으면 만세라도 부르고 싶었다.

"훗날 내가 죽거든 먼지 한 톨만 큼도 네 아비의 영혼과 마주치지 않았으면 좋겠다. 이곳에서 아주 먼 곳에다 나를 뿌려주렴. 흘려듣지 말고 가슴에 새기거라."

아이들이 그 말뜻을 다 이해하였을 리 없었겠지만 나는 각혈하듯 진심을 토해내고 있었다. 뼈를 잘라내듯 그렇게 살았던 아픔의 시간과 안녕을 흥얼거리며 낙조를 가슴에 안고 산을 내려왔다. 그렇게 또 한 단락의 삶이 끝나는 날 어떤 운명처럼 나는 자야를 다시 만났다.

내 삶의 한 부분에서 이젠 지워버리고 싶었던 한 여자가 또다시 불행이란 명찰을 달고 나를 호객하고 있었다. 강원도 경상도와 서울을 잇는 철도역에서 그녀를 만났다. 강원도에서 오는 기차를 타고 오면 두어 시간 뒤에 다시 경상도로 가는 기차를 탈 수 있었던 시대였다. 요즘 말로 하면 환승역이었다. 사람 하나를 먼지처럼 날려 보내놓고도 시장기를 참지 못해서 두 시간 간격의 열차 시간을 핑계 삼아 역전으로 나왔다. 역 마당 양쪽으로 환승역의 손님들을 받기 위한 식당들이 대 여섯 집 늘어서 있다. 아이들을 데리고 국밥집으로 막 들어가는 내 눈에 그녀 자야가 나를 보고 있었다. 늦가을 떡갈나무잎처럼 진한 갈색의 외투를 입고 그녀는 예의 별 표정 없는 표정으로 우두커니 서 있었다. 퇴색한 한 도시의 역전에서 그녀를 본 순간 나는 그만 그녀를 외면하고 싶었다. 모른 척 돌아서서 아이들과 식당에 들어왔다. 그녀가 여기에서 뭘 하며 사는지 다 알아버렸기 때문에 그녀와의 인연은 더 이상 원치 않는다는 내 뜻을 알아주기 바랐던 것 같다. 기다란 나무 식탁에 앉아 난로에서 김을 내는 보리차 한 잔씩 아이들 앞에 놓고 눈을 감고 있었다. 눈이라도 감지 않으면 창문으로 그녀가 서 있는지 자꾸 확인할 것 같았다. 얕은 숨소리와 입김으로 그녀의 기척을 알아차린 건 식당을 들어선 지 5분도 흐르지 않아서였다. 내 앞에 가만히 앉아 있는 그녀를 건너다보면서 거부할 수 없는 어떤 고리를 보았다.

어쩌자고 넌 또 왜 내게 오는 거니. 쓴 독백을 삼켰다. 그녀를 두고 그냥 떠나버리면 끝날 일이었다. 그녀의 아이가 내 곁에 앉아 있었기 때문일까. 난 그녀를 두고 식당을 나갈 용기가 없었다. 자야는 그 아이를 가만히 건너다보고 있었다. 어느새 여섯 살이었다. 백 선생의 손에서 내 품으로 온 그 아기를 나는 체벌을 감내한다고 생각하며 내 딸로 입적했다. 백 선생에게 지은 나의 비겁함에 대한 속죄였고 오갈 데 없는 그 아이를 버릴 수 없었다는 게 솔직한 심정이었다. 그 아이를 하염없이 바라보는 자야를 모른 척 떠나기엔 마음이 허락하지 않았다. 서른의 중반도 훌쩍 넘겨버린 그녀가 아이를 건너다보며 앉아 담배 한 개를 단숨에 피우더니 어느새 손가락엔 두 번째 담배가 꽂혀 있었다. 희미한 백열등 밑에서 담배 연기는 포물선을 그리며 날아오르고 그녀와 마주 앉은 허름한 식당엔 싸구려 대폿집처럼 문주란이 부르는 동숙의 노래가 흘러나오고 있었다. 그냥 그렇게 앉아 있었다. 그녀도 나도 입을 열지 않았다. 무엇을 어떻게 물어봐야 좋을지 가늠이 안 되었다. 찍찍거리는 저 음악이 끝나면 일어서리라 '여자의 일생'도 끝나고 '산장의 여인'도 끝났다. 그렇게 몇 곡을 흘려보냈을까? 느닷없이 그녀가 내게 말했다.

"이모 아이 많이 컸네."

"……"

"이름이 뭐예요?"

"네가 뭔데 남의 딸 이름을 물어?"

날카로운 내 말은 상관없다는 듯 자야는 딸아이 손을 잡는다. 복잡한 감정이 순간을 몰아친다. 갓난아이를 아비도 아닌 백 선생에게 버려두고 잠적해버린 자신의 행동이 부끄럽지도 않을까. 백 선생의 숭고한 사랑을 장난질처럼 생각했던 자신의 행동이 미안하지도 않을까. 그때 떠올랐다. 자야를 처음 만났던 긴 골목 끝의 판잣집이 떠오르고 백치 같은 모습으로 나를 보던 이십 대 후반의 그녀가 기억되고 있었다. 그때도 창녀였고 지금도 창녀로 먹고사는 모양인데 왜 나는 저 여자를 뿌리치고 가지 못하는지 자신이 우스웠다. 이해도 용서도 할 수가 없는 저 여자와 마주 앉은 내가 한심스러워 그곳을 도망치듯 나왔다.

국밥을 다 먹지도 못한 아이들을 끌고 역으로 향했다 무슨 일인지 당황해하는 큰아이에게 딱히 설명해줄 말이 없었다. 아이를 빼앗기라도 할 것 같은 불안함이었을까. 어린 딸의 손을 꼭 쥐고 기차를 기다리고 있었다. 이 아이는 이제 자야의 아이도 아니고 죽은 남편의 자식도 아니었다. 그 아이는 내가 세상에서 받은 상처를 치유하러 내려온 천사 같은 존재였다. 남자아이에게서 느끼지 못한 또 다른 다정함과 뭔가를 아는 것처럼 어미를 집착처럼 따르는 아이를 난 도저히 버릴 수가 없었다. 걸핏하면 갖다버리라는 남편의 질시 속에서 눈치를 보며 자란 아이였다. 어쩌면 나의 비겁함과 용기의 결핍으로 이 세상으로 오게 된 생명이라는 걸 생각하며 그 아이의 양육은 책임이라고 생각했다. 아이를 키우면서, 주는 것보다 얻는 게 더 많았다. 그 아이의 웃음은 자야를 잊게 했고 헐어서 쓰라린 내 상처에 연고 같은 존재로 자리매김 되었다.

언젠가부터 그 아이는 내 속으로 낳은 아이가 되어 있었다. 느닷없이 나타난 자야가 아이의 이름을 물을 줄은 상상도 하지 못했다. 모성애란 글자 자체도 모르는 그녀라 치부했다. 삶에 대한 진정성이 손톱만큼도 없는 여름밤 하루살이 같은 사람이라고 생각했다. 아이의 어미가 자야라는 걸 절대 알게 해선 안 된다는 생각으로 도망치듯 식당을 나왔다.

"잠시만 시간을 좀 주세요."

기차역 대합실까지 따라온 자야가 나를 붙들었다. 어쩌자는 것일까.

"기차가 곧 올 거야. 시간이 없어."

냉정하게 뿌리치는 나를 애원하듯 바라본다. 생소했다. 자야의 저런 표정을 본 적이 있었던가. 간절한 눈빛이었다.

"잠시만 시간 좀 주세요. 부탁해요."

내 무의식의 상자 속에는 물렁물렁한 마음이 살고 있는지 야멸차게 자야를 거절하지 못하였다. 처음 보는 그녀의 생소한 모습이어서 그랬으리라. 그 도시에서 몇 정거장만 더 가면 우리가 사는 곳이어서 중학생인 큰아들에게 아이를 딸려 기차를 태웠다.

"동생 잘 보살피고. 엄마는 너무 늦지 않을 거야. 조심해라."

한참을 걸어 도시의 외각쯤 되어 보이는 동네로 들어섰다. 어느새 어둠이 깔리는데 가로등 하나 없는 거리엔 행인들마저 없었다. 지하도 아닌데 지하 동굴 같은 어둑한 방이었다. 대문을 들어와 뒤란으로 향하는 골목 끝에 붙어 있었다. 셋방을 놓으려고 다닥다닥 한 칸씩 분리된 방이었다. 그래도 역전 사창가에 살지 않는 것이 다행이라 생각했다. 두 칸의 계단을 내려가 방문을 여는데 생선 썩는 냄새와 함께 눈에 들어온 방안의 광경에 흠칫 뒷걸음을 쳤다.

"놀랄 필요 없어요. 이모. 들어오세요."

방에는 거죽만 붙은 남자가 죽은 듯 누워있었고 자야는 아무 불편 없다는 듯 그 남자를 넘으며 들어간다. 누운 남자의 요를 끌어당겨 벽 쪽으로 밀치더니 자야는 내게 들어오란다. 누워있는 남자는 일어나 앉을 힘도 없는지 간신히 옆으로 돌아누워 버린다. 도저히 그 방으로 들어설 자신이 없었다. 그 방으로 발을 들여놓는 순간 나는 그들과 같이 그 세계에 빠질 것 같은 공포가 밀려왔다.

"나 안 들어갈래. 네가 나와. 집에서 말고 다른 곳에서 얘기하면 되잖아."

후회는 언제나 내 것이었다. 밥 먹듯 후회하고 돌아서면 또 후회할 짓을 하는 게 나의 일상인 것 같았다. 탁자가 두 개뿐인 허름한 선술집에서 자야가 들려주는 싸구려 신파의 방대한 이야기를 들으며 꽤 많은 분량의 소주를 마셨다. 자야의 이야기에 취했는지 술에 취했는지 내 마음은 자꾸 물렁물렁해지고 있었다.

"폐암이래요. 수술해야 한다는데, 그렇다고 산다는 보장은 없다네."

단숨에 굵은 필지로 휘갈기듯 서슴없이 토해놓는다. 도대체 날 보고 어쩌라고? 나는 그저 묵묵히 들어줘야 하는 사람 취급을 하는 것 같았다.

"나 때문에 눈을 못 감겠대요. 뒷골목에서 벗어나서 포장마차라도 하는 걸 보면 안심하고 눈을 감겠다는데, 아직 빚으로 살고 있으니."

"이모 난 저 사람 참 좋아해요. 저 사람 죽으면 나도 죽을 것 같아요."

굵은 눈물이 자야의 눈에서 떨어지고 있었다. 백 선생과 살 때 백 선생에게 데면데면 굴던 자야의 그 뻔뻔함과는 대조적인 감정이었다. 아마도 백 선생과의 동거는 빚을 해결할 수 있는 하나의 방편에 불과했다는 걸 이젠 확실하게 알았다. 창녀촌의 건달이었던 사람과 사랑(?)을 시작하면서 그곳을 벗어나려고 애를 썼지만, 자야와 남자의 자력으로는 어려웠다고 했다. 어린 가장으로 자야의 어깨에 매달린 짐은 그때까지도 무거웠다고 했다. 남자가 죽기 전에 조그마한 포장마차라도 하는 걸 보여주고 싶다고 했다. 자야는 열심히 신파를 쓰며 도와주지 않으면 안 되는 것이라고 간절한 SOS를 타전하고 있었기에, 이미 나는 내 통장의 잔고를 계산하고 있었다. 새벽 기차를 타고 돌아오는 기차 안에서 습관처럼 후회를 씹고 또 씹었다. 남편도 죽고 없는데, 살길도 막막한데, 미친년 또라이 같은 년, 집에 도착할 때까지 나를 욕하고 또 욕했다.

　자야와의 두 번째 만남은 그렇게 끝났다. 집을 팔고 땅뙈기 조금 남은 것도 처리하면서 난 내 아이들과 큰 도시의 입성을 준비하고 있었다. 치욕과 굴종의 시간이었던 이 시골을 떠나 나를 모르는 곳으로 가고 싶었다. 아이들과 미래를 위하여 그리고 내 인생 후반부를 위하여 어려운 도약을 준비했다. 그날 밤, 취기였던지 자야에게서 아이를 태어나게 한 죄의식에 대한 보상 심리였던지, 그녀가 적어준 통장으로 포장마차 하나 차릴 수 있을 정도의 돈을 입금했다. 그것으로 내 남편의 악행과 그런 상황들을 알면서도 내 삶의 폭풍우가 무서워 입 닫고 귀 막았던 나의 이기가 용서될 리 없겠지만 그게 최선이었다고 나를 위로할 수밖에 없었다. 남편도 자야도 백 선생도 등등의 모든 과거를 차단하고 오욕의 그곳을 떠날 수가 있었다. 풀지 못할 악연의 매듭이 남았는지도 모른 채 자야가 보통의 삶을 살아주길 염원하면서.

낯선 남자의 전화를 받은 것은 딸아이 결혼식이 막 끝날 때였다.
"자야라는 사람을 아시지요? 여기 병원인데 좀 와주실 수 있을까요? 다른 곳엔 연락할 사람이 없어서요."
이쯤 되면 우리의 연대기가 다음 생까지 이어질 모양인가. 언제가 탑골공원 어느 식당에서 명함을 자야의 지갑 속에 넣어준 기억을 떠올렸다. 모질게 끊어내지 못했던 나의 물렁 한 속내를 후회했지만 딸을 결혼시키는 날 날아든 비보에 혼란스러웠다. 신혼여행 준비로 바쁜 아이를 건너다보는 내 가슴에서 바람 한 뭉텅이가 빠지는 느낌이었다. 경직된 세포들이 스르르 풀어지면서 납덩이 같은 무력감이 엄습했다. 아이가 혹시 출생에 대한 걸 물어온다면 어떤 소설을 써야 하나 늘 마음 쓰며 살았다. 다행하게도 딸아이는 예쁘게 밝게 자라주었고 무거운 짐 하나를 내려놓은 것 같았다. 어려운 숙제를 마친 것 같은 날이었는데 그런데 하필이면 왜 오늘일까. 아직도 청산하지 못할 업보가 남았을까.
"빨리 오셔야 할 것 같아요. 얼마 못 버틸 것 같습니다. 이 전화번호만 꼭 쥐고 있어서요."
나는 가겠다는 대답 대신 알겠다는 말로 전화를 끊었다. 트루먼쇼의 각본 같았던 긴 연극이 막을 내리고 있었다. 막 신혼여행을 떠나는 딸의 손을 잡고 속으로 말했다.
'아가. 이젠 내가 온전한 네 엄마야.'

 국가가 운영하는 무연고 환자들을 치료해주는 의료원이었다. 숨 쉬기도 버거운지 산소마스크를 달고 예의 초점 흐린 눈으로 창밖을 바라보고 있었다. 몸 팔아서 뒷바라지한다던 동생들은 다 어디 갔을까. 아무도 찾아오지 않는 무연고 환자 대열에 서서 이제 자야는 먼 여행길에 오르려고 한다. 나를 빤히 바라다보던 자야가 힘겹게 손짓을 한다. 살며시 다가간 내 손에 내가 주었던 명함을 얹어놓는다. 얼마나 많이 봤으면 종이에 보푸라기가 이렇게 일었을까. 나는 그때야 비로소 그녀도 사람이었다는 걸 알았다. 아픔도, 슬픔도, 부끄러움도 느낄 줄 아는, 평범한 여자였다는 것을. 사회적인 규범과 방법 질서 그러한 모든 것을 학습하지 못했다는 걸 그제야 알았다. 어떻게 살아야 하는 기초적인 것도 생각하기 이전에 어린 자야에게 닥친 건 구걸하는 삶이었으니 그녀는 오직 생존의 사투만 있었을 것이다. 제 이름 석 자도 남의 손을 빌려야 할 정도였다. 폭군 같은 아버지의 손에 이끌려 부잣집 식모로 팔려 갈 때부터 자야는 늘 자신을 팔며 사는 삶이었을 것이다. 보리쌀 서너 됫박에 고쟁이를 벗었다는 어미를 보고 자란 자야였다. 부끄러움도 수치 같은 건 아예 배워보지 못한 감정이었다. 나는 내 통증만 아파했을 뿐 자야의 아픔은 조금도 헤아리지 못했다는 걸 다 늙어서야 알았다. 나는 결국 나보다 더 아픈 그녀에게 돌을 던지고 있었다는 걸 깨달았다. 삶이란 건 참으로 다른 여러 유형이 있을 뿐 정답은 없다는 걸 다시 한번 깨달았다.
 자야가 꼭 쥐고 있는 내 전화번호의 의미를 나는 알고 있다. 물건 버리듯 버려버린 자식이었지만 깊은 가슴속 한구석엔 언제나 그 아이가 자라고 있었을 것이다. 아이의 이름을 물었던 어느 역전 식당에서도, 소주를 물 마시듯 들이붓고 내게 포악질을 하던 공원 술집에서도 자야는 어미였을 것이다. 나는 온전하게 내 딸의 어미가 아니었다. 이렇게 애달픈 어미를 어찌해야 하는지. 돌아서 병실을 나오는 내 뒷덜미를 또 자야가 잡는 것 같았다. 병원 마당에도 목련이 후드득 목숨을 놓고 있었다.
 죽음이 위로라고 했다. 내 귀에다 대고 가만히 들려준 그녀의 말이었다.

 "엄마 친구야. 참 좋은 사람이야. 네가 술 한 잔 올려주련? 부탁할게."
 화장장 마지막 이별의 예를 치르며 난 딸에게 정중히 부탁했다. 딸은 깊이 절하며 잔을 올렸다. 고개를 숙이고 있는 딸애의 눈에서 한 방울 눈물이 달려 있었다. 알고 있었을까?

5 어느 봄날의 개꿈

여름의 오후는 지루했다. 이맘때의 저녁은 게을러서 천천히 온다. 손목시계는 오후 7시가 되었는데 아직도 들판엔 노을이 흥건하다. 화영은 마을이 내려다보이는 야트막한 야산에 앉아 동네를 내려다보고 있었다. 저녁연기가 노을 속으로 흩어지는 저곳은 화영의 불안을 모르는 듯 평화롭다. 노을빛에 반사된 화용의 얼굴은 봄날의 진달래처럼 붉다. 이제 갓 스물을 조금 넘은 화영은 잿빛 승복을 입고 있었다. 누가 볼까 챙 넓은 보릿짚 모자를 푹 눌러쓰고 손에는 작은 염주와 목탁이 들려있다. 바랑의 부피가 그리 크진 않지만 그 작은 바랑의 무게는 무거워 보였다. 삭발한 지 오랜 시간이 흐르지 않았다는 걸 그녀의 푸른빛 도는 머리를 보면 알 수 있었다. 소녀티를 벗지 못한 그녀의 얼굴과 잿빛 승복을 입은 그녀의 여정이 물음표를 던지고 있다.

저잣거리에서 온 버스가 구린내 나는 방귀를 풀풀 뀌어놓고 벌써 두 대가 지나갔다. 비 묻은 바람과 후드득 짧은 여우비까지 한바탕 지나가고 난 후 그제야 스멀스멀 연기처럼 어둠이 마을로 들어선다. 유독 화영의 시선이 머물던 집에도 어느새 마당에 불이 켜지고 있었다. 화영은 기다렸다는 듯 일어섰다. 그러나 화영은 이제까지의 기다림과는 달리 천천히 걷고 있다. 밀밭을 건너고 조그마한 실개천을 폴짝 뛰어넘으며 이곳을 향했던 내밀한 마음 한 조각을 꺼내 본다. 달려오고 싶어서. 이 품에 안주하고 싶어서 애탔던 밤은 얼마나 길었던가. 밀밭 사이의 논두렁길에서, 노을이 붉이고 간 물 밑 잔불 속에서, 화영은 어린 화영을 만나기도 하면서 게으른 여름 저녁처럼 천천히 걷고 있다. 그만 돌아가고 싶기도 한 충동을 누르고 뒷걸음을 쳤지만, 화영은 세월의 때가 각질 같은 나무 대문 앞에 서고 말았다

'삐거덕'

슬쩍 밀어본 대문 소리에 스스로 놀란 화영은 꼬인 스텝으로 엎어질 듯 마당으로 들어선다. 훅 달려드는 모깃불의 냄새와 빨랫줄에 걸어둔 백열등의 불빛과 마당 한쪽에 피어있는 무리의 접시꽃에 그만 다리가 얼어 붙어버렸다. 가슴 깊은 사진관에 저장되어 있던 한 컷의 사진이었다. 그립고 그리웠던 그 사진 속으로 들어온 현실에 화영은 더럭 겁이 났다. 돌아나갈 수도 뜨락으로 걸어 들어갈 수도 없어 죄인처럼 서 있는 화영 앞으로 어느새 어머니가 엎어질 듯 달려나온다.

"다 늦은 시간에 웬 스님께서?"

보릿짚 모자를 푹 눌러쓴 화영 앞에서 두 손을 모으고 절을 하는 어머니를 어쩌란 말일까. 화영은 아무 말도 못 하고 오래된 습관처

럼 마주 합장을 한다.

'얼어 죽을, 지가 무슨 스님이라고 합장은 미친.'

속으로 자신을 나무라며 화영은 어머니의 시선을 피한다.

"아이고 스님, 다 저녁때 우짠 일로? …… 우쨌던 올라 가십시다. 저녁 공양이나 하셔야지요."

길 가던 어느 스님이 탁발 온 줄 아신 건지 극진한 어머니의 환대에 화영은 더 어쩔 줄 모른다. 가만히 보릿짚 모자를 벗으며 화영은 나직하게 불렀다.

"엄마."

"?……"

"엄마 나야. 딸내미."

어머니는 마당에 철퍼덕 주저앉는다. 한동안 아무런 말도 못 했다. 모든 것들이 스톱워치에 걸린 것 같았다. 둥근 밥상에 마주 앉아 저녁을 먹고 있던 식구들도 행동이 멈추었고 꼬리를 치던 누렁이마저 눈도 껌벅이지 않고 화영을 바라보고 있었다. 지구의 자전과 공전이 멈추어 버린 걸까? 2년 전 몇 줄의 편지만 남겨두고 집 나간 딸년이 스님이 되어 돌아온 이 상황에 모든 것은 정지 화면처럼 굳어버렸다.

착실한 불교 신자였던 어머니라 하더라도 당신의 딸이 여승이 되어 돌아온 현실을 어떻게 받아들일 수 있을까. 마당에 텁석 주저앉아 일어서지를 못하고 대청마루에서 밥상을 받고 있던 아버지는 넋이 나간 것 같았다. 이제 여남은 살 먹은 막냇동생은 쪼르르 달려 나와 이상한 물건이라도 보는 것처럼 화영의 주위를 자꾸 맴돈다. 상황 짐작을 빨리했는지 큰동생이 아무 말 없이 화영의 바랑을 벗겨 들고 화영의 손을 이끌었다. 어느새 어둠이 짙어진 밤하늘엔 의아한 듯 쪽 달도 고개를 갸웃거리는 여름밤이었다.

"좀 쉬고 있어. 모두 정신 좀 차리면 밥 가져다줄게."

아무 말 없이 화영이 쓰던 방으로 들어온 동생은 낯선 누나를 가만히 쳐다본다. 뭔가 부끄러웠다. 그 아이가 쳐다보고 있는 내 행색이 떳떳하지 못한 것 같았다. 일곱 살 터울이라 언제나 아이 같던 동생이 어느새 훌쩍 자라서 고등학생이 되어 있었다. 2년이란 세월의 간극은 비단 자신만 느끼는 게 아닐 것이다. 화영을 보는 동생의 입장으로 생각해보며 말할 수 없는 수치심으로 천 길 낭떠러지로 떨어지는 것 같았다. 무력감과 표현 못 할 피로함이 몰려왔다. 기절하듯 그만 책상에 엎드린 채 어느새 화영은 얕은 잠속으로 떨어졌다. 내 집으로 돌아온 안락함이었을까. 얼마의 시간이 흘렀는지 등줄기에 내려꽂히는 통증에 후다닥 일어선 화영은 수습할 새도 없이 어머니의 습격을 받아야 했다.

"뒈져불지, 왜 왔니? 이 꼴로 왜 기어 들어와? 미친년. 차라리 어디 가서 소문 없이 뒈지거라."

엎어놓고 등줄기를 사정없이 내려치는 매를 고스란히 다 맞으면서 화영은 입술을 악물었다. 당연한 귀결이었다. 이보다 더한 상황도 예견하고 있었기에 화영은 묵묵히 견딜 수 있었다.

"당장 나가거라 누가 알까 무섭다. 나는 딸년 하나 없다고 생각한 지 오래다. 감히 네년이 이 꼴로 대문을 들어서? 나쁜 년."

어머니는 큰소리를 내지도 못하고 속울음을 꺽꺽 삼키며 실신할 듯 화영을 쥐어뜯었다. 한마디 대꾸도 없이 모진 매를 감당하고 있는 딸 위에 엎어져 어머니는 결국 통곡을 하고 말았다.

"아이고 내 팔자야. 일구월심 부처님을 위하고 살았건만 부처님도 야속하지. 내 딸이 중이 될 줄…… 아이고 세상에 이런 일이 또 있을까?"

어머니의 통곡이 담 넘어라도 나갈까 걱정이 되었는지 결국 아버지가 어머니를 부축해서 나간다. 한참 정적이 흘렀다. 바람도 비켜가는지 아무도 살지 않는 집처럼 무거운 적요가 가라앉고 있었다. 화영은 그제야 자신의 방을 둘러보았다. 아무것도 변한 게 없었다. 자신이 수를 놓아 만든 횃댓보가 걸린 벽에는 집 나가던 해에 꺾어다 말린 산국화 한 다발이 걸려있었고 밤새워 읽던 책들은 작은 책장에서 화영을 바라보고 있었다. 화영의 부재가 전혀 느껴지지 않을 만큼 먼지 한 톨도 없었고 책상이며 책장은 반짝반짝 윤이 흘렀다. 아무것도 건드리지 않았다. 오늘, 아니면 내일쯤 마실 다녀온 것처럼 들어올 것이니까 어머니는 닦고 또 닦았을 것이다. 벽에 걸린 거울까지 금방 닦은 것처럼 말갛고 깨끗했다. 화영은 거울 속에 비친 자신을 보다가 소스라치게 놀란다. 자신의 방, 자신의 책상 앞에 앉은 승복 차림의 까까머리는 과연 자신인지 불과 2년 전만 해도 어깨까지 내려오는 머리를 양 갈래로 땋아 내린 스무 살 처녀였다. 무엇을 위하여 무엇 때문에 이런 상황까지 왔는지 화영은 다시 어떤 당혹스러움이 밀려온다. 책상에 얌전하게 놓여 있는 작은 사진틀에는 교복을 입은 화영이 웃고 있었다. 아무런 고뇌도 없이 활짝 웃고 있는 사진 속 화영을 보면서 화영은 일말의 의문을 생각한다. 이곳에 있는 모든 것을 다 버리고 지금 저 거울 속 민머리의 화영으로 변모할 수 있었던 것에 대하여 과연 조금의 후회도 없는 것일까? 화영은 사고와 인격이 완전히 성장하지 않았던 2년 전 그때의 결심에 대해 다시 한번 의문을 던져본다.

 초여름이었다. 장독대 주위로 봉선화와 분꽃이 시샘하듯 피어나고 돌담 밑으로 붉은 접시꽃이 주렁주렁 열리던 칠월이었다. 저녁 설거지가 끝났는지 어머니의 게다짝(일본 나무 슬리퍼) 소리가 멀어지고 동생들의 장난질 소리도 끊긴 시간이었다. 치부를 가려주듯 으스름한 달빛이 고마운 화영은 결심한 듯 패각 같은 나무 대문을 조심스럽게 열고 길을 나섰다. 아무 영문도 모르고 대문까지 꼬리를 치며 따라 나온 누렁이를 버려둔 채 화영은 바튼 걸음을 걷는다. 누가 뒷덜미를 잡는 것 같아서 화영은 자꾸 뒤를 돌아본다. 제 발자국에 놀라 멈추기도 하고 어느 집 개 짖는 소리에 놀라 달리기도 하면서 화영은 야반도주를 하고 있었다. 새벽 기차를 타려면 아직 시간이 많이 남았는데도 도망질하는 죄인이었기에 불안한 마음은 어쩔 수 없었다. 딸의 가출을 인지한 부모님의 얼굴을 생각하면 가던 길 다시 돌아갈까 하고 망설여지기도 하지만, 화영은 도리질을 세차게 한다. 삶의 그래프를 그려놓고 덧셈 뺄셈을 얼마나 많이 했던가. 얼마나 격한 통증을 앓았던가. 화영은 돌아갈 수 없는 길임을 스스로 각인시키며 단내가 나도록 밤길을 걷고 있었다.

'불효인 줄 알면서도 이 길을 택한 여식을 용서하세요. 언제가 될지 모르겠지만 아버지 앞에 떳떳하게 설 수 있을 때 돌아올게요. 제 꿈을 위하여 떠나는 저를 부디 너그럽게 이해하시고 너무 나무라지 말아 주세요. 두 분 평안하심을 빌겠습니다. 아버지 지갑에서 조금의 돈을 빌려 갑니다.'

화영은 간략한 편지 한 장 달랑 남겨놓고 가출을 감행했다. 목숨까지 담보한 화영과 완고한 아버지의 대결은 끝내 화영의 가출로 끝이 났다.

"쓸데없이 지집애가 무슨 공부를 한다고 쯧쯧."

"그만큼 배웠으면 지 앞가림은 할 것이고 제사 일습이나 살림이나 바느질을 배워서 얌전히 시집이나 갈 일이지."

"거렁뱅이 될라고, 글공부는 무슨."

맏이로 외딸로 태어나서 이쁨받고 자랐던 화영에겐 인생 처음으로 만난 벽이었다.

"난 죽어도 소설을 쓰는 사람이 될 거예요. 아버지 제발 소원이에요."

"시끄럽다 마. 여자가 공부 많이 한다고 대통령이 될끼가, 박사를 할끼가, 쓸데없다."

삼십육 년 일제 식민지 시대와 육이오 전쟁을 겪은 후였다. 가난과 상실에 힘겹던 격동의 시대였다. 상처를 치료하며 회복기에 들어선 힘겹던 나라였다. 가능성을 무시하는 사람들과 가능성을 개척하는 사람들의 갈등이 큰 사회였다. 빈부의 격차만큼이나 남자와 여자의 인권 격차가 너무 크던 시절이었다. 서양 문물을 받아들이는 사람과 유교적 사상에 매몰된 사람들의 간극이 크던 시대였다. 희망의 시대였지만 또한 상실의 시대였다. 화영은 그러한 시대에 태어난 불운한 아이였다. 그때까지만 해도 아침이면 사랑방에 앉아 청아하게 한문을 읽던 아버지였다. 그런 아버지가 딸아이를 고등학교까지 보내주었다는 건 획기적인 일이었다. 아마도 화영이 남자아이였다면 당연히 대학을 보냈을 것이다. 한학을 공부하고 지극히 보수적인 아버지라 하더라도 신식공부는 필수라는 걸 느꼈을 것이었기에 화영을 고등교육까지는 허락했을 것이다. 다만 여기까지였다. 더 이상은 절대 불가였다. 미래를 놓고 아버지와 정면 대결을 수도 없이 하고 단식, 금식과 수면제 한 움큼 털어먹기도 했지만 화영에게 아버진 도저히 넘을 수 없는 벽이었다.

"에이그 저 고집을 누가 꺾을꼬. 야 이놈의 지집아야, 그깐 공부하면 떡이 나오냐 밥이 나오냐. 백날 고집부려도 느이 아부지 절대 못 이긴다."

"엄마마저 아버지 편이면 나는 누굴 믿고 사는데. 엄마가 제발 아버지께 사정 좀 해봐."

여자이기를 부정하고 싶은 화영이었다. 밥도 안 나오고 떡도 안 나오는 쓸데없는 그깟 문학에 왜 미쳐서 푸릉푸릉한 청춘에 이게 무슨 일이냐고 자책을 하고 또 하지만 그건 잠시였다. 관습과 성별의 차이로 희생된 시대의 불운아였다. 밤새워 읽던 '샬럿 브론테의 제인 에어의 숭고한 사랑에 매료되고 인형의 집 노라를 읽으며 애태우고 있었다. 오만과 편견을 읽으며 고뇌하고 윤동주의 별을 헤아렸고 박

목월의 사랑을 동경하는 화영이었고 매창의 이화우 흩날릴 제를 읊조리던 소녀였다. 국민학교(초등학교) 저학년부터 백일장을 다녔고 문학지에 투고하면 최고상을 휩쓸었던 화영이었기에 미래의 화영은 여류 작가임을 믿어 의심치 않았다. 용돈을 아껴가며 가끔 거짓말로 타낸 책값으로 세계 문학 전집을 사는 게 기쁨이었던 화영이었다. 조금씩 자신도 모르게 가슴속에 문학이란 세계를 들여 앉히며 꿈을 꾸었다. 그토록 절실했던 꿈을 접어야 한다는 게 화영에겐 큰 형벌이었다. 요즘 시대였으면 아르바이트 등 자력으로 공부할 수 있는 길이 많겠지만 그 당시에는 부모의 도움 없이는 독학이 거의 불가능한 시대였기에 화영의 저항은 필사적이었다. 포기는 화영에게 곧 죽음이었다. 그 여름밤, 가출은 또 다른 시작이라고 위로하며 화영은 자꾸만 따라오는 달을 쫓으며 미래를 향해 뛰고 있었다.

"야 이년아. 해가 중천에 떴는데 그만 처 자고 내려가거라. 저런 게 을러 빠진 년이 공부는 무신 공부."

벽력 같은 고함에 놀라 눈을 떴다. 중천에 떴다는 해는 보이지 않았지만. 화영의 손목시계는 여섯 시를 가리킨다. 산중에서 맞은 첫날 밤이어서 그런지 설명 못 할 복잡미묘한 생각으로 뒤척거리다가 새벽에야 설핏 잠이 들었다. 깜짝 놀라 일어난 화영은 후다닥 뛰어나와 스님이라는 사람 앞에 다소곳이 섰다. 큰스님을 따라 숨이 차도록 올라온 조그마한 암자에서 벌어진 헤프닝 같은 상황이었다. 아무리 봐도 비구니 같지 않은, 머리만 삭발한 할머니였다.

"야 이년아 부처님 전이 너 같은 계집년들 도피처인 줄 알았더냐? 느이 어매 눈물 그만 빼고 아침 한 술 처먹고 그만 하산하거라. 이년아 알았냐?"

분명 화영을 이곳으로 데리고 올라온 큰스님은 지금 화영에게 욕지거리를 사정없이 퍼붓는 저 마귀할멈 같은 여자를 스님이라고 했다. 속인도 섣불리 하지 못할 욕을 서슴없이 하는 걸 보면 저분은 분명 스님이 아닐 거야. 화영의 당황한 속내를 안다는 듯 또다시 퍼부어 댄다.

"폐병 환자처럼 상판대기는 뽀얗고 손가락은 지렁이처럼 길쭉길쭉 한 거 보니까 손에 물 한 방울도 안 묻혀본 공주 같은데 네년이 대체 이 산꼭대기 암자에서 뭐를 한다고?"

"아이고 관세음보살님 굽어살피소서. 다 늘그막에 지가 왜 저런 년의 수발을 들어야 한답니까, 나무아미타불."

타령조의 핍박을 받으면서 아무런 대답도 없이 화영은 암자 옆으로 흐르는 좁은 계곡물에 후다닥 세수를 했다. 이제 주사위는 던져졌다. 다시 돌아갈 수는 없었다. 화영은 큰 스님의 말씀을 다시 기억하며 입술을 물었다.

"돌아갈 수 있는 길이 있다면 그렇게 하겠느냐?"

"네, 스님."

"긴 시간이 걸리고 험난하고 혹독한 체벌이 가해진다 해도 인내할 수 있겠느냐?"

"네, 제가 원하는 곳으로 갈 수만 있다면 그렇게 하겠습니다."

"후회하지 않겠느냐?"

"네."

화영은 모진 마음을 먹었다. 어떤 길이든 자신이 그토록 갈망하던 문학의 꿈을 이룰 수 있다면 어떤 고행이든 참지 못할까. 그까짓 잠시 머리 깎고 중질하면 어떠하랴. 어머니를 버리고 모든 것을 버려두고 여기까지 왔을 때는 그만한 각오도 없었을까. 자문자답하며 다시 한번 마음을 다지는 화영은 앞으로 다가올 체벌의 고통을 소수점만큼도 몰랐던 철부지에 불과했다.

어떤 우연의 만남이었다. 화영을 이곳까지 데려다준 그 스님은 화영의 인생에 이렇게 큰 존재가 될 줄은 몰랐다.

"학생 혹시 이곳으로 올 기회가 있다면 소승을 한 번 찾아오실 수 있을까요?"

소도시의 작은 서점이었다. 일반인이라면 정장의 예를 갖춘 것처럼 장삼까지 입고 긴 염주를 손에든 승려 한 분이 말간 눈으로 화영을 보고 있었다. 승려라면 낯설지 않은 화영이었다. 착실한 불교 신자였던 어머니의 불심으로 언제나 여러 스님이 드나들던 화영의 집이었기에 거리감 없이 다가섰다.

"스님. 스님은 어느 절에서 오셨어요?"

"아! 네…… 꽤 깊은 산중인데 여기선 먼 곳이지요."

"근데 저를 왜 오라고 하실까요?"

"관세음보살."

잠시 생각하던 스님은 빙그레 웃으면서 나직하게 말했다.

"살다 보면 누구에겐가 SOS를 치고 싶을 때가 있답니다. 깊이 생각하지 말아요. 오늘 학생이 보고 있는 책들을 보면서 문득 그런 생각이 들었답니다."

그때는 그 말뜻을 다 소화 시키기엔 어린 화영이었지만 거부하지 못할 뭔가를 느꼈다. 스님의 나이를 가늠할 수는 없지만, 꽤 연륜이 묻어나는 묵직함이 느껴졌다.

"이건 제가 선물할게요. 심심할 때 조금씩 읽어볼래요?"

서점 귀퉁이에서 책 한 권을 빼 오더니 화영의 손에 들려준다. 친 싸인과 주소를 수록한 후 책값을 계산하며 싱긋 웃는다.

"뭔가 쓰고 싶으면 이 주소로 편지를 보내도 좋겠지요."

대답은 들을 필요가 없다는 듯 횅하니 유리문을 밀고 나가는 스님의 장삼 자락에서 화영은 바람의 냄새를 맡았다. 그날의 짧은 만남이 진정 인연이 될 줄 스님은 미리 알고 있었을까. 툭 던지는 것처럼 화영에 손에 놓고 간 책 표지에 필연(必然)이란 글자가 박혀 있었다. 화영은 그 필연이란 책을 읽으며 불가의 세계를 막연하게 느끼기도 하였고, 스님의 아름답기까지 한 언어와 문맥에 매료되기도 했었다. 화영은 언젠가 그를 꼭 한 번 찾아가야 할 것 같은 예감에 설레기도 했다. 그렇게 스님은 인연으로 이어졌고 친구 같은 스승으로 화영의 삶 속에 깊이 자리매김 되었다. 그는 포교당이 아닌 큰 교구의 주지였고 큰스님이라 불리는 꽤 명성 있는 승려라는 걸 알게 된 건 서점의 만남 이후 불과 1년 후쯤이었다. 고등학교를 졸업하면서

진로의 봉착이 있었고 아버지와의 대립과 갈등 중 화영은 큰 스님에게 SOS를 타전했던 것이었다. 예견하고 있었던 것처럼 큰스님은 기꺼이 멘토가 되어 주셨다.

모든 안락함을 놓아두고 큰스님을 찾아오던 날 산문(山門)을 들어서며 감당하지 못할 두려움이 엄습했다. 사대천왕이 도끼를 들고 두 눈을 부릅뜨고 있는 천왕문에서 돌아가야 하는가에 대해 다시 한번 반문하기도 했다. 그러나 화영의 갈망은 너무나 간절했기에 두 눈을 사대천왕처럼 부릅뜨고 대웅전이 보이는 곳으로 걸었다.

"2년 동안 너를 버리는 수련에서 이기면 너의 길을 열어줄 것이야. 각오는 되었느냐?"

"네."

가출하기 전 편지로 수없이 오갔던 질문이었다. 스님이 주신 숙제를 끝내면 화영이 열망하던 길을 열어준다는 약속을 믿으며, 가지 말라고 자꾸만 따라오던 달을 쫓던 여름밤의 가출이 있었다. 구체적으로 어떤 고행이 따르는지는 화영도 알 수 없었다. 다만 사람이 견딜 수 있는 정도의 수련이겠지 하는 막연한 생각만 있었을 뿐. 그렇게 큰스님의 손에 이끌려 큰 산 높은 곳에 있는 토굴 같은 암자에 올라왔다.

"스님 아직 아무것도 모르는 아이입니다. 잘 부탁합니다."

화영을 부탁하는 큰스님을 곁눈질하며, 할머니 스님이 화영에게 던지는 첫 말부터가 독설이었다.

"미친년 연애질하다가 바람맞고 왔구나. 네년이 여기서 한 달만 참아내면 나는 부처님 애를 배겠다. 이년아. 애당초 될성부른 나무는 떡잎부터 알아보는 볍여. 헛지랄 그만하고 하룻밤 재워 줄 테니 낼 아침 휭하니 내려가거라."

화영에겐 지독한 독설을 늘어놓더니 큰스님께는 오뉴월 엿가락처럼 상냥하다.

"아이고 큰스님. 그만 내려가세요. 이년 눈깔 좀 보세요. 중질하게 생겼는지. 불이 활활 타는 눈깔 달고 와서 부처님 녹여 먹을 년이어요. 낼 아침 내려 보낼랍니다. 그리 아시고 큰 스님 그만 내려가세요."

그러려니 하는 것처럼 큰스님은 익숙한 듯 빙그레 웃는다,

"허허허…… 불타는 눈깔 달고 왔으면 불법은 잘 익힐 테고 수행도 잘 닦을 테지. 맡기고 갑니다."

암자를 떠나는 큰스님 등 뒤에 꾸벅 절을 하며 화영은 크게 심호흡을 한다. 뻐드렁니 앞니가 꼭 쥐를 닮은 할머니 스님은 큰스님의 마중을 나갔는지 보이지도 않고 시커멓게 어둠이 깔린 커다란 산속에서 화영은 미아가 된 것 같았다. 어떻게 해야 하나. 답이 없었다. 무섭기만 한 밤이었다. 선 채로 밤을 보낸 것 같았다. 끝도 없는 미로를 밤새 헤매며 너무도 빨리 온 후회가 수치스럽던 밤이었다. 물한 모금 마시고 싶은 생각으로 문을 열었다가 시커먼 산이 짐승처럼 달려 들어와 이불을 덮어썼다. 대책 없는 밤이었다. 혼절한 것처럼 희뿌연 새벽빛이 문살을 비출 때 깜박 잠이 들었다. 내 이름이 '야 이년'인지 '야 이년아 일어나라'는 할머니 스님의 호통에 화영은 일탈

의 첫날을 맞았다.

'죽기 아니면 까무러치기야 난 스님이 되려고 온 건 아니잖아. 견디면 되는 거야. 무엇인지 모르지만 난 견뎌낼 거야.'

여름인데도 손끝이 시린 계곡물에 어젯밤 미로를 헤매던 나의 갈등을 씻고 또 헹궈 냈다. 그날부터 나는 그 할머니 스님의 닉네임을 마귀할멈이라 정해놓고 한판 전쟁도 불사할 것 같은 표정으로 법당 앞에 섰다.

"야 이년아 이 법당이 느이 같은 년 도피처인 줄 알았더냐. 니 어메 눈물 그만 빼고 아침 한 술갈 처먹고 휑하니 하산하거라. 알았냐? 이년아."

화영이 잠들었던 방과 붙어있는 공양간에 마귀할멈이 차려놓은 밥상 앞에 앉았다. 고춧가루라고는 십 리에 한두 점씩 보이는 누런 짠지와, 된장에 석삼년은 박아둔 것 같은 산초잎 장아찌 한 종지와 쌀은 보이지 않는 깡 보리밥 한 사발이 화영의 첫 객지 밥이었다. 울컥 올라오는 따뜻한 집 생각을 단숨에 눌러버린 화영은 자꾸 입속에서 뱅뱅 돌며 넘어가지 않는 보리밥을 삼키고 삼킨다. 패배자는 절대 되지 말자는 각오를 다짐하며 흐르는 눈물을 마귀 할멈에게 들킬세라 소매 끝으로 얼른 훔친다. 그런데 마귀할멈의 전술이 바뀌었는지 화영을 투명인간처럼 대하고 있었다. 하산하라고 고함을 지르지도 않았다. 아무도 없는 것처럼, 화영이 안 보이는 것처럼 '야 이년아'도 없고 '밥 처먹어라'도 없었다. 아마 화영이 도착하기 전 일상처럼 혼자 밥 먹고 예불인가 뭔가도 드리고 청소도 하면서 그렇게 화영을 완전 무시하고 있었다. 화영은 마귀할멈의 무시가 어떤 이유인지도 모르면서 공양간에 있는 낡아빠진 불경책을 뒤적거려 보기도 하고 손바닥만 한 법당에 걸레질도 해보고 여행 온 사람처럼 산길을 걷기도 한다. 이유도 모른 채 마귀할멈의 눈치를 늘 살피면서. 그래도 공양간엔 늘 내가 먹을 만큼의 보리밥이 개다리소반에 얹혀 있었다.

"야 이년아, 몇 날 며칠 부처님 밥 공짜로 처먹었으면 이제 부처님 공양이라도 네년 손으로 올려야 하지 않겠냐? 새벽 예불 드리려면 약수 길어와야 하니까 그만 처 자빠져 자고 퍼뜩 일어나거라."

공양간에 붙은 분갑만 한 방문을 우당탕 열어 재키며 예의 '야 이년아'가 시작되는 새벽이었다. 캄캄한 밤중이었다. 비몽사몽 간에 더듬더듬 성냥을 찾아 호롱불에 불을 붙인 화영은 손목시계를 본다. 새벽 두 시경이었다.

'캄캄한 이 밤중에 웬 약수를? 더구나 이 깊은 산중에서?'

떠지지 않는 눈 비비며 엉거주춤 일어선 화영에게 또 불호령이 떨어진다. 앞뒤 분별할 수도 없는 불가항력의 화영이었다. 코앞에 들이미는 양동이 하나 받아들고 댓돌로 내려서는 화영 앞에 시커먼 산은 괴물이었다. 마루에 있는 요강에 소변보러 나가는 것도 무서워 잠자는 할매를 깨우던 화영이었다. 새벽 2시의 거대한 산속에서 약수를 뜨러 간다는 건 상상도 하지 못할 일이었다.

"해우소 뒷길로 한참 올라가다 보면 네년 몸뚱이보다 열 배는 큰 바위가 보일 게야. 그 바위 밑에 약수가 있어. 합장하고 관세음보살 열심히 외우면서 정성껏 약수를 뜨거라. 잡심 먹고 뜨는 물은 썩은 물이니께. 후딱 다녀와서 공양간 아궁이에 불도 지피고."

가래침 퉤 하고 뱉으면서 해우소 거적들치고 들어가는 마귀할멈은 글자 그대로 마귀할멈이었다. 화영은 어쩔 수 없어 손전등 앞세우고 몇 발짝 걷는데 머릿발이 곤두서고 사시나무 떨듯 온몸이 떨려온다. 그때 갑자기 짐승 울음이 들려왔다. 열 발자국도 못 걸은 화영은 손전등 팽개치고 급한 김에 법당으로 뛰어들었다. 문고리 잡고 와들와들 떨다 뒤돌아본 화영에게 누런 부처님의 몸체가 또 왜 그리도 무섭던지.

부처님 앞에 엎드린 화영은 저도 모르게 나무아미타불 관세음보살을 부르고 있었다. 고행이란 게 이런 것이구나. 지금부터 시작이구나. 화영은 또다시 미로를 헤매고 있다. 어느새 새벽 공양을 지었는지 마귀할멈은 엎어져 있는 화영을 못 본 척 촛불을 밝히고 향을 피우더니 얌전하게 새벽 예불을 드린다.

"지심 귀명례 삼계도사 사생지부."

저 얼굴에 어찌 저렇게 청아한 목소리가 나오는지 화영은 저도 모르게 마귀할멈 뒤에 서서 절을 하고 있었다. 스님이 일어나면 같이 일어나고 절을 하면 같이 절을 하며 그렇게 예불을 드리고 있었다.

접시만 한 텃밭에 풀도 뽑아주고 마귀할멈의 뒤를 따라다니며 일거리를 찾아 부지런을 떠는 화영에게 이젠 하산하라는 소리는 하지 않았다. 그러나 화영을 바라보는 그녀의 눈매는 여전히 독기가 흘렀고 언제나 화영의 이름은 '야 이년아'였다. 낮에는 산 주변을 익히고 새벽에는 오금이 저리는 무서움에도 새벽 약수를 길어 오전 4시 예불까지 공양을 올리는 화영이 될 때까지 가을을 보내고 겨울을 맞았다. 그런데 화영이 견디는 것보다 더 빠른 속도로 고행의 강도가 쎄진다는 것이다. 견디면 견디는 것에 대한 칭찬 한마디 없이 조금씩 더 힘든 노역을 시키는 마귀할멈의 속내는 무엇이었을까?

"야 이년아 땔감 떨어진 것도 모르느냐. 아랫목이 냉골이라 뼈마디가 밤마다 비명을 지른다. 만사 제쳐두고 오늘은 썩둥거리 한 포대 해 오너라. 해 넘어가기 전에 얼른."

'눈은 종아리까지 빠지는데 어디 가서 썩은 나무뿌리를 찾는담.'

푸념은 아예 통하지 않는다는 걸 알면서도 화영은 툴툴거리며 포대를 메고 산을 오른다. 이제 웬만한 산을 오르는 건 이골이 난 화영이다. 썩은 나뭇가지나 죽은 나무뿌리나 가을엔 솔잎도 긁어오고 암자의 땔감은 화영의 몫이었다. 가파른 산길에 미끄러지고 돌부리에 걸려 넘어지고 나뭇가지에 찔려 피가 나기도 하는 과정들을 거치며 화영의 무릎은 굳은살이 박이고 손은 머슴 손이 되었다. 때론 길을 잃어 밤까지 산속을 헤매다가 등산객이 버리고 간 손수건 같은 것에 놀라 허깨비인 줄 착각하고 질겁하던 고행(?)들, 화영은 그래도 입술을 꽉 다물고 달력에 하루하루를 지우고 있었다. 관세음보살은 엄마를 부르는 것이었고 아미타불은 아버지처럼 친숙한 화영의 언어로 자리매김 되었다. 그러나 화영은 절대로 비구니가 될 생각은 없다는 것을 마귀 할멈에게 각인시키고 있었다.

"미친년, 니년이 말 안 해도 내가 먼저 안다 이년아. 죽었다 깨어나도 니년은 중이 될 팔자는 아니라는 거여 이년아. 부처님이 눈이 멀었냐? 너 같은 걸 비구니 삼게?"

　새벽 2시에 약수 떠다 공양 짓고 법당문 활짝 열고 정성껏 부처님 몸 닦고 향 피우고 예불 올리고 산을 다 뒤지며 나무하고 비록 손바닥만 하지만 텃밭 가꾸고 마귀할멈 입맛 돋우는 버섯 따러 또 산을 헤매고 그렇게 견뎌내기 위한 고행의 시간을 보내고 있는데도, 겨울이 다 가도록 마귀할멈의 심사는 풀어지지 않았다. 손은 쩍쩍 갈라져 피가 나는데도 그 흔한 멘소래담 한 통 사다주지 않는 야박함에 원망도 했지만 다시 생각하면 그 스님을 원망해야 할 입장은 아니라고 화영은 스스로 마음을 다잡는다. 화영이 아직 머리 깎은 비구니의 입장은 아니지만 그래도 불가의 인연이든 또 다른 어떤 인연이든 어린 처녀가 그리도 노력하는 걸 보면 조금은 애처로울 수도 있으련만 커다란 바위처럼 언제나 '야 이년아'를 고수한다. 내복 한 벌 없이 산 아래 큰 절 큰스님이 올려다 주신 비구승이 입는 누비 승복 두 벌로 겨울을 났다. 검정 고무신에 새끼줄 감고 눈밭을 헤매며 나무하던 그 겨울 동안 큰 스님이 가져다준 불경 책으로 겨우 천수경 반야심경 정도는 외운다. 작심하면 무엇을 못 할까 생각하지만 화영은 죽어도 비구니 될 마음은 없었기에 어쩌면 일부러 불경을 소홀하게 대했다. 긴 겨울을 책 한 권 없이 보냈다. 갈증이 났다. 가지고 온 대학노트 세 권도 벌써 잡문으로 꽈 차버렸다. 글 한 자 긁적거려 볼 종이 한 장 없이 봄을 맞았다. 그때까지도 화영을 바라보는 마귀할멈의 시선은 떫은 감 씹는 표정이었기에 감히 노트 한 권 사다 달라는 부탁은 언감생심이었다. 어느새 잔설도 다 녹은 산에는 진달래가 피어나고 푸릇푸릇한 나무와 풍경을 흔드는 바람의 결이 부드러운 어느 날이었다. 겨우내 나무하느라 터진 손이 아직도 아물지 않고 있는데 또 다른 노역의 명이 떨어진다.

"긴긴 봄날에 하루 왼종일 빈둥빈둥 자빠져 놀래 이년아? 봄날에 지천인 산나물 뜯어다 말려놔야 겨울 반찬 걱정을 안 하지. 가만히 자빠져 있으면 사심밖에 더 생기냐? 봄이라고 맴이 싱숭생숭하냐? 야 이년아. 나물 뜯으면서 아미타불 삼천 번쯤 부르면 그 잡심 싹 도망 갈 테니께 해 떨어지기 전에 얼릉 나서거라."

화영의 대답 따윈 원래 없었다. 절대복종만 있을 뿐이었다. 그렇게 조금의 휴식도 없이 화영은 힘든 노동을 이겨내고 있었다.

화영이 산으로 올라온 지 세 번째 계절을 보내고 있는 중이었다. 큰스님과의 2년이란 약속을 믿으면서도 2년 후의 진로에 대한 구체적인 약속은 불투명했기에 가끔 회의에 빠지기도 한다. 온전히 화영을 강하게 훈련시키는 게 목적일 것이라는 걸 알면서도 마귀할멈의 노역과 무시와 천대가 감당하기 어려웠다. 야반도주로 가출한 것처럼 간다 온다 말도 없이 하산하고 싶은 마음이 간절하면서도 모질고 독한 구석이 있었던지 2년만 견뎌보자고 화영은 입술을 물었다. 마귀할멈의 말대로 잡심이 들면 밤새 삼천 배를 하기도 하며 이십 대로 들어선 화영의 아름다운 봄을 회색으로 채색하고 있었다.

"아래 절로 내려가 보거라."

뻐꾸기 울음이 졸음을 불러오는 오월 오후였다. '야 이년아'를 생략한 말이었다. 큰 스님의 호출은 입산 후 처음이라 화영은 긴장한다. 무슨 일일까? 아무리 생각해 봐도 화영은 큰스님의 생각을 짐작하지 못한다. 커트 한번 하지 못한 긴 머리를 검정 고무줄로 질끈 묶고 그래도 비구승 득실대는 아래 큰 절 가는데 싶어 문살에 붙여 놓은 깨진 거울에 자기 모습을 비춰본다. 가지고 온 크림 한 통은 겨울 중간에 떨어지고 얼굴에 개울물 말고는 묻혀본 일이 없는 화영의 얼굴은 큰절 불목하니 얼굴과 같았다. 튼 살에 딱지 앉고 또 트고 겨우내 방치한 스물한 살의 처녀 얼굴은 겨우내 벗겨 땔감으로 태워버린 나무껍질과 다름없었다. 쑥대머리 같은 머리는 빨랫비누로 감아서 그런지 빗이 내려가지 않았다. 굵은 얼레빗으로 조심조심 빗어도 머리 한 번 빗는데 아침나절을 다 허비하는 것 같았다.

"야 이년아 절에 있으면 확 밀어버려야지. 그깐 머리털 가꿔 어따 쓸껀데? 싹둑 잘라서 절 아래 미장원 갖다 주면 가발값 쳐준다더라. 큰절 비구승 홀려 먹을래? 한나절 머리 빗고 처 앉았게? 미친년."

언제나 그랬다. 아마도 화영이 하산하는 날까지 마귀할멈의 언사는 죽 그럴 것이다. 대답도 어떤 말도 웬만하면 하지 않는 화영이었다.

'내가 왜. 왜 머리를 밀어? 난 절대 비구니가 될 마음은 없어. 이곳은 내가 가야 할 곳을 가기 위한 정류장일 뿐이야. 나를 버리고 나를 이기는 수련 과정일 뿐이야. 난 절대 승려가 될 마음은 없어.'

속으로 다짐하며 마귀할멈과의 마찰을 최소한 피해가며 살고 있었다. 그러나 세월이 사람을 만든다고 했던가. 예불을 따라 하고 읽을 게 없어 읽은 불경을 또 읽고 그러다 보니 어느샌가 반야심경. 천수경 등 제법 흥얼거릴 줄 아는 화영이 되었다. 마귀할멈처럼 절 앞 도랑물 흘러가는 소리는 내지 못하지만 나무하며 산나물 뜯으며 국어책 읽듯 불경을 외운다. 뜻도 모르는 불경이었지만 화영이 부처님께 해드릴 수 있는 건 이런 것뿐이었다.

"야 이년아 밤중에 내려갈래? 귀가 처먹었냐? 큰 스님 부른다는 소리 못 들었냐? 늦구저빠진년."

얼레빗 던져놓고 잰걸음으로 산을 내려오는 화영 앞에 불붙은 듯 철쭉이 피어있다. 저 꽃처럼 피어나는 청춘을 잠시 유예하자. 화영은 울컥 올라오는 회한을 쓸어내리며 산문으로 들어선다.

느릿느릿 또는 분주한 걸음을 걷는 비구승들을 보는 것도 반가웠다. 입산 후 네 번의 계절을 보내고 있는데도 처음으로 외출을 한 셈이다. 그러기에 누구와 말을 해본 기억이 별로 없었다. 나무하며 새들에게 말하고 도랑에 앉아 잿물에 담근 마귀할멈 승복에 방망이질하며 욕한 것 빼면 거의 입 닫고 살았던 것 같다. 사월 초파일 빼면 암자에는 거의 신도의 출입이 없었다. 워낙 높은 곳에 위치한 탓도 있겠지만 마귀할멈의 생김새가 사람에게 친화적이지 않다는 것이 이유라고 화영은 생각한다. 어쩌다 가뭄에 콩 나듯이 신도 한 사람 오는 날이면 정성을 다하여 예우하는데도 어찌 밥 빌어 죽 쒀 먹을 만큼 신도가 없었다. 큰 절에서 올라오는 양식과 물품들 아니면 부처님과 우리는 벌써 굶어 죽었을 것이다.

어느 비구승의 안내를 받으며 큰스님 뵈러 가는 길에 법당 마당에 핀 라일락 꽃향기가 또 한 번 지금의 화영을 잊게 한다. 도리질하며 사념을 쫓는 화영을 흘낏 보는 비구승도 남자여서 그런지 지금 자신의 이 꼬락서니가 부끄럽기만 했다. 창호지에 국화잎이 새겨진 정갈한 문을 열자 혼자 겨우 누울 것 같은 아주 작은 방에 스님이 앉아계셨다. 화영은 눈물이 왈칵 났다. 아는 사람이라고는 스님 한 분뿐인 이 깊은 산중에 자신을 데려다 놓고 한 번도 올라와 보지 않던 스님에 대한 원망이었을까. 아무 말도 못 하고 스님 앞에 엎드려 화영은 결국 대성통곡을 한다. 스님은 꼼짝도 없이 앉아 염주만 굴리고 앉아 있었다. 한참을 울고 난 화영에게 나직하고 무겁게 스님은 물었다.

"하산하려느냐?"

따뜻한 위로 말씀은 한마디도 없이 정나미 떨어지는 스님의 냉정함에 그쳤던 화영의 울음이 또 터진다. 또 한참을 기다리는 스님께 화영은 퉁명스럽게 말한다.

"천만에요. 지난겨울도 넘겼는데 제가 왜 하산을 해요? 마귀할멈, 아니 우리 스님에게 받은 은혜가 얼만데 배은망덕하게 이 좋은 봄날에 떠납니까? 내년 여름까지 쫓아내도 안 갑니다 큰스님."

앙칼지게 쏘아붙이는데도 큰스님은 화영을 건너다보며 웃고 있었다.

"내 그럴 줄 알았다. 언젠가 어느 서점에서 너를 처음 본 순간 이렇게 될 줄 알았거든."

"……"

"아직은 내가 너에게 약속했던 2년 후의 플랜을 말해줄 수 없다. 다만 지금처럼 힘든 수행 과정을 끝내고 내려오는 날 너의 꿈으로 다가갈 수 있는 길을 마련해 줄 것이다. 알겠느냐?"

"네 스님. 근데요. 오늘은 무슨 일로 부르셨지요?"

"오냐. 오늘은 너에게 사미니 계를 내릴 것이다. 비구니가 되기 전에 거쳐야 하는 절차라고 보면 된다."

스님 말씀이 끝나기도 전에 큰 눈 더 크게 뜨고 당혹하게 바라보는 화영에게 손짓으로 제지하며 말씀을 잇는다.

"알고 있다. 너는 절대로 비구니가 될 마음이 없다는 걸. 그러나 수련을 하다 보면 속가의 옷을 입고 속인의 모습으로는 제약이 따른다. 암자를 갔다 오는 신도들도 너에 대해서 궁금해하고, 또 너에게도 오늘의 이 사미니 계가 하나의 동기부여도 될 수 있을 게야. 꼭 히 불제자가 되는 건 아니지만 사찰에서 수련하고 있는 너의 상황을 고려해서 내린 결론이니 받아들이거라."

비구니로 직행하는 관례가 아니라면 굳이 마다할 필요는 없는 것 같았다. 겨울이면 내복도 청구할 자격이 될 것이고 최소한의 생필품도 지급이 될 것이다. 딱 한 가지 치렁치렁한 이 머리를 까까중으로 밀어야 한다는 사실 앞에 당혹스러웠다.

작은 다반(茶盤)에 따뜻한 차를 들고 온 사미승인지 비구승인지, 그의 민머리를 쳐다보며 화영은 땅이 꺼질 듯 한숨을 쉰다. 그런 화영 앞으로 다가앉은 큰스님이 어깨를 토닥이며 나직이 달랜다.

"너를 버리는 수련을 하면서 아직도 이 머리카락을 못 버린단 말이냐. 자르면 또 자라는 법, 속가로 돌아갈 땐 또 기르면 되지. 잘 빗지도 못해 수세미가 된 이 머리카락은 밀어버리고 새 머리카락 받아가거라. 저 스님 따라가서 뜨거운 물에 목욕하고 새 옷 갈아입고 법당으로 오너라."

화영은 그날 법당에서 사미니계를 받고 머리를 밀었다. 큰스님의 말씀 때문인지 치렁치렁한 머리가 사정없이 잘리는데도 눈물 한 방울 흐르지 않았다. 그건 아마도 절대 승려가 되지는 않는다는 견고한 나의 생각 때문이었을 것이다. 그리고 나는 마귀할멈의 승복보다 훨씬 좋은 새 옷을 받았다.

"난 중은 싫어. 절대 스님은 안 될 거야."

속으로 절대 절대를 다짐하며 법당으로 따라가는 화영의 걸음은 천근(千斤)쯤 되었을까. 무슨 뜻인지도 모르는 불경을 지루하게 들으며 큰스님이 절하면 따라 하는 화영이었다. 머리를 깎는 의식을 치를 때 스님들의 염불 소리보다 바리깡 소리가 더 크게 들렸다. 아무리 내 생각이 견고하다 해도 돌이킬 수 없이 여승이 되어버릴 것 같은 불안에 화영은 잠시 입술을 깨물었다. 그리고 화영은 눈물을 참았다. 나무상조 시방불, 나무상조 시방법, 나무상조 시방승, 아무것도 모르면서 수박 겉핥기식으로 외운 천수경 삼보 귀의를 따라 하면서도 어쩌면 이건 잘못 선택한 길인지도 모른다는 생각뿐이었다. 그만 이 길로 도망칠까. 온갖 생각이 교차하면서도 또 한편으로는 큰스님이 약속했던 2년 후를 기대하며 견뎌보자고 다짐을 하기도 했다. 성공이라는 게 무엇을 말하는 것인지도 확실히 모르면서 성공해서 오겠다는 짧은 쪽지 하나 달랑 남기고 가출한 화영으로서는 집으로 돌아갈 명분도 없었다.

"무슨 낯짝으로 집을 가?"

도리질을 수십 번 하던 지난 시간이었다. 이제 머리까지 밀어버리고 까까중이 되어버렸으니 억지로라도 일 년여의 세월을 더 견뎌볼 수밖에 도리가 없었다.

"이제 보리심을 위하여 더 열심히 정진하거라."

"네가 입은 옷과 오늘 너의 삭발은 사사로운 사념과 행동을 금한다는 징표이니라. 더 인내하고 삿된 욕심을 버리거라."

큰스님은 이해하지도 못할 설법을 하시면서 암자로 올라가는 화영을 염려스러운 듯 바라보고 계신다.

"보리심이든 쌀심이든 알아들을 수 있는 불경책이라도 주시던지, 책 한 권 없는 곳에서 뭘 하라고."

투덜투덜 대며 올라가는 산길에 꽃은 왜 또 그리 슬프도록 곱게 피어있는지.

"하이고. 잘 되었네. 인자 머리 깎고 승복 입었부렀네. 우짜던지 성불하소 시님."

빈정대는 게 역력한 마귀할멈은 합장하며 화영에게 절을 한다.

"내가 왜 스님이냐구요. 난 절대 스님이 아니라니까요."

자꾸만 절을 하며 화영을 놀리는 마귀할멈에게 스님이 아니라고 큰소리를 쳐보지만 마귀할멈의 억지는 갈수록 대단했다.

"아이고 시님, 공양미가 곧 떨어지게 생겼는데 부처님 밥 굶길 수도 없고하니 이제 우리 시님이 탁발이라도 해야될 것이요. 시님 놔두고 늙은 내가 갈 수는 없잖소? 낼부터 저기 읍내로 가서 공양미 좀 구해오시오."

마귀할멈은 능글능글 히죽히죽 웃어가며 썩은 호박에 이도 안 들어갈 소리를 하고 있었다. 화영을 놀려먹기가 재미나서 해본 소리겠거니 생각했다. 그러나 너무도 무서운 시련은 현실이 되었다. 이튿날 아침 작은 염주 하나랑 작은 목탁이 화영의 손에 쥐어지고 바랑도 건네진다.

"그동안 불경은 좀 외웠을 테고 목탁은 대충 알아서 치면 될 터. 산 밑 공동묘지에 밤이면 도깨비불이 흐르니 해지기 전에 다녀오시게. 읍내까지 이 십여 리 되니 잰걸음 걸어야 할 게야."

막무가내로 바랑을 화영의 등에 메주며 쫓아낸다. 기가 막혔다. 이런 당혹스러운 일을 화영은 어찌해야 할지 몰랐다. 산을 내려갈 엄두도 못 내고 커다란 눈에 눈물을 매단 채 망연자실 바위에 걸터앉은 화영에게 또 불호령이 떨어진다.

"썩, 안 가고 뭐해? 봄날이 아무리 길어도 야 이년아 산은 저녁이 금방이야. 부지깽이로 두드려도 목탁 치는 법은 익혔을 시간이다. 맨날 밥 처묵고 빈둥빈둥 놀았더냐. 얼릉 싸게 안 내려가고 뭐 해? 가다가 큰스님께 들리면 너와 나의 인연은 이 시간으로 끝이란 걸 명심하고, 알아들었냐."

도대체 저 스님의 속내는 무엇일까? 화영의 인내는 한계를 느낀다. 어쩔 수 없이 화영은 타박타박 산길을 내려와 공동묘지 입구 어느 묘지 앞에 앉았다.

"죽으면 썩어질 몸 무엇이 무서울까 한 번 해보지 뭐."

화영은 그동안 유행가 가사처럼 외우던 반야심경을 띄엄띄엄 외우며 어설프게 목탁을 두드려 본다. 그러나 외운들 어쩌랴, 염불이 안 되는데. 큰스님처럼은 꿈도 못 꾸지만 마귀할멈 반만이라도 흉내는 내야 되는데 화영은 또 외우고 목탁을 두드려 봐도 도저히 탁발승의 흉내조차 낼 수 없음을 알았다. 묘지 속에 누운 어느 죽음 앞에 경건히 합장 배례하고 화영은 결심을 고한다.

"여기까지인가 봅니다. 저의 길이 아닌가 봅니다. 집으로 가렵니다. 영면하십시오."

그렇게 화영은 간다 온다 말도 없이 산을 내려오고 있었다. 그 공동묘지에 누운 수많은 영가(靈駕) 앞에서 모자란 자신을 자책하며 뒤돌아보지 않고 달렸다.

손바닥만 한 산비탈 밭에 푸성귀 가꾸어 먹으며 가뭄에 콩 나듯이 어쩌다 한 번씩 들르는 신도들이 놓고 간 불전으로는 잡다한 일용품 사기도 빠듯했다. 사월 초파일 연등값으로 들어오는 수입으로는 1년 내내 아프다는 마귀할멈 편두통 약값도 모자라는 형편이었다. 아무리 수행하는 사람이라 하더라도 최소한의 필요한 것은 갖추고 살아야 함에도 명색이 여자의 속옷마저도 기워입어야만 했다. 그 또한 참을 수도 있겠지만 잡문이라도 긁적거려볼 노트 한 권 살 수 없었다고 산을 내려가는 인내의 한계를 화영은 합리화하고 있었다.

1960년 후반, 그 시대의 토굴 같은 암자에 무슨 수입이 있었을까. 더구나 게을러터진 보잘것없는 늙은 여승의 법력으로는 부처님 굶기기 안성맞춤이었다. 큰절 큰스님의 보살핌 아니었으면 아마도 먹는 날보다 굶는 날이 더 많았을 것이다. 그러나 겨우내 나무하고 봄엔 종일 산나물 뜯고 여름엔 푸성귀 가꾸며 머슴으로 식모로 청소부로 살았던 화영에게 이젠 탁발까지 하라고 하는 마귀할멈의 심술은 하산할 수밖에 없는 한계였다고 화영은 자꾸만 머리에 각인시킨다.

"그래 가자. 읍내에 가서 버스만 타면 될 걸. 고향 집 엄마에게로 갈 거야."

승복을 입은 걸 잊어버리고 염주와 목탁을 쥔 손으로 바랑 짊어지고 화영은 냅다 산밑으로 달렸다. 우리 집에는 하얀 쌀밥과 젓갈 들어간 김치가 지천이고 장날마다 아버지 손에 들려오는 고기도 풍요로웠다. 손톱이 빠질 정도로 갈퀴가 되어버린 손으로 솔잎을 긁지 않아도 된다. 휘파람 소리 나게 내달리는 화영이었다.

"두 번 다시 이곳은 안녕이야. 빠이빠이야."

이 십여 리를 곤두박질하듯 달려 내려오며 오로지 집에 간다는 일념으로 아무 생각이 없었다. 그러나 나무 관세음보살이 입에 붙어버렸는지 습관처럼 나무 관세음보살님을 부르는 자신의 모습이 밉살스러웠다.

'지가 무슨 중이나 된 줄 아나 봐, 미친 가시나.'

스스로 자신에게 욕을 하며 읍내 버스정류장 매표소 의자에 앉을 때 화영은 땡전 한 푼 없는 빈손이란 걸 몰랐다. 더구나 승복을 걸치고 까까중머리까지, 떠날 수도 되돌아갈 수도 없는 이 기막힌 상황 속에 또 배는 왜 그리 고플까. 새벽에 꽁보리밥 한술 먹은 게 전부였다. 정류장 식당에서 나는 소고기 장국밥의 냄새에 화영의 뱃속에서 나는 꼬르륵 소리는 육이오 전쟁의 소리 같았다. 사람들 오고 가는 버스 차부(車部) 나무 의자에 앉은 어린 여승의 모습은 참 좋은 구경거리 같아서 모든 게 창피하기만 했다. 집으로도 산으로도 갈 수 없는 처지를 타개할 수 있는 길은 전혀 없었기에 그냥 막연하게 망부석처럼 앉아만 있을 뿐. 스물한 살 화영의 봄은 참 잔인한 계절이었다.

"아이고 이렇게 이쁜 스님이 어딜 가시려고? 아까부터 앉아 계신 것 봤는데…… 점심 공양도 안 하셨지요? 이리 오세요. 오월이라도 차부 안은 추워요."

이런 행운은 부처님의 자비였을까? 환갑은 넘었을 것 같은 노 보살님께서 화영의 손을 잡아끈다. 반갑기도 하고 고맙기도 한 보살님은 화영의 위장에 전쟁을 일으킨 소고기 국밥집으로 들어간다. 하늘이 무너져도 솟아날 구멍이 있냐고 했다. 감사한 눈빛으로 노 보살님을 바라보는 화영에게 다정하게 말을 건넨다.

"어느 절에서 나오셨나? 탁발 나오신 거? 아이고 워쩌면 이리도 이쁘게 생겼을꼬."

이런 행운도 기가 막힌 거지만 더 기가 막히는 건 어느새 '마하반야바라 밀다심경 관자 재 보살' 염불과 함께 목탁을 두드리고 있는 화영이었다는 것이다. 그때 왜 무엇이 화영을 탁발승 흉내를 내게 했는지는 화영 자신도 모른다. 또한 염불과 목탁의 리듬이 조금은 맞는지도 전혀 알 수 없었다. 짧은 반야심경 몇 줄도 읊기 전에 노보살님의 만류로 끝이 났기 망정이지 만약 끝까지 탁발승의 흉내를 내고 있었다면 아마도 처참했으리라.

"아이고 스님 염불 안 하셔도 제가 시주 할게요. 근데 못 보던 스님인데, 어쩜 두상도 이리 이쁠까."

화영의 앞에 놓인 우거지 국밥을 정신없이 게 눈 감추듯 먹고 있는 화영을 보살님은 신기하듯 바라다본다. 말 타면 경마 잡히고 싶은 게 사람 마음이라 했던가. 우거지 국밥 한 그릇 먹고 난 화영의 속은 아직도 부족했는지 소고기국밥 냄새를 탐하고 있었다.

'이왕 사주실 거면 소고기국밥으로 사주시지'

'에고 이 미친년'

자신에게 욕을 하며 삿된 욕심으로 붉어진 볼을 얼른 두 손으로 가린다. 그리고 속죄하듯 화영은 관세음보살을 부른다.

그날 화영의 바랑엔 하얀 입쌀이 가득 채워 졌고 산 밑까지 배웅하는 보살님의 친절에 의해 화영은 다시 암자로 오른다. 집으로 내빼고 싶던 마음은 온데간데없어지고 뭔가 해냈다는 뿌듯한 자만으로 화영의 걸음이 씩씩하다. 도깨비불이 시퍼렇게 흐른다는 공동묘지를 지나면서 낮에 잠시 인사했던 영가에게도 꾸벅 절한다. 쌀이 가득 찬 바랑이 무겁지도 않았다.

"이거 불전에 올리지 말고 우리 스님 필요한 거 사세요. 알았지요?"

뭔가를 알고 있다는 듯 내 손에 건네준 꼬깃꼬깃 접은 오천 원짜리 지폐 한 장.(1960년대의 오천 원은 꽤 큰돈이었다) 그분이 내겐 관세음보살님이라고 생각하며 산을 오르는 화영이었다. 이까짓 고행(?)도 못 참고 집으로 내빼려 했던 나약을 탓하며 암자를 향하던 그날 밤 꿀밤나무 잎 사이로 보이는 하늘엔 화영의 눈썹 같은 달이 웃고 있었다.

그날 이후 화영에게 두 번 다시 탁발은 없었다. 마귀할멈의 마음에 어떤 변화가 작용했는가는 알 수 없었다. 다만 '야 이년아'가 없어졌고, 화영의 합장 인사에 합장으로 인사를 받고 하산하는 날까지 화영에게 아무것도 명령을 하지 않았다. 나무를 해오든, 새벽 약수를 길어오든 하물며 법당 한쪽에 누워 낮잠이 들었던 마귀할멈은 화영을 모른 체했다. 어쩌다 읍내로 탁발을 하러 가든지 출타를 하는 날이면 양말 두 켤레쯤이나 멘소래담 한 통쯤 화영의 방에 던져주기도 한다. 이건 무엇을 의미하는 걸까. 아무리 생각해도 화영은 그녀의 속이 궁금했다.

"스님 제게 왜 이렇게 잘 해주세요?"

"개뿔, 잘해주기는, 나무아미타불."

뜻 모를 말만 남겨두는 그녀였지만 조금은 그녀의 속을 알 것 같아서 화영은 따라 웃어본다.

얼마나 철이 없는 건가. 화영은 마귀할멈과의 전쟁(?)에서 자신이 이긴 것 같아서 약간 우쭐하기도 했다. 그러나 마귀할멈이 화영에게 했던 그 모든 행동은 화영을 하산시키기 위한 배려였다는 것을 알았을 때 가슴이 뜨겁도록 운 적이 있었다. 상추 꽃대 위에 맺힌 이슬이 햇살에 반짝이던 날이었다. 화영은 그녀에게 온 마음을 다해 스승의 예를 올리고 있었다. 여덟 계절을 그녀와 보내면서 마귀할멈의 진심은 채마밭에 봄비 스며들 듯 화영에게 스며들었다. 식물의 도관(導管)처럼 화영을 단련시키기 위한 물관이 되어준 그녀였다는 걸 뒤늦게 알았다. 단편 소설처럼 머릿속을 훑고 지나가는 이곳의 서사에 북받쳐 절을 끝내고도 일어설 수가 없었다. 터져 나오는 울음을 막으며 엎드려있는 화영을 일으키는 마귀할멈, 그녀의 손이 떨리고 있었다. 풀 먹여 다림질한 승복 한 벌과 보릿짚 모자 한 개를 내주었다. 언제 사다둔 건지 보릿짚 모자와 승복은 새것이었다. 커다란 눈에 주렁주렁 눈물을 매달고 바라보는 화영을 그녀는 끝내 아무 말 없이 배웅했다. 내려가다 뒤돌아본 화영의 시야에 그녀가 땀인지 눈물인지 훔치며 서 있었다. 다시는 오지 말아야 할 곳임에도 화영은 자꾸만 뒤돌아본다. 그녀의 실루엣이 사라지기까지 눈에 담을 듯 돌아다 본다. 그녀는 이제 더 이상 마귀할멈이 아니었다.

"해낼 줄 알았다. 그렇다고 너의 수행은 끝나는 게 아니다. 일차 관문은 통과했다. 이곳보다 더 인내하며 수련해야 할 곳으로 가게 될 거야. 그럴 수 있겠느냐?"

큰스님의 제안에 머뭇거림은 필요 없었다. 이곳의 2년 동안은 어떤 것도 이겨낼 수 있는 강인함과 자신감을 주었다. 이제 시작하는 마음으로 마주할 것이다.

"네."

"비구니들의 선방(禪房)으로 가게 될 것이다. 그곳에 한 번 들어가면 역시 2년 동안 공부를 하게 될 거야. 지금까지는 자신을 이길 수 있는 강인함을 배웠다면 이젠 그야말로 수련이다. 그곳까지의 과정을 다 마치고 이곳으로 오면 너의 길은 열릴 것이다. 네가 원하는 대로 모든 것은 내가 책임을 질 것이야. 대학이건 해외 유학이건, 어떠냐? 할 수 있겠느냐?"

"네 스님."

확실한 약속을 받았다. 더구나 벌써 한 걸음은 걸었지 아니한가. 화영은 가슴이 뛰었다. 걸어볼 만한 도약이다.

"그 전에 해야 할 일이 있다. 집으로 가서 호적등본도(주민등록 등본) 한 통 떼고 부모님께 선방으로 간다는 말씀도 드리고 가거라. 아직 출가한 몸이 아니지 않으냐. 부모님의 허락부터 구하거라. 그게 우선이어야만 지금까지의 불효가 용서가 될 터이니."

화영은 그 일이 그리 큰일이 아닌 줄 알았다. 쉽게 이루어질 줄 알았다. 씩씩한 대답을 하며 일어서는 화영을 큰스님은 지긋이 웃으며 고개를 끄덕인다.

"부모님과 모든 일이 순조롭게 풀리면 이곳으로 가거라. 떠날 때 엽서라도 한 장 보내면 좋고."

스님께서 화영에게 쥐여준 누런 봉투 속엔 경상도의 어느 비구니 사찰 주지 스님께 보내는 소개서였다. 그리고 몇 장의 지폐였다. 화영은 집 떠난 지 두 해 만에 승려의 옷을 입고 돌아왔다. 털썩 엉덩방아를 찧으며 주저앉는 엄마 곁으로. 화영의 청춘에 잔인하지 않은 계절은 없었다. 그해 여름도 그해 가을도 그리고 또 겨울도.

아무렇지도 않을 것이라 생각한 것들이 매듭이 될 줄 모르고 화영은 2년 만에 앉아보는 자신의 책상에서 잠시 눈을 붙이고 있었다. 등줄기에 내리꽂히는 통증과 함께 벼락같은 고함소리에 눈을 뜨는 화영. 잠시 꿈을 꾸었나. 마귀할멈 같던 노스님의 질책인 줄 알고 벌떡 일어선 화영을 사정없이 타작질 하는 어머니였다.

"당장 나가거라 이년. 너는 이제 내 딸이 아니다. 모질고 독한 년."

대성통곡을 하다가 때리다가 화영을 쥐어뜯다가 어머닌 혼절이라도 하듯 넘어진다. 아버지가 어머니를 안고 나가시고 아직 어린 막냇동생은 이상한 누나를 구경이라도 하려는지 기웃기웃 눈치를 본다. 화영은 뒤란으로 난 봉창을 열었다. 눅눅한 습기를 머금은 뒤란에서 한줄기 서늘한 바람이 일었다. 얕은 돌담 위에는 이끼가 낀 기와가 얹혀 있고 샛문으로 향하는 좁은 길에는 지금쯤 달맞이꽃이 피려나. 집 떠난 화영의 노스탈쟈 속에는 언제나 뒤란의 이 길이 자리하고 있었다. 친숙한 이 습기의 냄새와 결을 느끼는 이 바람과 언제나 설레며 나서는 샛문 밖 좁은 길은 화영이 문학을 조각하던 산실이었다. 그리웠다. 어쩌면 엄마보다 이 뒤란의 풍경을 더 그리워했다. 화영은 얕은 한숨을 뱉는다. 이젠 아버지를 만나야 한다. 이해와 용서를 바랄 수는 없었다. 그래도 설득을 해봐야 한다고 화영은 마음을 단단하게 세운다. 여기서 도중하차 하면 산속에서의 단련했던 그 시간은 무용지물이다.

"애비 들어간다."

막 아버지를 만나려 방문을 나서는데 아버지가 문을 두드린다. 화영이 채 일어서기도 전에 소반에 저녁밥을 차려 들고 들어서는 아버지의 손엔 소주 한 병이 들려있었다. 앉지도 못하고 엉거추춤 구부리고 있는 화영을 아버진 가만히 앉힌다.

"너는 이제 스님이 되었으니 아버지랑 소주 한 모금도 못 마시겠구나."

그랬다. 화영이 중학교 들어간 후였다. 당신의 반주상 앞에 가끔 어린 딸을 앉혀 놓고 병아리 눈물만큼 따른 술잔을 내려주시던 아버지였다. 생선회 한 점. 아니면 방금 잡은 닭똥집이라던지 한 점 입에 넣어주시던 당신이었다.

"생고기는 소주가 소독제란다."

그 말은 그냥 핑계였을 수도 있겠다. 예쁜 딸을 사랑하는 아버지의 방법이라는 걸 나중에 알았다. 그런 아버지의 반주상 앞에서 딸이 아닌 출가한 승려의 모습으로 앉은 화영은 감히 울지도 못하고 숨마저 참아야 했다. 아버지가 손수 들고 온 저녁상은 식어가는데도 밥 한술 뜨지 못한 채 목구멍까지 올라오는 해야 될 말만 꾸역꾸역 되새김질하고 있었다.

"그런 행색으로 온 걸 보니 분명 원하는 게 있겠구나. 어디 네가 바라는 게 무엇인지 말해 보거라."

"전 비구니가 아녜요. 제가 가야 할 곳으로 갈 수 있는 하나의 방법일 뿐이에요. 아버지 전 그냥 평범한 여자로 살 수는 없어요. 하나뿐인 딸자식 없는 셈 치세요."

떠듬떠듬 대충은 아버지가 알아들을 만큼은 얘기를 한 것 같았다. 두서없이 서론 중론도 없이 가슴속의 말을 풀어놓는 화영을 아무 말

없이 듣고 있던 아버지는 화영의 손을 잡는다. 긴 한숨을 내쉬는 아버지의 모습은 잎 떨어진 나무 같았다.

"알았다. 네가 정히 그렇다면 어쩔 수가 없구나. 오늘 밤은 푹 쉬거라. 손이 이게 뭐냐, 쯧쯧 나무껍질같이. 아무 걱정 말고 자거라.

걱정했던 것보다 쉬운 아버지의 허락(?)에 화영은 의아해하면서도 긴장이 풀어진다. 또 한고비는 넘겼다는 안도와 함께 몰려오는 시장기에 다 식어버린 저녁상을 끌어당겼다. 식었을망정 정갈한 어머니의 밥상이었다. 얼마 만에 맛보는 비리진 것들인가. 화영은 게 눈 감추듯 먹어치운다. 옷장 문을 열었다. 차곡차곡 서랍마다 들어있는 옷들이 화영을 반겼다. 이런 풍요를 버리고 또다시 고행을 해야 하는가. 다시 한번 생각해본다. 산중의 절간같이 고요한 밤이었다. 제각각 서로 다른 생각들이 무거워 함구한 채 불면의 밤을 보내고 있을 것이다. 화영 역시 어찌어찌하다가 잠시 눈을 붙였을 뿐.

습관이란 게 참 무시 못 할 것이었다. 화영은 자신의 집인 줄도 모르고 새벽 약수를 뜨러 일어났다. 전깃불을 켤 생각도 못 하고 더듬거리며 성냥을 찾는데 열어놓은 봉창으로 새벽 달빛이 비친다. 어슴하게 비치는 자신의 방 풍경에 그제야 화영은 다시 누웠다. 안락함이란 이런 것이구나. 화영은 다시 한번 자신이 누렸던 이 모든 것을 버리고 갈 수 있을지 생각해본다. 여름 새벽의 냄새는 표현하지 못할 만큼 신선하다. 그런데 어디선가 뭔가 타는 냄새가 나고 있었다. 밤새 피었던 달맞이꽃과 축축이 내린 이슬과 흙이 숨을 쉬는 그 모든 냄새가 아니었다. 이 새벽에 누가 뭐를 태우고 있을까. 화영은 뜨락을 내려서 뒤란의 샛문으로 나왔다. 게으른 감꽃이 아직도 하나 둘 떨어지는 감나무 밑에서 아버지가 무엇을 태우고 있었다. 화영의 눈에 비친 아버지는 큰스님 계신 산사에 있는 사대천왕의 모습 같았다. 훨훨 타는 불빛에 비친 붉은 그 얼굴은 도저히 아버지가 아니었다. 직감은 예리했다. 일어나지 말아야 할 일이 일어나고 있다는 사실 앞에 화영은 그만 주저앉았다. 힘이 풀린 다리로 간신히 다가간 드럼통 안에는 화영의 승복과 바랑과 큰스님의 자필 소개서와 암자 마귀할멈이 쓰시던 반질반질한 단주와 화영의 길고 길었던 고행의 시간까지 훨훨 타오르고 있었다. 대학노트 네 권 분량의 입산 기록까지 기름을 부었는지 새벽을 삼킬 듯이 불꽃은 춤을 추고 있었다. 절망이라고 표현하기엔 너무 아팠다. 화영은 가슴의 뼈가 갈라지는 줄 알았다. 어떠한 대책도 없이 모든 것을 다 잃어버린 스물 두 살의 청춘이었다. 여자로서 부여받을 인권 따위는 생각조차 할 수 없었던 1968년대였다. 화영의 에펠탑이 와르르 무너지고 화영의 몽마르트르 언덕이 없어지고 그 붉은 화마는 화영의 모든 아름다워야 할 것들을 한낱 재로 만들어 버렸다. 꿈조차 꿀 수 없는 피폐한 길 위에서 화영은 정신을 놓았다.

"정신 차리거라."

아버진 그 한 마디뿐이었다. 혼절한 화영을 질질 끌다시피 하여 아버지는 불러온 시발택시에 실었다. 몇십 리 밖 과수원으로 온 건 그 새벽이었다. 누구에게 들킬세라 밤을 택했으리라. 짐짝처럼 화영을 창고에 딸린 방에다 밀어 넣고 푸른 옥색 사기요강을 들이밀었다. 화영에겐 이렇다 저렇다 말 한마디 없이 자물쇠 거는 소리만 요란했다.
"절대 밖으로 나가지 못하게 하게. 밥도 방에서 먹도록. 큰 볼일 볼 때는 따라가고 모든 것은 방 안에서 해결하도록 하게."
과수원 지기에게 엄명을 내리는 아버지의 음성은 갈라져 있었다. 그렇게 화영은 또 다른 수련과 고행이 시작되었다. 딸년이 중이 되어 왔다는 게 소문이라도 나면 가문에 치명적일 테고 또한 혼삿길 막힐 것은 뻔한 일이었다. 어떻게 하던 소문 없이 화영의 혼사를 진행시키려는 부모님의 이기로 한 여자의 삶이 탱자나무 울타리 속에 위리안치되어버렸다.

봄날에 잠시 든 낮잠에서 화영은 꿈을 꾸었던가?
봄 꿈은 개꿈이라고 했다지?
미루어 짐작건대 얼마나 많은 그 개꿈들이 화영의 긴 앞날에 예비되어 있을까?

6 지우개

 분명히 그였다.
 아무리 나이를 먹어도, 오랜 시간이 지나갔어도 절대 잊을 수 없는 모습이 있다. 나는 지금 그 잊을 수 없었던 한 모습을 보고 있다. 유리창에 반사된 햇살이 싫었을까? 한 손을 이마에 얹은 채 느릿한 걸음으로 다가오는 저 노인은 분명 그였다. 검은색이라고는 한 올도 보이지 않는 은발의 노인이었지만 나는 그 사람이라는 걸 확신할 수 있었다. 내 심장이 고장이 났는지 갑자기 부정맥처럼 뛰기 시작했다.
 "안녕하세요?"
 내 목소리가 바르르 떨리고 있었다.
 "......?"
 답이 없었다. 요양보호사에게 손을 내어준 채 나를 스쳐 지나가는 노인의 발걸음은 위태했다. 내 눈은 그의 뒤를 따라간다. 그의 긴 그림자마저 휘청이는 것 같았다. 하늘이 먼 어느 날의 오후였다.
 길고 긴 시간이 그를 은발의 노인으로 바꿔 놓았다. 그는 시골 사진관에 걸어놓은 인물 사진처럼 언제나 내 마음에 걸려있는 한 장의 사진이다. 내 마음속 사진관엔 아직도 푸른 나무 같은 모습으로 저장되어 있는 사람이었다. 백발의 할머니가 된 자신의 모습은 망각한 채, 하얀 그의 모습 앞에 나는 그만 주저앉아 버렸다. 후드득후드득 뛰는 심장을 쓸어내리며 요양보호사 손에 이끌려 내 곁을 지나가는 그를 바라보고 있었다. 그는 검불 같았다. 손가락으로 살짝만 밀어도 넘어질 것 같았다. 약간의 나프탈렌 냄새가 그를 뒤따랐다. 비틀거리는 그의 뒤를 따라가며 가까운 시일 내에 곧 그를 배웅해야 할 사람이라는 걸 느끼고 있었다. 이런 서사가 이어지려고 내가 이곳을 오게 된 것일까. 뭔가 이곳과 나의 접점이 궁금해진다.

그도 망각병에 걸린 사람이라는 걸 알았다. 이런 모습으로 이런 곳에서 만나지리라고는 꿈에도 몰랐다. 눈밭에 알몸으로 서 있어도 뜨거울 만큼 그립고 그리운 사람이었다. 그가 보고 싶어 울며불며 밤을 새우던 날들이 있었고 사랑해서 헤어진다는 딴따라 같은 소설이 내 것이었던 때가 있었다. 그를 보내던 날, 살아있어야 할 이유가 없어서 나를 죽이고 또 죽이던 아픔이 있었다. 내 삶엔 다시는 사랑 따윈 없다고 마침표를 찍었던 스물하나 청춘이었다. 난 그렇게 그를 보냈다.

5십여 년 후였다. 노을이 되어 노을을 바라보는 나이가 되어서야 그를 만났다. 그는 모든 걸 다 잊은 치매 노인이 되어 무심한 듯 내 옆을 스쳐 간다. 바람처럼 휑하니 처서(處暑)가 지나가는 앞마당엔 어느새 가을이 가득 내려와 있었다. 고추잠자리 한 마리가 곡선을 그리며 날고 자작자작 말라가는 이불 빨래가 한가롭기만 한데, 어쩌자고 내 앞에 선 그는 날 몰라보는가?

"안녕하세요?"

"……?"

오늘도 여전히 말이 없다. 그는 표정 없는 눈으로 나를 가만히 바라본다. 바람이 살짝 그의 은빛 머리를 만지고 지나가고 그는 왼손으로 듬성듬성한 머리를 빗어 올린다. 순간 나는 젊은 그를 보았다. 언제나 왼손으로 머리를 빗어 올리던 그의 버릇은 잊어버리지 않았다. 슬쩍 빗어 올리던 그의 머릿결은 울창한 숲 같았는데 어느새 명주실 같은 하얀 머리카락이 듬성듬성하다. 살짝 도리질하며 나는 또 인사를 건네본다.

"안녕하세요?"

역시 대답은 없다.

"할아버지, 안녕하세요 라고 인사하셔야죠."

요양보호사가 재촉해도 답이 없었다.

"아무 말씀을 안 하신 지 꽤 오래되었어요. 처음 들어오실 때는 그래도 조금씩 말씀을 하셨는데."

자기가 미안한 듯 요양보호사가 변명한다.

"선생님, 이분 산책길에 동행해도 될까요?"

"네 그러세요. 여사님은 어디를 가셔도 환영이지요."

그렇게 먼 길을 돌아 나는 그의 옆에 섰다. 얼마나 서 보고 싶었던 그의 곁이었던가.

냉동실에 꽁꽁 얼려두었던 막대사탕 하나 꺼내 물었다. 꽤 오래전에 넣어두었던 사탕이다. 원래 사탕을 잘 먹지 않은 성미라 버리기도 아까워서 냉동실에 넣어둔 것이었다. 요즘은 부쩍 단 게 생각나는 걸 보면 나도 늙은 것 같다. 사탕을 찾은 건 아니었다. 혹시 냉동실에 달콤한 군입 거리가 없나 하고 문을 열었다. 뒤적뒤적하다 발견된 막대사탕 하나가 왜 그리 반갑던지. 변형되지 않고 부패하지도 않고 냉동 전 그대로였다. 유통기한을 엿가락처럼 늘여주는 냉동고에 감사하며 사탕을 살짝 깨물어 보았다. 아직도 달콤하고 상큼했다. 조금씩 혀끝에 녹는 그 달콤함은 늙어버린 어느 날, 무력한 오후의 희열이었다.

사람의 감정도 사탕처럼 냉동이 될 수 있는 것일까? 아주아주 오랜 시간이 흘러도 표면이 느슨해진다거나 색깔이 변형된다거나 향기가 부패하지 않고 그때의 감정 그대로 보관이 되는 건지 궁금했다. 왜냐면 요즘, 저 깊은 심연이란 공간에 처박아 두었던 어떤 감정 하나가 불쑥 튀어나와 나를 혼란스럽게 흔들어대기 때문이다. 감정은 늙지도 않는 걸까. 그 감정이란 것을 꼭꼭 싸매어 숨겨 두었던 곳이 내 가슴속 냉동고였나 생각하며 조심스럽게 그 감정을 안아본다. 조금도 희석되지 않은 풋풋한 청춘의 감정 그대로였다. 갑자기 툭 튀어나온 그 감정으로 인해 멈추었던 나의 시계가 다시 돌고 있었다. 알사탕을 물었을 때처럼 달짝지근하기도 하고 명치가 살짝 아프기도 하고 언제 흘려본 눈물인지 기억에도 없는 눈물이 내 눈에 매달리기도 한다. 그 감정의 출현으로 삐거덕거리던 관절에 윤활유를 친 것 같다.

뭔가 씨앗 하나가 싹트는 것처럼 나는 자꾸 웃고 싶어진다. 그 감정의 이름을 무엇이라 명명할 수는 없다. 그러나 그 감정을 가슴 밑바닥으로 숨기던 먼 어느 날에는 그 이름이 분명 사랑이었다는 걸 기억한다. 나를 모르는 사람처럼 무심히 지나가는 백발의 노인을 바라보며 콩닥거리는 내 감정은 연민만은 아니었다. 조금도 희석되지 않은, 냉동실에서 꺼낸 사탕처럼 그때 그대로였다면 과한 표현인가?

"안녕하세요?"

역시 무표정이었다. 그러나 조금씩 나를 한참씩 바라볼 때가 있었다. 순간이지만 그와 내가 눈 맞춤을 할 만큼 그가 날 낯설어하지는 않는다. 나를 전혀 알아보지 못하는 아주 오래전 옛 연인과 데이트를 하지만 내가 그를 알고 있다는 것으로 행복하다. 얼마 후가 될지는 모르지만, 나조차도 그를 모를 때가 있을 것이기에. 신이 내게 남겨준 시간을 아름답게 쓰고 싶었다. 원래 말이 없던 사람이었다. 말 없는 그도, 날 모르는 그도, 백발이 된 그도 다 괜찮았다. 내가 그를 다시 만났다는 것 외에 아무것도 중요하지 않았다. 기억을 다 잃어버린 사람 앞에 기억을 잃어가기 시작하는 나를 이곳으로 오게 만든 건, 분명 어떤 끈이 있었으리라.

그 많은 요양 병원 중에 왜 이곳이 그리 마음에 박혔을까. 내가 그를 기억하지 못하는 순간보다 그가 떠나는 순간이 앞이길 빌면서 난 그에게 열중하려 한다. 다른 건 모두 잊어도 나를 향했던 사랑은 잊지 않을 줄 알았다. 그러나 그의 머릿속은 점 하나도 남은 게 없는 것 같았다. 이런 그의 앞으로 나를 오게 한 건 그를 놓을 수 없었던 내 평생이 있었기 때문이리라. 불현듯 그가 보고 싶어서, 환청처럼 그의 음성이 들려서, 어떤 사내의 뒷모습이 그를 닮아서, 울며 세던 불면의 밤이 얼마나 많았던가. 한 번쯤만 볼 수 있기를 빌었던 간절한 기도의 순간들이 또 얼마나 많았던가. 그도 나도 곧 떠나야 할 마지막 순간에 이렇게 만나지는 건, 긴 내 기다림의 완결을 쓰라는 어떤 계시 같았다.

"치매가 진행되고 있습니다."
툭 던지는 성의 없는 의사를 후려치고 싶었다. 실버타운이나 요양원으로 하나둘 떠나가는 친구들을 보면서도 '난 아니야 절대로 아니야.' 도리질했다. 집으로 오는 길이 조금씩 낯설고 약속을 잊어버리는 일이 잦던 날도 그저 건망증이라 치부했다. 가끔 냄비를 조금씩 태워 먹어도 실수로 치부했다. 난 꽤 머리가 영민했고 별명이 똑순이였다. 스스로 나를 인정할 만큼 책도 가까이했으며 대체로 정신 건강도 건강하다고 믿었다. 참으로 곤혹스러운 치매 따위는 절대 내게 오지 않을 줄 알았다.
"처녀야, 너는 뉘긴데 우리 집에 와 있나?"
"야야 배고파 죽겠다. 너희만 처묵고 와 내는 밥 안 주노?"
눈에 넣어도 아프지 않을 만큼 호호 불며 키웠던 손녀도 알아보지 못하던 우리 할머니는 중증 노망이었다. 점심을 배부르게 드시고 십 분도 안 되어서 배고프다고 밥 달라던 우리 할머니였다. 대소변도 못 가리고 두툼한 솜이불을 적셔놓던, 내가 가장 사랑했던 나의 할머니를 바라보며 신의 저주에 걸렸다고 생각했었다. 할머니처럼 신의 저주를 받지 않기 위해 난 부단한 노력을 했다. 산행도 많이 하고 걷기도 많이 하고 뇌에 좋다는 견과류도 많이 먹었다. 피할 수 없는 수순처럼 가족력이란 질긴 끈 앞에서 나의 노력은 헛수고였던가. 치매 초기라고 냉정하게 내뱉는 젊은 의사의 말에 분노가 앞섰다.

저는 늙지 않나? 의사라고 치매가 피해갈까. 조금 부드럽게 약간의 동정도 담아서 조심스럽게 말해주면 권위가 떨어지나? 사실 의사의 잘못도 아닌데 왜 젊은 의사의 단답형 말을 잡고 분노가 끓었는지. 자꾸만 오래전 돌아가신 할머니가 떠오르고 누가 때리는 것처럼 자꾸 부아가 끓어 올랐다. 인간의 형상이라고는 할 수 없는 참혹하고 일그러진 할머니의 마지막 시간은 형벌 같았다. 할머니는 치매의 수백 가지의 유형 중에 가장 아름답지 못한 모습으로 몇 년을 앓았다. 악을 쓰고 욕질을 해대고 똥을 싸서 벼름박(벽의 방언)에 바르고 하루에도 몇 번씩이나 먹방처럼 아구아구 먹어대고, 하지 말아야 할 유형만 골라서 하던 할머니의 노망은 꽤 길었다. 치매 초기부터 숨을 놓는 순간까지 10년이란 시간을 할머니에게 매달렸던 엄마였다.

"전생을 무슨 잘못으로 어떻게 살았으면 이런 형벌을 받는 건지."

엄마의 형벌인지 할머니의 죄인지도 모르면서 우리는 할머니의 치매와 지겹게 싸우던 세월이었다. 엄마는 할머니의 횡포 앞에 때론 무기력했다. 유년이었던 나를 따뜻하게 품어주지도 못할 만큼 엄마는 지쳐있었다. 엄마의 아름다운 시간은 할머니의 치매가 다 먹어치웠다. 엄마는 늘 아팠고 날이 서 있었다. 우리는 많이 우울했고 언젠가부터 할머니의 죽음을 기다렸던 것 같다. 그런 기억을 가지고 살았기에 치매란 절대 오지 말아야 할 대상이라 생각했다.

젊은 의사의 선고에 절벽 앞에 선 것처럼 아찔했다. 자칫 한 발만 잘못 디디면 나락으로 떨어질 것 같았다. 휘청거리는 몸을 병원 마당 나무 의자에 앉혔다. 제 무게를 감당하지 못해 고개 숙인 수국의 꽃대를 싹둑 잘라버리고 싶었다. 감당하지 못할 꽃잎을 왜 자꾸만 피웠을까? 수국의 무거운 머리가 나 자신 같았다. 아직은 조금 더 이 세상을 즐겨도 좋을 나이였다. 생존에만 급급했던 시간이 KTX 열차처럼 지나가고 있었다. 난 참 바쁘고 아프게 살았던 것 같았다.

남편이 죽었다는 설움보다. 그의 폭거에서 해방된 내 삶이 더 반가웠던 젊은 날이었다. 남편의 장례를 마친 날, 난 오래오래 샤워를 하며 긴 한숨을 쉬었다. 그 한숨은 안도의 숨이었다. 편안함이란 건 내 몫이 아닌 줄 알았다. 올무에 묶인 짐승처럼 타의에 의해서 진행되었던 삶의 무대였다. 트루먼 쇼의 무대에서 항상 탈출하고 싶었다. 사랑하지 않는 사람과도 자식을 낳으며 살아갈 수 있다는 것도 알았다. 많은 인내와 체념이 필요했던 젊은 날이었다. 다른 길은 없었다. 가끔 남편도 모르게 자식도 모르게 가슴 깊은 곳에 묻어둔 그리움 하나 꺼내 놓고 밤을 새우던 게 유일한 위로였다.

"출가외인은 죽어도 그 집 귀신이 되어야 한다."

살다 살다 너무 못 견뎌서 아이들 업고 들어선 친정집 대문 앞에서 서릿발 같은 아버지 말씀에 마당에 들어서지도 못하고 돌아서야 했던 것도 시대의 요청이었을까.

"얘야 이거라도 가지고 가거라."

애 업고 하나 걸리고 대문을 나가는 딸년 손에 꼬깃꼬깃 접은 지폐 몇 장 쥐여주는, 나보다 더 불쌍했던 엄마도 시대에 희생된 여인이었다.

"백정 놈과 사돈을 맺으라고?"

"이런 미친 것을 봤나. 내 눈에 흙이 들어가도 그런 혼사는 절대 없다. 쓸데없는 짓거리 그만두고 얌전하게 선볼 준비나 하거라."

말이 법이었던 아버지의 군림 앞에 나약한 그와 난 이별을 해야 했다.

우린 유년의 동무였고 학창시절 선 후배였고 벌거숭이로 냇가에서 멱감던 오빠였다. 외딸이던 나에게 그는 든든한 보디가드였고 별을 세던 연인이었고 숙명임을 인정했던 사이였다.

"고무신 거꾸로 안 신을 거지?"

"아니, 난 오빠보다 먼저 시집갈 건데."

군대와 파병의 시간까지 수많은 편지를 쓰며 그리워했고 그와 나 사이에 이별 같은 건 없는 단어로 알았다. 그에게 나는 모든 것 중에 우선순위였다. 우주도 우리를 중심으로 돌고 있다고 믿을 만큼 우린 열중했다. 누구든 첫사랑이란 그러하지 않을까? 그의 아버지와 그의 할아버지가 백정이란 걸 한 번도 염두에 두어 본 일이 없었다. 언제나 어디든 우린 같이 있었기에 부모님도 우릴 인정하는 것으로 알았다. 그렇게 나는 행복하기만 했던 사람이었다.

"고등학교 선생이란다. 사는 것도 그만하면 넉넉하고 외양도 참하단다. 이번 반공일 날에 선보잔다."

어머니는 죄지은 사람처럼 많이 미안한 듯 띄엄띄엄 아버지 말씀을 내게 전했다. 느닷없는 선 자리 제안에 한동안 아무 말도 못 하고 어머니만 쳐다보고 있었다. 뜬금없는 아버지의 말씀을 도저히 받아들일 수 없었다. 식구처럼 붙어살던 그와 나였기에 부모님의 묵인을 우리는 허락이라고 생각하고 있었다.

"이건 안 되는 거라고 너희들을 떼어놓지 못한 게 내 잘못이다. 그냥 이웃 오빠로 정든 친구로 지내길 바랐는데, 어느새 이만큼 자랐구나. 더 큰 분란이 일어나기 전에 조용히 정리해라. 도저히 가망 없는 짓이야."

어머니는 조곤조곤 나를 달랬지만 나는 신발도 신지 않고 사랑방으로 건너갔다. 맨발로 마당을 건너온 딸을 아버진 기다리고 있었던 것처럼 담담하게 바라보았다. 그래도 뭔가 조금은 초조하신 듯 연거푸 담배에 불을 붙인다.

"전 절대로, 죽어도, 다른 사람에겐 시집 안 갈 거예요. 오빠와 결혼 못 하면 죽어버리던지 머리 깎고 중이 될 테니 그리 아세요."

무슨 용기였는지 나는 태어난 후 처음으로 아버지와 정면 대결을 하고 있었다. 줄담배를 피우던 아버지가 놋쇠 재떨이를 마당으로 집어 던지고 어머니를 향해 호령한다.

"집구석 돌아가는 꼬락서니 하고는, 자식 교육을 어떻게 했기에 지집애 하나도 간수도 못 하고, 다들 꼴도 보기 싫다. 나가거라."

죽을죄를 지은 것처럼 어머니는 마당에 날아간 재떨이를 줍고 있었다. 바깥채 머슴이 들어와 흩어진 담배꽁초를 쓸어 담으며 어서 나가라는 듯 내게 눈짓을 보내고 있었다. 우리 집 마당엔 토네이도가 휩쓸고 지나간 것처럼 어수선했다. 치매 걸린 할머니까지 합세하여 밥 달라고 고래고래 고함을 지르고 있었다. 그때 난 느꼈다. 내 목숨을 내놓아도 아버지를 거역할 수 없다는 것을.

아버지와 정면 대결에서의 패배는 당연한 귀결이라는 걸 너무 잘 알면서 나는 내가 할 수 있는 모든 방법을 다 동원했다. 식음을 전폐하고 죽지 않을 만큼의 수면제도 먹어보고 그와 내가 마당에 꿇어앉아 밤새워 사정도 했다. 그러나 그의 아버지가 아들을 위해 나의 아버지 앞에 꿇어앉았던 날, 그의 눈에 슬픔이 가득했다. 마당에 엎드린 그의 아버지를 일으키며 아무 말 없이 우리 아버지를 바라보는 그 눈에 원망도 가득했던 걸 나는 보았다 신분의 격차가 심했던 시대였기에 그의 부모님은 아버지 앞에 꿇을 수밖에 없었으리라. 그의 자존은 치유가 안 될 정도로 상처를 입었고 그 후 그는 나를 버려버렸다.

"감히."

가래침 뱉듯 아버지가 뱉아버린 그 '감히'의 간극이 그와 나 사이에 넓은 강처럼 존재했던 시대였다.

"세상에 있는 어떤 언어로도 지금의 내 마음을 표현할 수가 없다. 행여 다음 생이 존재한다면 내가 너를 찾을게."

짤막한 엽서가 내 손에 쥐어지는 날 우리 동네는 거대한 태풍이 몰아치고 있었고 마당에 서 있는 오래된 감나무가 벼락을 맞아 반으로 쪼개졌다. 나는 벼락 맞은 감나무 곁에서 혼절을 해버렸다. 벼락 때문인지 쓰러지는 감나무 때문인지 비에 젖어 형체도 알 수 없는 그의 엽서 때문인지 지금까지도 그 원인을 알 수가 없다. 그 태풍처럼 내 가슴에도 태풍이 지나가고 있었고 쪼개진 감나무처럼 나는 회복할 수 없는 큰 상처가 생겼다. 그렇게 스물한 살의 청춘은 거기에서 머물러 버렸다. 먼 나라로 외항선을 타고 갔다는 설을 바람결에 들었을 뿐, 다음 생까지 기다리겠다는 답장도 보내지 못했던 나는 미친 듯이 거리를 헤매었다. 늘 같이 가던 서점에도 그는 없고 빨간 우체통 앞에도 그는 없었다. 손잡고 거닐던 앞산 백양나무 숲에도, 네잎크로바를 찾던 언덕에도 그는 없었다. 열에 들뜬 몸으로 거리를 배회하는 나를 사람들은 미쳤다고 수군거렸다.

"결국엔 미친 거야. 딱하기도 해라."

"아무리 그래도 백정 놈과 혼인할 수는 없지. 암."

"어디 저그 미국이라도 보내서 둘이 살게 해주지, 저러다 외딸 죽게 생겼구먼, 쯧쯧."

사람의 목숨은 신이 관리하는 게 맞는 것 같았다. 죽을 것만큼 아무리 그가 보고 싶어도 난 죽을 수가 없었고 결국 부모님의 자식으로 돌아올 수밖에 없는 숙명이었다.

'내 삶에는 이제 사랑 같은 건 절대 없어.'

하지 말아야 할 약속을 자신과 하면서 나는 아버지가 원하는 결혼을 했다. 그러나 초례청에 섰던 날도 힘겹던 날도, 순간순간마다 그는 날 따라다니고 있었다. 머리카락을 만지며 지나가는 바람 한

올에도 꽃이 피고 지는 이유에도 그는 숨어 있었다. 자꾸만 나타나는 그를 숨기기에 바빴고 그런 나를 바라보는 남편은 뭔가 석연치 않은 아내의 순결을 의심하기 시작했다. 세월이 흐르고 아이를 낳고 살면서도 남편을 바라보는 내 눈빛에는 싸늘함만 있었다. 난 그 외의 어떤 남자도 내 마음에 들일 수가 없었다. 그의 웃음이 그의 목소리가 사소한 어떤 표정까지도 세심하게 내 마음에 사진처럼 박혀 있기 때문이다. 난 그 사람 말고 어떤 사람도 사랑할 수가 없었기에 남편의 병이 짙어가도 난 외면할 수밖에 없었다. 남편은 의처증으로 인해 폭행과 욕질까지 서슴지 않았다. 점점 나는 나를 내 마음 안으로 가두어 남편도 점점 피폐한 삶을 살기 시작했고 그 모든 분노는 나를 향해 표출되었다. 나는 나의 죄를 알기에 묵묵히 그 폭언과 폭행을 감수해야 했고 피폐하고 방종한 일상을 살던 남편은 마흔이 조금 넘어 숨을 거두었다. 이혼이라도 허락했으면 어쩌면 남편의 죽음은 좀 미뤄졌으려나. 고지식한 아버지의 이기적인 사상으로 그도 나도 남편도 피해자였다.

  가끔 느닷없이 찾아와서 내 가슴을 휘저어놓고 숨어버리는 그리움이란 통증만 아니면 대체로 편안했다. 그 통증은 고질병 같았다. 귀뚜라미가 운다거나 추적추적 비가 온다거나 온 산에 불처럼 꽃이 피면, 예고도 없이 가슴속에 들어앉아 버리는 아픔이었다. 그러나, 힘들지만 달콤하기도 한 통증이었기에 오히려 그 아픔이 달콤하기도 했던 나의 삶이었다. 생존을 위한 현실의 벽은 힘든 고통이었지만, 남편과 같이 살지 않아도 되는 나의 자유(?)가 훨씬 소중했다.

참 착하지도 않지만 또 그리 나쁘지도 않은 아들 내외와 적당한 타협을 하며 대체로 편안한 노년의 일상을 보내고 있었고 '화양연화'는 아니겠지만 그만하면 유복한 노인이라는 소리를 들을 만큼 안락한 노년이었다. 지금까지도 가끔 찾아오는 그를 향한 그리움은 내게 즐거움이었다. 길을 걸으며 밥을 먹으며 문득 고개를 드는 그리움이 있어 오히려 나는 행복했다. 그렇게 평균은 될 만큼 편안한 노년에 초대하지도 않은 손님이 훌쩍 담을 넘어왔다.

칠순 후반의 시간은 더 이상 연장이 없어도 무방한 시간이 아니겠는가? 차라리 어떤 암 덩어리가 내 몸을 침식했다면 죽음을 받아들이기가 오히려 쉬웠을 것 같았다. 얼마나 더 오랜 시간을 내가 아닌 타인이 되어 형벌을 견뎌야 하는지 아득했다. 귀신 같던 할머니와 그 할머니가 언제 죽는지, 할머니의 죽음을 기다리던 엄마가 자꾸만 떠올랐다. 내 자식들도 역시 내 엄마처럼 내가 빨리 죽기를 기다리는 상황이 올 테지. 치매라는 지우개가 내 머리에 살고 있다는 의사의 말에 난 무언가를 실행하지 않으면 안 될 것 같았다.

"누구세요?"

자식을 알아보지도 못하는 걸신들린 노인이 되어 눈에 넣어도 아프지 않을 내 손주들에게 마귀할멈으로 남기 싫었다. 맞벌이하는 아들 내외가 치매 어머니로 인해 다투며 사는 걸 어찌 보겠는가? 하루하루 조금씩 기억을 갉아먹으며 그 기억이 언제쯤 다 소진될까? 애태우며 살긴 싫었다. 내가 나를 알아보지 못할 때가 되면 그때는 내가 어디든 가고 싶어도 못 갈 수가 있겠지. 내가 가고 싶은 곳으로 가지도 못할 것이라는 불안 때문에 나는 어떤 결심을 해야 했다.

난 혼자가 싫었다. 이제 곧 내 정신이 가출해버리면 혼자 오도카니 이 아파트에 갇히겠지. 아들 내외는 출근하고 손주는 학교 가고 어쩌면 정신 나간 노인네 염려스러워 바깥으로 문을 잠글지도 모르겠다. 난 내가 나를 잃어버리기 전에 빨리 내가 가야 할 곳을 찾아야 했다. 아직은 냄비를 조금씩 태워 먹는다거나 핸드폰을 어디다 놓았는지 잊어버리는 정도지만 똥을 싸서 벽에다 바르고 다니는 우리 할머니처럼 안 된다는 보장은 없지 않은가.

내 마지막 집을 찾는 과정은 수월하지 않았다. 물 좋고 정자 좋은 곳이 어디 흔할까. 경기도와 강원도가 접경인 어느 산 밑에 그리 크지도 또는 그리 초라하지도 않은 요양 병원을 만났을 때 부슬부슬 눈이 내리고 있었다. 이제 곧 칩거에 들어야 하는 나의 계절을 보는 것 같았다. 요양 병원 앞으로 꽤 너른 냇가도 있었고 고속도로와 인접한 곳이어서 큰 병원행도 무난할 것 같았다. 부슬부슬 내리는 눈 속에서 바라다본 그곳의 풍광은 안온했다.

"봄이 오면 우리가 일궈놓은 텃밭에 상추며 부추며 토마토를 심어 싱싱한 채소를 먹습니다. 냉이도 지천이구요. 어르신은 아직 경증이시니 요양 병원이라 생각하지 마시고 놀러 오셨다고 생각하세요. 전원생활이 좋으실 겁니다."

후덕해 보이는 병원장의 얼굴에 심술보가 보이지 않아서 나는 그곳을 택했는지도 모르겠다. 6십대 초반 정도의 여인은 넘치지도 모자라지도 않을 만큼 친절도 겸비하고 있었다. 모든 여건이 100% 충족은 없다. 조금의 불편은 감수해도 좋을 만큼 서정적인 곳이었다. 경제적 여건도 고려해야 하는 것도 현실이었다. 내 형편과 아이들 형편에 무리수를 두지 않을 만큼의 병원비였다. 덧셈 뺄셈을 몇 번씩 해보며 결정하기까지 많은 고민을 했다. 치매 노인의 명찰을 달고 내가 할 수 있는 것은 아무것도 없었다. 혼자 먹고 혼자 놀고 혼자 자고, 퇴근한 자식 돌아오면 잠시 문 열어보는 것으로 도리를 다했다는 듯 저희끼리 놀겠지. 그렇게 늘 혼자로 살아야 한다면 차라리 동종의 병을 앓을망정 사람들 속에 섞여 살면 덜 외롭지 않을까. 아무도 잊어버리지 않았을 때 지난날도 명료하게 기억하고 손주들 이름까지도 까먹지 않은 치매 초기에 나는 용감하게도 나를 이곳에 가두어 버리기로 작정을 했다.

'난 우리 할머니처럼 그런 모습으로 기억되긴 싫어.'

악귀 같던 할머니처럼 내가 사랑하는 모든 사람에게 그렇게 기억되긴 싫었다. 자식들과 작은 마찰로 한 계절을 보냈다. 안 된다 못 간다고 하며 줄 당기기처럼 우린 마찰이 있었지만 난 나의 뜻이 관철된다는 걸 알고 있었다. 치매의 무서움을 우린 이미 알고 있었고 그 끝의 불행까지도 내 자식들은 인지하고 있었기 때문에 어쩌면 안도의 한숨을 쉬었을지도 모르겠다. 이곳으로 오는 날, 차창밖에는 이팝꽃이 흩날리고 있었다.

"괜찮아 그곳에도 사람이 사는 곳이야."

나를 태우고 온 아들 내외는 도착할 때까지 말이 없었다. 얼마나 마음이 아팠을지 내가 왜 모를까? 나를 요양 병원에 내려놓고 돌아가는 아들의 차는 모퉁이를 돌아나가기 전 한참이나 서 있었다. 차 속에서 울고 있을 줄 어미는 알지만 우린 차츰 그렇게 잊힐 것이다. 입술을 물었다. 내가 살아왔던 세계와 단절하고 요양 병원이란 낯설고 아주 작은 세계로 들어오는 날, 내게 남은 시간이 길지 않기를 간절하게 기도했다. 그렇게 또 나의 한 시대는 쎄드엔딩으로 막을 내리고 영원히 잊히는 계절이 올 것이다.

그렇게 산지, 오십 년 만이었다. 아무것도 기억하지 못하는 허수아비가 되어 내 앞에 서 있는 그를 만났다. 매일을 그의 산책길에 동행하면서, 그의 앞에 앉아 '나를 기억하세요' 애원해 봐도 그는 그냥 무심했다. 그러다 어느 날 문득 내 눈을 그윽하게 바라보며 물었다.

"잘 계시지요?"

이곳에 와서 그를 만난 지 반년쯤 되는 날이었다. 무엇을 의미하는 말일까. 어제도 그제도 그의 산책길은 늘 동행이었고 휴게실이거나 식당이거나 나는 늘 그 주위를 맴돌았다. 그런 나에게 오늘은 첫 말이 '잘 계시지요?'였다. 그에겐 현재의 순간만 존재하는 것 같았다. 과거 어디쯤을 기억하는 사람도 많다는데 그는 우리의 그 시간을 송두리째 잃어버렸는지 깜깜했다. 그러나 오늘 잘 계시지요 라는 그 물음 하나만으로 나는 행복했다. 그는 혹시 은연중 나를 기억했던 것일까.

"오빠."

가만히 불러보았다. 그의 희미한 눈이 잠깐 반짝였다. 무언가가 그의 뇌관을 스치고 지나가는 것처럼 그의 눈은 나를 한참 바라보았다.

나의 일방적인 바람이었겠지만 나는 그날 하루를 조금 설레었다.

　치매의 기억이란 깊은 호수 속에 꼭꼭 숨어 있는 물고기와 같다. 아무것도 안 보이는 수면 위에서 그 물고기를 낚아 올리려면 낚싯밥을 던져야 한다. 난 그의 눈을 아이컨텍 하며 푸르렀던 우리들의 젊은 날을 자꾸 밑밥처럼 던져본다. 깊은 심연에 가라앉아 있는 작은 기억 한 점이라도 부상하길 바라며 난 지금 그의 곁에 있다. 난 지금 그것 말고는 아무것도 할 일이 없었다.

　"아이고 여사님 고마워서 어째요. 늘 이렇게 도움을 주셔서 감사해요. 이곳 여러 선생님도 모두 고맙다고 하셔요."

　병원장의 진심 담긴 인사가 고마웠다. 입원한 지도 1년이 가까웠다. 단절해버린 저쪽 세상보다 내 머리의 스위치가 비교적 고장이 덜 나는 것 같고 상실감도 많이 희석되는 것 같았다. 사회에 있어 본들 나는 어차피 생존 경쟁에서 물러난 뒷방 늙은이였다. 내 집에선 존재 가치가 없어진 그저 죽음을 기다리는 시간만 있었다면 이곳에선 나의 손길은 원하는 사람들이 있었기에 무력감과 상실이 조금씩 치유가 되지 않았나 싶었다. 깜박거리는 기억과 치매라는 무서운 질병 앞에서 내가 택했던 이 작은 세계에서 나는 내 자존을 회복하고 있었다. 중증 환자들 식사 수발도 거들고 체력이 허락하는 만큼 목욕 수발도 거든다. 기억을 잃어가는 동병상련의 아픔 앞에 같이 노래도 부르고 동문서답이지만 뜻 없는 대화도 많이 한다. 그러다 보니 이 작은 요양원이란 세계는 나를 필요로 하는 부분이 많아졌고 나는 오히려 이 세계를 하나의 소우주로 느껴지기도 했다. 나는 이곳에서 내 마지막을 맞이할 것이기 때문에 진정으로 이곳을 나의 세계로 만들고 있었다. 또 하나의 이유라면 나를 전혀 알아보지 못하는 그 사람이 이곳에 존재하기 때문이다. 다 늙어버린 할아버지가 되어 헐거운 틀니로 밥알을 흘리면서 식사를 하는 모습이지만, 그와 난 다음 생에 꼭 만나기를 기다리고 기다리던 사이가 아니던가. 나 자신 역시 굵은 주름이 너와 지붕처럼 덕지덕지 패인 할머니가 되어 버렸다. 아들과 딸과 오랜 시간을 다투면서 이곳으로 오게 된 것도 그와의 필연 때문이라는 생각이 들었다.

　나의 삶 속에서 그가 없었던 순간이 있었던가? 그가 내 곁을 떠나버린 그 순간부터 그를 그리워하는 마음이 조금이나마 희석되었던가? 아니었다. 이곳에서 그를 만난 순간까지 난 그를 한 번도 놓아보지 않았다. 그는 내게 완전한 사랑 그 자체였다. 어쩜 이러한 모습으로라도 내 앞에 나타나 준 것을 고맙고 다행이라 생각했다. 가끔 허공만 바라보는 그를 보며 슬프기도 하지만 그의 마지막을 전송할 수 있겠다는 마음의 위로가 더 크다 할 수 있겠다. 나보다 먼저 그를 보내고 그보다 늦게까지 그를 기억해야 했다. 열심히 약도 먹고 병실의 할머니들과 고스톱도 친다. 가끔 치매가 중한 할머니가 고스톱판을 뒤집어엎으며 난리도 치지만 우린 그게 일상이다. 요양 병원 옆의 비탈을 가꿔서 들깨며 콩도 심고 난 기꺼이 그 작업에 동참하며 내 기억의 상실을 늦추려고 노력한다

　"엄마는 여기가 좋은가 봐? 집에서보다 훨씬 건강해진 것 같아요.

웃기도 잘하고. 사람이 변했나 봐."

다니러 온 딸아이의 말에 우린 함께 웃었다.

"참 탁월한 선택이었어. 더 심하기 전에 잘 온 거야. 이제 엄마의 선택이 옳았다는 거 알겠지?"

방법이 없으면 받아들이고 차선을 생각했던 나의 선택은 역시 옳았다. 내 아이들에게 차마 그를 만난 이야기를 할 순 없었지만.

아무 일 없이 무탈하게 시간이 흘러갔다. 작은 세계로 이사 온 지 벌써 1년이 넘었다. 그는 더도 덜도 없이 점잖은 치매가 정지 화면처럼 그대로 머물러 있었고 각 병실에서 몇 사람이 큰 병원으로 이송되었다가 돌아오지 못했다. 그건 부정할 수 없는 우리의 일상이었기에 슬픔은 소소하다. 나 역시 깜빡이가 더 심하지도 않아서 가끔 집안 행사에 외출하기도 하면서 어쩌면 내 삶의 기간 중 가장 안락함을 누리고 있는 것 같다.

"며칠 더 놀다 오시지 뭘 그리 급하다고 빨리 오세요. 여기 꿀 발라 놨어요?"

병원장의 농담이 이젠 정겨울 만큼 나는 이곳이 편안했다.

"집에 있으면 왼종일 혼자 있잖아요. 저녁이나 되야 사람 구경하는데. 그렇다고 걔들이 나랑 놀아주나요? 지어미 노망기 있다고 꼼짝도 못 하게 하는데, 집은 창살 없는 감옥 같아요."

"얼마나 좋아요. 눈뜨면 이야기할 친구가 곁에 있지. 내 손길을 기다리는 사람이 날 기다리지. 한 발 만 나가면 꽃피고 단풍 지는 산도 있지. 집에 가면 하루도 있기 싫어요. 언능 여기 오고 싶다니까요. 이젠 여기가 내 집인걸요."

후덕한 병원장도 참 따뜻한 인성의 소유자였기에 난 그곳이 외롭고 쓸쓸하지만은 않았다는 생각이다.

이맘때면 나를 여기다 내려놓고 차마 떠나지 못하던 아들의 차가 저기 산모퉁이에 섰던 게 아직 선하다.

"자주 올게요."

아들의 목이 잠긴 말. 그러나 나는 안다. 차츰차츰 온다는 날의 간격은 멀어져 갈 것이라는 걸, 그것이 우리가 살아가는 과정이란 것을. 한 달에 두 번씩 다녀가던 아들 내외는 가끔 건너뛰는 횟수가 많아진다. 물론 가끔 내가 외출을 하는 일도 있으니까 인지상정이라 이해하지만 긴 병에 효자 없다는 옛말은 진실이었다.

"부디 오래 살게 마소서."

"아이들이 나를 미워하기 전에 떠나게 하소서."

나는 진심으로 기도한다. 예수님이든 하나님이든 부처님이든 상관없다. 나를 만드신 신이라면 나를 거두어 가는 것도 그 신의 권능일 테니 나는 간절하게 빌고 또 빈다.

"여사님 누가 여사님 좀 뵙자는데요."

그를 돌보는 요양보호사가 나를 찾아왔다. 바깥 텃밭에서 풀을 뽑고 있었다. 햇볕이 다사로운 오후였다.

"누가요?"

"아 네, 할아버지 친척이신데 여사님 이야기를 들으시고 만나 뵙고 싶어 하세요."

"아니 제 얘기를 뭐라고 하셨기에?"

"별다른 얘기는 없었고요. 할아버지를 지극 정성으로 도와주신다고 제가 말씀드렸더니."

황당했다. 내가 그의 첫사랑이었던 걸 아무도 모르는 이곳에서 그와 연관된 사람을 만난다는 것은 아픈 생채기를 헤집는 거와 같았다.

'친척이면 누굴까. 어렸을 때 난 그의 친척을 만나본 일이 없는데 혹시 나를 아는 사람은 아니겠지. 그리고 이만큼 늙었으면 누구도 모를 거야.'

스스로 달래며 손을 털고 고개를 드는데 몇 발자국 앞에 나만큼 늙은 할머니가 나를 바라보고 있었다. 자기가 찾는 사람이라는 걸 알아봤는지 성큼성큼 다가온 그녀는 주저 없이 내 두 손을 덥석 쥐었다.

영문도 모른 채 가만히 서 있는 나를 한참이나 쳐다보고 있더니 입을 열었다. 나보다 더 굵게 패인 주름이 그녀의 세월을 말해주었다.

"아이구 맞네, 맞아. 늙었지만 모습은 옛날 그대로네. 이름이 낯이 익어서 긴가민가했는데, 세상에 우째 이런 일이 다 있을까. 아이고, 언니 반갑소, 반가워요."

"누구세요?"

멀뚱히 서 있는 내 손을 끌고 그녀는 햇살이 가득 차지하고 있는 작은 휴게실로 들어간다. 산등성이 큰길이 환히 보이는 이 조그마한 휴게실엔 구석구석 내 손길이 묻어있다. 화이트 톤으로 꾸며진 휴게실은 잠시 나를 내려놓고 쉬기도 하는 아늑한 장소였다. 탁자를 닦으며 창틀을 청소하며 철 따라 꽃을 화병에 꽂으며 나는 늘 저 멀리 차들이 나다니는 길을 멍하니 바라다본다. 이젠 이곳이 내 집이라고 입버릇처럼 말하면서도 왜 저 길 끝의 세상에 자꾸 마음이 가는 것인지, 휴게실 청소를 누가 시킨 것도 아닌데 청소는 하나의 이유일 뿐 마음이 달려가는 저 한 길에 시선을 빼앗기는 날이 종종 있었다.

손을 찔리면서 꺾어다 꽂아 놓은 아카시아꽃 향기가 손바닥만 한 휴게실에 출렁이고 있었다.

"나로 말하자면 언니의 국민학교(초등학교) 3년 후배가 되지요. 사촌 오빠와 언니의 전설 같은 연애 이야기는 훤히 다 알고 있는 사람이고요. 이곳에 1년에 몇 번쯤 오빠를 만나러 오는데요, 이곳에서 언니의 이름을 들었어요. 환자로 입원한 사람이 봉사를 열심히 하신다고, 더구나 우리 오빠를 피붙이처럼 돌봐주신다고, 언니의 이름을 들으면서 난 전율을 느꼈어요. 만날 사람은 이렇게라도 만나지는구나. 세상에 어쩌면 이런 일이."

숨도 안 쉬고 긴 문장을 읽듯 단숨에 밭아낸다. 긴 한숨 한 번 쉬더니 따라온 요양보호사가 가득 부어준 오렌지 주스를 벌컥벌컥 한숨에 마셔버린다. 그녀는 핸드백에서 휴지를 꺼내더니 범벅이 된 눈물 콧물을 휑 풀어버리고 다시 이야기를 시작한다. 재미있는 드라마를 보듯 요양보호사가 어느새 휠체어에 그를 싣고 들어와 우리 턱밑에 바짝 얼굴을 들이민다. 그는 늘 내가 바라보는 한길에 시선을 둔 채 우리는 안 보이는 듯 가만히 앉아 있다. 벌써 소문이 돌았는지 또 다른 요양사도 번갈아 가며 창가에 서성인다. 매일 꼭 같은 일상의 흐름만 반복되는 곳에서 이 사건은 픽 뉴스임은 틀림없을 것이다. 궁금한 눈초리로 보는 그들을 나무랄 마음은 없었다. 조금은 익살스러운 제스처로 나는 그들을 향해 주인공의 포스를 취해보기도 했다. 그렇게 나의 일흔여덟 번의 봄날이 무르익었고 전설 같은 내 사랑 이야기도 그녀의 입으로 전해지고 있었다.

"오빠는 간다 온다 말도 없이 늙은 부모를 버려두고 바다로 갔어요. 죽은 자식 취급하라는 마지막 말은 부모의 가슴에 대못을 박았는지 우리 큰아버지 내외는 1년도 못 살고 두 분 다 돌아가셨지요. 백정이란 신분은 사람이 아니던 시절이었으니까. 휴~"

그녀의 입으로 전해지는 이야기는 봄날의 아지랑이 같았다. 슬프게 끝나는 영화 같은 이야기가 모락모락 휴게실을 날고 있었다. 나는 현실감이 하나도 없이 몽롱하게 그녀의 이야기를 듣고 있었고 그 사람도 먼 하늘가에 시선을 둔 채 자기의 이야기를 남의 이야기 같이 듣고 있었다. 오십 년도 더 훌쩍 뛰어 넘어온 이 시간에 그와 내가 이런 모습으로 우리의 이야기를 소설처럼 듣고 있었다.

그는 나를 떠난 후 부모님의 장례에도 오지 않았고 가까운 사촌들과의 연락마저 끊어버렸다. 어디를 떠돌며 어떻게 살아가는지 아무도 몰랐다. 그는 완전하게 잊혀버린 사람이 되었다. 아무도 그의 말을 하는 사람이 없었다. 형제자매도 없는 그였기에 궁금해하는 사람은 아무도 없었다. 그가 이 세상에 존재했던 적이 없던 것처럼 어디에도 그의 흔적은 없었다. 사촌 여동생에게 그의 소식이 온 건 사

십여 년쯤 후였다. 그에게 남은 친인척 중 유일하게 생존한 사람이 사촌 여동생뿐이었다. 주소를 어떻게 알았는지 여동생의 근황을 어떻게 알았는지 그따위는 중요하지 않았다. 해외에서 살다가 귀국할 예정이며 꼭 만나봤으면 한다는 간절한 편지였다.

"참말로 기가 막힙니다. 저도 부모님 다 돌아가시고 오빠 하나 있었는데 오빠마저 몇 년 전에 돌아가셨어요. 산 짐승을 죽이는 백정네 집안이라 그런가 왜 그리 모두 일찍들 가는지, 죽은 줄 알았던 사촌 오빠가 살아 돌아온다니 얼마나 반갑던지요. 더구나 어릴 때 내가 그 오빠를 친 오빠보다 더 좋아했거든요. 언니는 나를 모르지만 나는 언니를 잘 알아요. 우리와는 신분이 다르다는 것. 그리고 우리 오빠를 그렇게 버렸다는 것 때문에. 나는 언니를 정말로 많이 미워했지요."

'나는 오빠를 버린 적이 없어요.'

지금 그 말이 무슨 소용이라고 나는 입속으로 꿀꺽 삼킨다. 어느새 건너편 산등성이엔 분홍색 노을이 번지고 있었다.

홀로 살았다고 했다. 정착지도 없이 생의 절반을 바다 위에서 살았다고. 돌아와야 할 곳이 없어서 그는 유랑하며 살았다. 행여 이곳의 소문이라도 바람결에 실려 올까 봐 모든 사람과 단절했다. 하루에도 몇 번씩 돌아가고 싶은 마음을 누르면서 그는 몸을 혹사하며 살았다고 했다.

"오빠가 그럽디다. 제일 참을 수 없던 게 언니였대요. 그리워지기 시작하면 망망대해 바다 위에서 밤새도록 가슴을 두드리며 속울음 울었다고 합니다. 그나마 낮에는 해야 할 일이 있어서 덜 하지만 별이 쏟아지는 태평양 밤바다는 대책 없는 고독으로 미쳐 날뛴답디다."

아무리 힘들어도 세월은 가고 또한 살아지는 것이라서 그는 미아처럼 길을 잃어버린 채 이곳저곳 떠돌며 한평생을 보냈다. 나이 들고 늙어져도 뼈까지 아프던 향수병은 시시때때로 그를 괴롭혔다. 이만큼 늙었으면 그곳에 가서 죽어도 되겠다 싶었다. 그 내심에는 후생이 아닌 현생에서 한 번쯤 나를 볼 수 있었으면 하는 희망 사항도 작용했다고 한다. 칠순이 넘은 나이에 고향으로 돌아오는 길 그는 비행기 속에서 가슴이 설레는 소년이 되었다고 했다.

"언니의 소식을 물었어요. 근데 나도 언니의 소식을 전혀 알지 못했어요. 인편으로라도 들리는 소식이 없었지요. 언니 부모님 돌아가신 후 아무도 언니의 근황을 모른댔어요. 철저히 숨어버린 언니의 속마음을 이해하지만 다 늙어버린 오빠가 너무 가여웠어요. 돌아오신 후 오빠는 갑작스럽게 아프기 시작했어요."

그는 어느 날부터 치매 증세를 보였다. 하루에 한 번쯤 들여다보는 사촌 동생에게 내 이름을 부르기도 하고 반찬을 집어 먹지도 못하고 밥만 우걱우걱 먹었다. 급격하게 나빠지고 빠르게 진행되는 치매 증상은 아무래도 갑자기 닥친 상실이 너무 컸기 때문이라는 의사의 진단이 있었다. 혼란스럽고 두려웠을 것이라 했다. 어떤 기대를 품고 돌아온 고향이 너무 낯설고 두려웠기 때문에 그것을 수용하는 과정이 그에게는 힘겨웠을 것이라 했다.

"아마도 오래전부터 조금씩 진행되고 있었을 거예요. 본인은 치매라는 걸 모르겠지만 어쩌면 그런 것들 때문에 더 귀국을 서둘렀을지도."

의사의 말이었다. 이곳 요양원으로 오는 건 사촌 동생의 의견이었고 이 나라에는 그를 걱정해줄 사람이 아무도 없었다.

"언니 울 오빠 결혼도 안 했대요. 기가 막혀서. 평생을 언니만 생각하며 살았는갑소. 자식도 하나 없이. 그래도 노후 걱정은 한 모양이지요. 정신 줄 다 놓기 전에 내게 부탁했어요. 자기 죽을 때까지 쓰라면서 통장을 줍디다."

긴긴 이야기를 하면서 그녀는 코를 몇 번이나 풀었다. 그녀의 이야기를 들으며 나 또한 몇 번이나 속울음을 울었는지. 그 긴 시간 그 바보 같은 남자는 정말 바보처럼 노을이 지고 있는 산만 바라보고 앉아 있었다. 건너건너 이야기의 단편을 들은 요양 병원 식구들은 창밖에서 연민의 눈짓을 보내주고 있었다. 갑자기 슬픈 영화의 주인공이 되어버린 그와 나의 이야기는 시간이 흐르면서 또는 입에서 입으로 전해지는 과정에서 더 슬프고 애잔한 소설이 되어 병원 전체에 회자 되고 있었다.

사촌 동생이 다녀간 지 달포쯤 되었을 무렵이었다. 그는 결혼도 하지 않고 홀로 긴 세월을 타국에서 떠돌았다는 그녀의 말을 들은 후 나는 요양원 원장님에게 부탁해서 내 거처를 그의 방 옆방으로 옮겼다.

"언니만 믿고 가요. 저도 집에 치매 걸린 영감이 있어요. 글고, 나도 걸어 다니는 종합병원이랍니다. 어쩌면 오빠보다 내가 먼저 갈지 모르겠소. 오빠 부탁해요."

그녀는 전화번호를 내 손에 놓고 휑하게 가버렸다. 내가 이곳으로 와야 했던 보이지 않은 어떤 것들이 이 모든 상황을 예비해두었던가. 그의 옆 병실에 내 침대를 놓은 후 나는 기꺼이 그의 모든 수발을 맡았다. 나의 이 수고가 아무리 힘들어도 오 십 년 가까운 세월을 혼자서 떠돌며 나를 그리던 그의 순애보를 갚을 수는 없다는 생각이었다. 요양보호사가 있었지만 될 수 있으면 그의 수발은 내 손으로 들겠다고 이해를 구했다. 다행히 어떤 이유인지는 모르겠으나 나의 증상은 진행이 머물러 있었다. 가끔 아주 가끔 내 병실을 찾지 못해 복도를 뱅글뱅글 돌 때도 있었다. 또는 요양사의 이름도 잊어버리고 나의 생년 월일도 까먹는 일도 일어나곤 하지만 대체로 아주 양호한 편이어서 그를 보살피기에는 그리 힘들지 않았다.

"미친년, 니년이 뭔데 우리 신랑을 빼앗아 가? 세상에 꼭 첩년처럼 생겨서."

나보다 두 배쯤은 퉁퉁한 옆 침대 할머니가 갑자기 내 머리채를 잡아 쥐었다. 쓰러진 내 배 위에 올라타고 죽일 듯 매질을 한다.

"야 이년아, 뒈지게 맞아야 정신 차릴래?"

마침 열어놓은 문으로 지나가는 관리자 선생님이 뛰어 들어와 나를 구해주어서 큰 화는 면했다. 분을 삭이지 못해 씩씩대는 할머니를 데리고 나간 후 대충 몸을 수습하고 침대에 누웠다. 그 할머니가 내게 가한 폭행의 이유를 알고 있기에 나는 그냥 내 몸만 챙기면 되는 일이었다. 감정의 소모는 전혀 불필요한 상황이었다. 잠시 나른한 잠으로 드는 순간 또 다른 치매 할머니의 날카로운 음성이 나를 깨운다.

"워매 워매 저 또라이 좀 보소."

"저 여자가 저년 신랑을 꼬셨다고?"

"기가 막혀 죽것네. 그 남자는 원래 내 남자여. 똥보년이 똥구녕 간질간질 건드려서 빼앗아 놓고 애꿎은 저 여자를 왜 팬다냐? 맞을 년은 지년인디. 쯧쯧 또라이 같은 년."

이 병실에도 고만고만한 치매 할머니 네 사람이 있다. 그중에 내가 제일 정상인과 가깝고 세 사람이 보기엔 내가 젤 젊다고 한다. 나이로 치면 나보다 어린 할머니가 있긴 하지만 치매를 앓은 기간이 길어서 그런지 자기가 제일 고참이라는 우월감을 가지고 있다. 이해가 불가한 이야기 같겠지만 이 병실의 할머니 셋에서 옆방에 있는 그 사람을 두고 쟁탈전을 벌인다는 것이었다. 당신네가 아주 젊었다고 착각을 하는지 서로 내 남자라고 우기면서 싸운다는 것이었다.

"먼 옛날의 연애 세포가 살아나는지 할매들은 옆방 그 할아버지 앞에선 애교도 부리고 얼마나 잘하시는데요. 가족들이 맛있는 간식을 가져오면 할아버지부터 챙기세요. 그러다가 서로 니꺼 내꺼 하면서 싸우기도 하고요 호호."

"여사님이 당신들 눈에도 예쁜가 봐요. 그리고 할아버지 휠체어도 끌고 다니시니까 질투가 나나 봐요."

"그래도 아직 질투도 내고 저 할아버지는 안 잊어버리는 것 보면 다행스럽기도 해요. 아들은 잊어먹으면서 옆방 할아버지는 어째 몰라보지 않는지, 참 기가 막혀요."

한바탕 웃지 못할 헤프닝이 지나가기도 하고 지루한 여름처럼 일상이 흘러가던 날이었다.

"큰일 났어요. 여사님 할아버지가, 할아버지가."

숨을 헐떡이며 달려오는 요양사의 손에 이끌려 호미를 던져버리고 달려간 병동 앞에는 다급한 119가 도착해 있었고, 우리 병실 앞에는 와글와글 병원 식구들이 다 모인 것 같이 웅성거리며 서 있었다. 뭔가 싸늘한 바람이 내 가슴을 훑고 지나가고 있었다. 그게 무엇인지 나는 이미 알고 있었던 것 같다. 준비 없는 이별로 인해 긴 세월을 아프게 살았던 나였다. 내 손으로 그를 보낼 수 있기를 빌면서 어제도 그제도 그리고 매 순간순간을 나는 그를 보내는 준비를 하고 있었다. 숨이 멎었는지 움직임이 없는 그가 119 들것에 실려 복도를 지나가고 있었다. 밀랍 인형처럼 굳어버린 그는 벌써 이 세상을 떠난 것 같았다. 발이 얼어붙었는지 난 걸을 수가 없었다.

"아이고 우짜노, 어떻게 어떻게."

담당 요양보호사는 발만 동동 구르고 있었다.

"여사님 타세요. 병원까지 제가 모실게요."

뭔가를 직감한 듯 원장이 내 손을 잡아끌었다. 사이렌 소리가 메아리가 되어 좁은 골짜기를 울렸다. 119차 뒤를 따라가는 차 안에서 원장은 조심스럽게 입을 열었다.

"여사님, 병실 귀순 할머님이 할아버지 목을 졸랐답니다. 그 할머니가 할아버지를 너무 좋아한다는 거 알고 계시죠? 잠시 보호사님이 자리를 비운 사이에 그 할머니가 할아버지를 그만, 질투였대요. 할아버지가 바람피운다고, 저희의 실수와 잘못입니다. 아무래도 소생

하시기가 어려울 것 같습니다. 여사님 죄송합니다."
　앞서가는 사이렌 소리가 가슴을 후벼 파는 것처럼 날카로웠다.
　"뚱뚱보 할매가 결국…… 미친 미친."
　입속으로 웅얼대며 현기증인지 잠인지 난 기억을 잃었다.
　"여사님, 여사님."
　흔들어 깨우는 원장의 목소리가 점차 멀어지는 걸 느끼며 이유도 모르는 기절을 했다. 요양원 복도에서 들것 위에 실려 나가는 그의 모습이 내겐 마지막이었다. 항상 이별의 준비는 되어있었지만 그가 떠나려 할 때 난 꼭 말하려 했다.
　"기다리세요, 곧 갈게요. 그땐 나를 기억하세요."
　그러나 나는 또 아무 말도 못 하고 그를 보내 버렸다.

　여름이 가고 가을이 오고 또 봄이 오는 지금도 난 이곳에서 산다. 그를 죽여 버린 뚱보 할매도 한 계절을 못 넘기고 그만 떠나버렸다. 몇 번 재판에 불려 가긴 했지만 제 정신이 아닌 중증 치매 노인에게 법의 잣대는 무용지물이었다. 팔순이 넘어서 남자(?)를 죽일 만큼 시샘을 느꼈다는 건 행복한 치매가 아닐까. 억지스러운 말이지만 이곳 보호사들에게 종종 짤짤한 간식 같은 이야기가 전해진다. 몇백 가지의 유형으로 온다는 치매가 내겐 어떤 모습으로 진행될지 두렵다.
　어제는 며칠 전 다녀간 아들의 얼굴이 생각나지 않았고 며칠 전에는 내 나이가 기억나지 않았다. 엘리베이터 앞에 신을 벗어놓고 올라와 맨발인 걸 알고 당황하기도 하면서 커다란 지우개는 조금씩 조금씩 내 기억을 지우고 있는 것 같다. 내 손으로 밥을 먹을 수 있고 내 손으로 화장실 갈 수 있을 단계만큼만 살 수 있다면 얼마나 좋을까. 치부를 드러내 놓고도 수치를 느끼지 못하는 건 삶이 아니지 않은가. 그러나 나는 그런대로 오늘을 열심히 살고 있다. 내 머리에는 아직 그 사람도 살고 있고 보고 싶은 손주들도 아직은 기억하고 있으니 살아야 할 이유가 충분하다. 그리고 가끔 그만 살고 싶어도 난 죽을 수 없어서 살 수밖에 없다.

어젯밤 TV 뉴스에서 안락사의 시행을 다룬 다큐멘터리를 봤다. 나는 생각한다. 안락사의 시행은 우리를 구원해줄 신의 축복이 아닐까?

7 콜라텍에서는 콜라를 팔지 않아요

　수도권에 자리 잡은 S시의 기차역은 오후 여섯 시의 피곤함이 깔려있었다. 백화점을 나오는 사람들의 표정도 그날따라 무거운 분위기였다. 곧 일어날 사건을 예시라도 하는 건지, 개표구를 드나드는 사람들의 걸음도 가볍지 못한 것 같았다. 두 개의 백화점을 낀 역사(驛舍)는 이 도시를 대변하는 것처럼 웅장할 정도로 크고 넓었다. 항상 붐비는 S시의 기차역은 단순하게 역이라는 개념보다는 쇼핑이나 만남의 성지 같은 곳이기도 하다. 활력이 넘쳐나고 생동감 있는 이곳의 분위기는 수도권에 거주하는 MZ세대들의 방문이 많은 것 때문이다. 그 풋풋하고 건강한 활력의 장소가 오늘 이곳에서 일어날 사건을 감지한 것인지 우람한 건물은 짙은 무거움이 깔려있었다.

　"씨팔 것."

　옆 사람도 안 들릴 정도로 받아내는 욕설이 목소리를 긁는다. 전철 개표구 앞에서 오가는 사람들을 살피며 서 있는 할배. 팔순을 갓 넘긴 그는 누구를 기다리는 것처럼 시계를 자꾸만 들여다본다. 풍채도 노인답지 않고 꽤 이름 있는 명품의 재킷을 입은 걸 보면 경제력도 있어 보인다. 키도 훤칠했고 얼굴도 수준급 이상이었다.

"씨팔."

외모와 어울리지 않게 할배는 분노 섞인 욕질만 가래침 밭듯 연신 밭아낸다.

노인으로 치부하기엔 아직 이른 감이 있을 정도로 건장했다. 외적으로 풍기는 모습은 멋스러움까지 겸비했다. 그러나 할배는 무슨 이유인지 불안과 초조를 감출 수가 없는 것 같았다. 두 손을 쓱쓱 비비기도 하다가 좌우를 살피는 듯한 시선이 마냥 불안스럽다. 퇴근 인파가 복잡해진 전철 출구 앞에서 꼼짝 않고 서서 두리번거리기를 벌써 삼십 분이 넘었다. 누구와의 약속이 있었다면 포기하고 떠나도 좋을 만큼 기다린 것 같은데 약속된 기다림은 아닌 것 같다. 시간이 흘러갈수록 초 단위로 시계를 보는 할배의 얼굴은 불안으로 경련이 일고 있었다. 인파에 부딪치고 밀리면서도 개표구 한쪽에서 꼼짝 않고 서 있는 할배는 오늘 꼭 만나야 할 사람이 있는 것일까. 긴장으로 힘을 준 탓인지 다리가 자꾸만 주저앉으려는 것같이 휘청인다. 그때쯤 할배의 시야에 들어온 사람이 있었다. 어디서 갑자기 그런 힘이 생겼을까. 전철 개표구를 향해 걸어오는 한 남자를 향해 빛의 속도로 돌진한다. 친한 사람을 끌어안듯 남자의 어깨에 손을 둘렀다고 느낀 순간 주위의 사람들이 비명을 지르며 흩어진다.

"아악."

"어떻게."

"엄마야……"

순식간에 일어난 사건이었다. 쓰러진 남자의 배 위에 걸터앉은 할배는 남자의 옆구리에 꽂힌 칼을 뽑아 다시 한번 더 심장을 향해 칼을 힘껏 내리꽂는다. 역사(驛舍)는 잠시 스톱워치에 걸렸다. 사람들도 '무궁화 꽃이 피었습니다'처럼 잠시 얼음 땡이 되었다. 단 한 사람 마법에 걸리지 않은 할배는 참았던 날숨을 길게 내쉬고 있었다. 손에서는 시뻘건 피가 뚝뚝 떨어지고 있었고 절명하지 않았는지 칼 맞은 사내는 할배의 엉덩이 밑에서 꿈틀거리고 있었다. 할배는 사내를 타고 앉은 채 담배를 꺼내 물었다. 깊게 들여 마신 담배 연기를 후하고 길게 내쉰다. 한숨과 함께 역사 안으로 퍼지는 담배 연기를 따라 사람들의 시선들이 따라간다. 그 누구도 금연구역이라고 할배에게 말하는 사람이 없었다. 붉은 피가 뚝뚝 떨어지는 긴 과도가 그때까지 할배의 손에 들려있었다.

　"112죠. 살인사건 자수합니다. 여긴 S시 철도역입니다. 기다리고 있겠습니다."

　할 일을 마친 사람처럼 사내의 몸에서 일어난 할배는 핸드폰을 꺼내 신고를 한다. 금방 살인을 저지른 사람의 지극히 냉철한 모습에 역사의 온도가 더 싸늘하게 내려가고 있었다.

　"살려주세요. 잘못했어요."

　"오빠, 살려주세요."

　그때까지도 칼침을 맞은 남자 옆에 한 여자가 있었다는 걸 아무도 인식하지 못했다. 그들은 역사를 들어설 때 같이 들어온 것 같았다. 도망도 못 가고 사색이 된 여자는 할배의 바짓가랑이를 잡고 바들바들 떨고 있었다. 오십 후반의 여자였다. 할배는 역사의 천장을 바라보며 우두커니 서 있을 뿐. 여자의 존재를 무시하는 것 같았다. 잠시지만 더 이상 어떤 상황도 전개되지 않았다. 개표구를 들어오는 사람과 나가는 사람들의 흐름은 유지되었고, 경찰차와 119 사이렌이 역사를 흔들 때까지 살인의 현장에는 스톱워치와 얼음 땡의 마법이 한참 동안 풀리지 않았다.

"칵, 퉤, 더러운 년."

수갑을 찬 할배는 그때까지 엎드려 떨고 있는 여자의 등 위에 욕질과 가래침을 밭아놓고 유유히 역사를 빠져나간다. 그 모습엔 삶을 다 살아버린 노인의 초연함이 묻어있었다. 모든 걸 끝냈다는 시원함도 작용했을까. 현행범으로 수갑을 차고 끌려가는 노인의 등엔 어떤 이유인지 절망이 보이지 않았다. 역사 밖은 살인의 소식을 모르는 듯 네온의 불빛들이 화려했다.

"소문 들었어?"

"너무했지, 김 여사."

"할배가 망령이지."

"둘 다 미친 거야. 사람값을 해야지. 둘 다 인과응보지. 창피하게 쯧쯧."

S시의 사건은 신문에 대서특필 되고 바람을 타고 입맛에 맞게 각색된 대본들이 전국으로 날아다녔다. 그들의 이야기는 꽤 긴 시간 동안 짭짤한 술안주로 달달한 간식으로 전국의 콜라텍에 회자가 될 것이다. 그러나 그 사건으로 돌아보아야 하는 자신들의 모습은 전혀 보지 않는 것 같았다. 그저 하나의 이야기로, 재미난 흉으로만 치

부하는 게 콜라텍을 드나드는 무리의 수준이었다.

　나는 할배를 알고 있었다. 그리고 죽은 피해자도 알고 있었고 사건을 발생하게 만든 이유도 너무나 잘 알고 있었다. 그 이유의 중심에 있는 그 여인도 알고 있었다. 그 사건이 있기 전부터 나는 인간의 타락은 어디가 끝인가 하는 의문을 품고 있었다. 목숨을 앗아간 살인사건이 그 타락의 끝은 아니라는 생각을 하면서 난 그 할배의 이야기를 하려 한다. 아니, 사건의 배후에 있는 여인의 이야기를 하려고 한다.
　철면피 같고 양심에 쇳물을 입혀버린 것 같은 여자 같지만, 그녀는 남편과 같이 맞벌이를 하면서 남매를 키우는 보통의 여인이었다. 작은 빌라에서 전세를 살고 있을망정 열심히 일하는 남편과 함께 식당 설거지도 마다하지 않고 부지런히 살던 어디서나 만날 수 있는 그런 여인이었다. 그러했던 그녀가 어느 날부터 김 여사라 불리며 입성이 달라지고 귀가 시간이 늦어지며 홍시 냄새를 폴폴 풍기며 들어오는 날이 잦아진다. 그렇고 그런 삼류 소설을 쓰듯 그녀가 친구를 잘못 사귀었다거나 흔히 겪는 권태기거나 등등의 이유는 각설하고 그리 변모한 이유는 단 한 가지 춤바람이었다. 오후 두 시쯤만 되면 블랙홀에 빨려 들어가듯 굽 높은 구두를 신고 그녀는 사거리 뒷골목에 있는 콜라텍으로 스르르 흡수된다. 현모양처는 졸업하고 콜라텍의 퀸카로 변모하는 시간은 그리 길지 않았다.
　살짝 한 겹만 베일을 벗기면 뚝뚝 피 흘리며 죽어가는 도덕성의 뒷면이 보일 것이고 시궁창처럼 썩는 냄새가 나는 곳, 비윤리도 흔하게 만나게 되는 곳이 이곳 콜라텍이다. 환한 불빛을 사양하는 어둑한 무리들은 더 이상 선남선녀가 아니라고 해도 무방하다. 허락받은 것처럼 불륜이 당당한 이곳이다. 건전한 문화를 즐기는 건강한 사고를 가진 사람들도 있긴 하지만 파트너 문화를 즐기는 사람들이 너무 많았다. 이 집단 속에는 파트너도 부부라는 개념이 보편화 되어 있다. 파트너를 심지어 '여보'라는 호칭으로 부르는 사람도 많다.

"자기야 미리 들어가 있어. 나 화장실 좀 다녀올게."

"알았어. 빨리 들어와."

하늘엔 잉크 빛 물이 뚝 떨어질 것 같은 시월의 어느 날, 어둑한 지하로 내려가는 김 여사와 할배는 눈이 시린 저 하늘을 한 번쯤 바라보기나 했을까. 하늘은커녕 지하 계단까지 쾅쾅 울리는 지르박 음악을 따라 그들은 발보다 마음이 더 급한 것 같았다. 스르르 어둠과 한 몸처럼 지하로 들어가는 할배를 흘끗 보며 김 여사는 화장실로 들어선다.

"어머 언니, 오랜만이네. 더 젊어진 것 같은데? 또 다녀왔어?"

"아니야. 보톡스 맞을 돈이 어딨어. 먹고 죽으려도 돈이 없어 짜증만 나는 걸."

"그딴 소리 하지 마. 오뉴월의 논배미에 물이 말라도 할배 주머니에 돈은 안 마르지."

김 여사는 화장실에서 소변을 보는 중인데도 서로의 대화는 이어진다. 꾸부정한 자세로 팬티를 올리면서 김 여사는 짜증 섞인 목소리로 대답을 한다.
 "그만들 하셔. 옛말이야. 할배도 요즘은 주머니 닫았어."
 "웃기네. 지갑 열지 않는 할배를 왜 맨날 만난대?"
 "그러게 말이야. 나도 그게 마음대로 안 되네."
 실없는 대화가 귀찮다는 듯이 립스틱을 고쳐 바르고 김 여사는 휙 나가버린다.
 그녀가 나간 화장실 문틈으로 블루스 음악이 한 아름 밀고 들어온다.
 "빨리 가자 우리도."
 마음 급한 여인들은 화장을 고치는 손놀림이 빨라진다. 어느새 어둑하고 네온의 불빛이 일렁이는 홀 중앙으로 김 여사와 할배는 스텝을 밟으며 미끄러진다. 김 여사의 허리를 바짝 밀착시키며 할배는 오랜 세월을 놀았던 댄스 실력을 마음껏 발휘한다. 할배의 품속에서 김 여사는 흘러간 가요의 가사와 리듬에 빠져들며 슬며시 눈을 감는다.

 김 여사와 할배는 콜라텍 파트너 관계였다. 환갑을 바라보는 김 여사는 일용직 막노동을 하는 남편과 대학을 졸업하고 직장에 다니는 아들과 딸이 있는 가정주부다. 김 여사가 할배라고 부른다고 할배가 이름이 되어버린 노인은 벌써 팔순을 갓 넘었다. 경제력이 꽤 괜찮은 할배와 그 경제력에 기생하는 두 사람의 관계는 좁은 소도시 콜라텍 세계에서 파트너로 인정받고 있다. 오피스 부부 같은 개념이라면 비약이 아닐 것 같다. 이 세계에선 파트너를 두고 다른 사람과 댄스를 한다는 건 이곳의 도의상 불륜으로 간주된다. 아이러니하지만 그런 것들로 인해 가끔 난장판 같은 싸움도 많이 하는 곳이 이곳이다. 남의 남자 남의 여자가 만난 불륜 속에서 또 다른 치정으로 싸움질하는 사람들을 보며 웃픈 회의를 느끼기도 한다.

"형수님 맥주 한 잔 드세요."

할배의 후배가 김 여사에게 맥주를 권한다. 김 여사보다 훨씬 나이가 많아도 선배의 파트너이기에 형수님으로 우대하는 것도 이곳의 풍습이다. 김 여사는 이곳에선 할배의 여자였다. 가정으로 돌아가면 남편의 여자겠지만 할배는 또 다른 남편으로 행세한다. 파트너로 만난 지 벌써 오륙 년 되었으며 가끔 술 취한 할배의 말과 풍문으로 들려오는 말에 의하면 할배에게 적잖은 금전적 도움을 받는다는 것이었다. 변변치 않은 남편의 벌이로는 아이들 학자금도 김 여사의 용돈도 어림없다는 것이었다. 젊은 여자의 스폰서가 되어 춤도 추고 욕정도 풀며 사는 할배였고 여유로운 생활을 누리며 명품 가방까지 들고 다니는 김 여사는 자신이 창녀라는 걸 전혀 인식하지 못하는 부류였다.

"우리 노래방 가자 언니. 할배가 쏠 거지?"

김 여사는 눈을 찡긋하며 할배를 본다. 사실 할배는 노래방보다 모텔을 바라보고 있었다. 저번에도 풀어내지 못한 욕정이 마음을 달구고 있었다. 그런 할배의 심정을 잘 알면서도 모텔행을 미뤄볼 요량으로 김 여사는 노래방을 가자고 조른다.

"아냐 난 빨리 가야 해, 울 남편 올 시간 전에 들어가야지."

괜히 슬그머니 꽁무니를 빼는 친구를 김 여사는 다잡는다.
"언니 한 시간만 놀다 가자. 남편한테 전화해, 좀 늦는다고. 이 나이에 뭘 그리 쩔쩔맨담?"
"아니 김 여사는 맨날 늦어도 괜찮아? 남편이 속도 좋은가 봐."
"그런 게 아니고, 우리 남편은 내가 식당에서 일하는 줄 알아. 그니까 조금 늦게 들어가도 되거든."
"자긴 좋겠다."
김 여사와 친구의 대화를 듣다가 할배가 끼어든다.
"아 얼른 와. 뭔 사담이 그리 길어. 우리끼리 가면 되지."
"둘만 가면 무슨 재미야."
할배가 안 들리게 혼잣말을 하며 김 여사는 아쉬운 듯 친구에게 손을 흔든다. 노래방 다음은 모텔행임을 김 여사는 상기하면서 속에서 올라오는 짜증을 삼킨다.
"어휴…… 이젠 진짜 늙었나 봐."
"에이, 살기도 싫구만. 자기가 어떻게 좀 해봐, 응?"
"안되는 걸 어떡하라고."
"벌써 몇 번째야? 아이 아파 그만 해요 좀."
벗은 몸을 밀착시키며 사타구니에서 손을 떼지 않는 할배를 왈칵 밀어버리고 김 여사는 주섬주섬 옷을 입는다. 싸구려 모텔의 희뿌연 전등 빛에 할배의 벗은 몸은 징그러운 한 마리 벌레 같아서 김 여사는 눈을 감아버린다. 노래방도 가지 않고 할배를 빨리 보내버릴 요량으로 모텔을 들어왔는데 오늘따라 할배는 죽어도 발기가 되지 않는다. 늘 가방에 넣어 다니는 기계를 써봐도 할배의 물건은 이제 생명을 다한 것일까. 살아날 기미를 보이지 않았다.

"한 번만 응?"

할배는 벌써 그 한 번이라는 소리를 열 번도 더 하며 김 여사를 타고 있었다.

다 늙어빠진 노인의 치다꺼리는 김 여사에게도 치욕이었다. 언젠가부터 할배는 성관계가 되지 않았다. 늙어가는 과정이겠지만 할배는 집요했다. 약도 먹어보고 보조 기구도 써 봐도 소용이 없자 자기의 불능에 대한 분노를 집착으로 풀어내려 했다. 한 번이라도 욕정을 풀어내려고 김 여사를 괴롭히는 행위가 정상적이지 않았고 결국 실패하면 화를 내기도 하는 것이었다. 김 여사는 그런 할배를 이젠 끝내야겠다는 생각을 하면서도 딱 끊어내지 못하는 건 금전적 보상(?) 때문이었다. 할배의 추태를 묵묵히 받아주고 모텔을 나서는 날이면 휘청이는 다리보다 마음이 더 휘청거리지만 김 여사의 손에 쥐어지는 봉투는 또 다른 위로였다.

그렇게 또 한 해가 떠날 때쯤, 제비 한 마리가 김 여사의 치마폭에 살포시 앉았다. 불안한 미래가 예비되어 있다는 건 틀림없는 통계학이었다. 김 여사라고 그걸 모를까. 셈본을 아무리 모른다 해도 제비를 만난다는 건 그만큼 김 여사에게 마이너스라는 걸 너무도 잘 알고 있었다. 까마귀 날자 배 떨어지는 것처럼 늙은 할배에게 지쳐있는 김 여사는 제비의 출현에 모든 이성과 지성조차 마비가 되어버렸다.

불확실한 미래보단 현실의 쾌락이 더 달콤한 법이다. 신선한 봄바람이 김 여사의 마음을 간지럽히기 시작했다. 설렘과 환희를 맛보며 김 여사는 중년의 봄을 즐기기 시작한다. 남편도 할배도 주지 못하는 싱그러운 바람이었다. 이제 겨우 오십을 갓 넘은 꽃제비는 김 여사에게 어린 연인으로 다가섰다.

"누나, 누나는 아직도 꽃띠 같아. 어떻게 이리 관리를 잘했어?"

"어머나 진짜? 립서비스라도 듣기 좋은데?"

"아냐, 누나 진짜야. 나랑 같이 걸어가면 또래로 볼 걸."

꽃제비 성민은 간지러운 곳을 긁어주는 법을 댄스 학원에서 배운 것 같았다. 직업이 뭔지 결혼은 했는지 아이는 있는지 그따위 것들은 궁금하지 않았다. 오랜 시간 늙어빠진 할배에게 염증을 느끼던 김 여사에겐 성민의 젊음이 충격이었다. 제비인 줄 알면서도 성민의 달콤한 언어와 유연하게 리드하는 댄스와 이제까지 맛보지 못했던 박력 넘치는 섹스에 김 여사는 희열을 느낀다.

경제력도 없는 주제에 다정하지도 않은 남편은 자식 때문에 사는 거라고 김 여사는 투덜댄다. 할배의 금전적 지원이 없었으면 이 나이까지 식당 설거지에서 벗어나지 못했다는 김 여사였다. 하늘하늘한 원피스를 입고 고가의 명품 핸드백 두어 개라도 들 수 있었던 것도 할배를 파트너로 둔 덕분인 줄 알았기에 김 여사는 중년의 세월을 그의 인형으로 살고 있었다. 그러나 김 여사 앞에 나타난 젊은 사내는 그러한 모든 것들을 부정할 만큼 강력한 마력이 있었다. 바보 천치 같은 남편도 없어서는 안 되는 물주 할배도 다 귀찮고 싫었다. 그래도 자식을 향한 사랑만큼은 강했던 김 여사였는데 어미를 참견하는 자식마저 미워지는 것이었다. 그러나 연하의 연인을 만나기 위해서는 할배의 지갑이 필요했다. 어쩌다 한 번씩 할배의 욕정을 풀어주는 날이면 김 여사의 짜증은 배가되었다. 자연스럽게 할배를 만나는 날의 텀이 길어지고 만난다 해도 예전처럼 살갑지 않은 김 여사에게서 할배는 뭔가를 느끼고 있었다. 콜라텍에서도 한 시간도 안 놀고 내빼는 김 여사를 할배는 수상쩍게 생각하고 있었다.

"젊은 놈 만난다는 소문이 쫙 깔렸던데, 솔직히 얘기해. 이젠 내가 싫어졌어? 숨어서 만나지 말고 솔직하게 말하면 내가 너를 놓아줄게. 나도 이젠 늙어서 너를 감당할 자신도 없어."

마음에도 없는 말을 하며 김 여사를 넌지시 떠보는 할배는 콜라텍에 떠도는 소문에 모든 신경이 곤두서 있었다. 김 여사와의 만남으로 할배는 자신의 존재감을 느꼈고 풍만한 여인을 품에 안고 춤을 춘다는 건 그 어떤 것보다 강한 희열이었다. 애지중지하는 노리개를 남에게 뺏긴다는 건 도저히 용납이 안 되었다.

"쓸데없는 소리 그만 좀 해요. 젊은 놈은 무슨. 비싼 밥 먹고 할 일들이 그렇게도 없나 원. 쯧쯧, 누가 그따위 소릴 해요."

펄쩍 뛰며 그 소문의 근원지가 누구냐고 따지는 김 여사를 할배는 또 달래기도 한다.

"그래, 한 번쯤의 바람은 눈 감아야지. 나이 많은 내 탓이지."

할배는 자기가 김 여사의 남편이라도 되는 것처럼 용서를 운운하며 오늘은 봉투에 꽤 거금의 현찰을 넣는다. 금전적 지원 때문에 양

손의 떡을 쥔 김 여사는 자기가 그 떡에 체할 줄 몰랐을까. 외줄 타기처럼 위험한 놀이를 병행하며 김 여사는 아슬아슬하게 살아가고 있었다. 무지렁이 남편은 식당 아르바이트 한다며 벌어 오는 몇 푼 때문에 김 여사의 근황 따위는 안중에도 없었다.

"너무 무리하지 말고 몸 아껴가며 일해."

자정이 다 되어서 들어오는 김 여사가 내민 소주 한 병과 치킨을 뜯으며 내심 걱정을 한다. 자신의 무능에도 찍소리 없이 아이들 대학 보내고 가난하지 않게 살아가는 아내에게 고맙다는 생각을 하는 건지 요즘은 더 살갑게 군다. 김 여사의 일상을 전혀 모르는 것인지 아니면 알고도. 눈 감는 것인지 김 여사는 그 속을 알 수가 없었다.

남편과 스폰서와 어린 애인을 둔 김 여사는 요즘 일생에서 가장 분주한 삶을 살고 있었다.

어린 연인의 티셔츠 한 벌 값을 할배에게 구걸하려면 오늘 밤 김 여사는 또 모텔행을 감행해야 한다. 언제나 목이 마른 사람처럼 용돈을 요구하는 제비지만 남편에게도 할배에게도 느껴보지 못한 희열이 있었기에 김 여사는 당연한 듯 감수한다.

"자기야, 날 버리지 마. 내가 살면 이제 얼마나 살겠어. 조금만 기다리면 빌라 하나 장만해 줄게. 알았지?"

"진짜? 진작 좀 해주지, 꼭 약속 지켜요. 응?"

저번에는 꽤 많은 액수의 현금을 건네더니 이번엔 빌라를 주겠다는 할배를 김 여사는 꼭 안으며 애교를 떨어본다. 그날 할배는 김 여사의 갖은 테크닉과 서비스로 실로 오랜만에 황홀한 시간을 보냈다.

"형님, 형수님 이야긴데요. 알고 계셔야 할 것 같아서요. 요즘 형수님 젊은 제비와 S시 콜라텍으로 원정 다닌답니다. 형님 이제 그 여자는 물 건너간 것 같아요. 그만 잊으시고 새 파트너 구하세요."

콜라텍 후배의 말이 아니라도 할배는 짐작하고 있었다. 김 여사는 요즘 부쩍 만남을 자꾸 회피했다. 두둑한 용돈의 효과도 빌라의 효과도 그 젊은 제비보다 구미가 덜한지 이곳저곳 자주 가는 곳에도 나타나지 않고 꼭꼭 숨어버린 것 같았다. 할배는 피가 마르는 것 같았다. 집으로 찾아가서 으름장도 질러보고 달래도 보고 명품 가방으로 환심도 사보려고 하지만 언젠가부터 할배의 손길을 뱀처럼 싫어하는 것 같았다.

수소문 끝에 할배는 젊은 제비를 만났다.

"할아버지, 이젠 그만 은퇴하시죠. 무대에서 내려올 때가 지났잖아요. 남 보기 추하게 굴지 마시고 욕심 그만 부리세요."

할배의 자존심이 와르르 무너지는 그 날 할배는 시장에서 잘 드는 과도 하나를 샀다. 노욕이든 추잡한 질투든 내가 가지고 놀던 나의 인형을 빼앗기고는 살아갈 수 없을 것 같아서 할배는 마지막 결심을 했다. 산에 있으나 집에 있으나 별반 다를 게 없는 삶이라면 굳이 삶을 이어 나갈 이유가 없다고 생각했다.

S시의 콜라텍에서 두 연놈이 놀다 집으로 가는 전철을 타는 시간을 계산한 할배는 그날 커다란 역사에서 그들을 오래 기다리고 있었다. 이쁜 내 인형을 빼앗아 간 젊은 제비를 기다리며 할배는 가래 끓는 것 같은 욕설을 뱉는다. 그리고 의미 모를 혼잣말을 반복했다.

"지미럴, 콜라텍에서 콜라를 팔아야지. 왜 다른 것만 팔아서리, 시팔."

콜라텍 일기예보 속에 할배의 죽음이 대서특필되었다. 차디찬 감방에서 심정지로 죽었다고…… 할배의 일탈은 유죄였다.

8 간이역

    칠월의 습기에 새벽은 몸이 무겁다. 뼈마디는 아직도 침대 속인 줄 아는지 유연하게 움직여주지 않지만 신음을 내는 관절을 무시하고 수연은 꽤 높은 계단을 단숨에 오른다. 웬만한 통증은 그녀에겐 사치였다. 사계절 중 가장 힘든 계절이지만 수연의 걸음은 씩씩하다 못해 용감하다. 골목골목에서 걸음들이 하나 둘 합세한다. 활기가 있거나 혹은 어제의 숙취에 비틀거리면서도 하루를 향해 걸어 나온다. 수연은 그 대열 속에 자신이 합류되어있다는 것을 항상 감사하게 생각한다. 짙은 회색 하늘을 올려다보며 '오늘도 행복 하자' 자신을 세뇌하는 수연이다.

    도시의 외곽에 자리 잡은 요양 병원엔 언제 떠나도 이상하지 않을 아이 같은 어른들이 열차를 기다리고 있다. 간이역처럼 자그마한 이곳을 떠나는 순간까지 그들의 마지막 친구가 되어주는 게 수연의 일이다. 남들보다 조금 가난하고 열악한 조건의 사람들이 올 수밖에 없는 이곳은 사랑을 입버릇처럼 달고 사는 종교집단이 세운 요양 병원이다. 제각각 서로 다른 사람들이 각각 다른 또는 같은 병명을 달고 마지막 시간을 힘겹게 붙들고 있다. 행여나 잠을 깨울까 살며시 병실 문을 여는 수연, 새벽 다섯 시 반이다. 언제나 그렇듯 이른 아침의 출근은 긴장으로 목이 뻐근하다. 역시 오늘도 기다렸다는 듯 수연의 얼굴에 은박지 접시가 휙 날아든다. 그럴 줄 알았다는 듯 수연은 가볍게 은박지 접시를 받아든다.

"뭐야 지금이 몇 시야? 그런 정신상태라면 해고야."

앞 산만한 배를 더 내밀며 정우상 어르신의 불호령이 병실을 깨운다. 은박지 접시를 제자리에 놓으며 수연은 배시시 웃으며 인사를 한다. 솔 톤의 깨끗한 목소리에 709호실의 무거운 공기가 출렁인다.

"굿모닝입니다요! 잘들 주무셨나요?"

어느새 물티슈로 깨끗하게 세수한 김상섭 씨가 은근하고 은밀한 친절을 던진다.

"에이 그만두세요! 사장님! 수연 씨 지금 출근했잖아요."

밤새 뿜어놓은 절망의 냄새가 에어컨 바람에 엉켜 돌고 있었다. 아무래도 누군가 기저귀 속에 한바탕 퍼질러 놓은 것 같은 메주 뜨는 냄새도 섞여 있다. 잠시 병실을 스캔해보는 수연의 눈을 김상섭의 은밀한 시선이 따라온다.

"지랄들하고 있네.! 까불지들 마세요. 한주먹감도 안되는 것들이."

칫솔을 물고 있는 영길 씨의 우람한 목소리가 다른 사람들까지 제압한다. 이형우 박사는 일상처럼 창밖을 향해 시선을 두고 있다. 그 시선 끝에 어느새 목 백일홍 꽃이 만개했다. 누가 오는지 누가 가는지 아랑곳없다. 달팽이처럼 등을 동그랗게 말아 안고 스멀스멀 걷히는 새벽빛 속에 이 박사는 숨어 있듯 앉아 있다. 활짝 핀 목 백일홍꽃에 머무른 그의 시선을 따라 수연도 잠시 창밖을 바라본다. 살며시 이 박사의 등을 쓸어주며 수연은 에어컨 스위치를 끄고 커튼을 열고, 밤새 게워놓은 통증의 냄새를 창밖으로 보낸다.

요양 병원 2병동 709호실을 담당하고 있는 요양보호사 정수연의 출근 풍경은 항상 이런 방식이다. 이제 막 육부 능선을 넘고 있는 그녀의 이른 출근과 함께 분주한 709호실의 하루가 열리고 있다. 이 병실을 담당하고 있는 각기 다른 세 사람의 요양보호사 중 한 명이다. 그들은 정신연령을 모두 합해도 백 살이 안 될 것 같은 네 사람의 늙은 환자들을 케어한다. 하루 여덟 시간 삼 교대다. 데이(day) 이브닝(evening) 나이트(night) 단계로 나누어 시간을 분배하고 있다.

56세 이영길(췌장암 말기, 치매 중증) 64세 김상섭(전직검사 출신 하반신마비, 파킨슨 환자) 86세 이형우(공학박사, 치매 중증) 85세 정우상(가내공업 사장, 편마비 치매 중기, 일상 불편) 각기 다른 네 사람과 61세 정수연(요양보호사)의 아침 풍경은 늘 부산하다. 오늘 하루도 씩씩하고 용감하고 인내하며 사랑하는 마음으로 자신을 다지는 수연은 꽤 인지도가 있는 요양사다. 희생정신과 긍정적인 마인드를 가지고 있는 그녀를 간호사와 상주하는 의사 선생님까지 예우하는 사람이다. 오늘은 낮 근무다. 오전 여섯 시부터 열네 시까지 네 명의 어린 노인들을 보살펴야 한다. 큰 사고 없는 하루를 기도하며 수연은 김상섭 검사의 기저귀부터 갈고 있다.

"메주 뜨는 냄새의 근원이 여기였네."

김상섭은 유리 컵처럼 늘 조심스럽게 다루어야 하는 환자임을 알기에 수연은 미소와 나긋한 음성으로 환자의 자존까지 위로하려 애쓴다.

"이빨이 발이 달려서 걸어갔나? 누가 내 이빨 가져갔냐고. 이실직고하는 게 좋을 거야. 자, 지금부터 하나, 둘, 셀 거야. 열 셀 때까지 안 가져오면 각오해야 할 거야. 자 시작 하나, 둘……"

"나는 절대로 안 가져갔어. 못 믿겠으면 찾아봐 진짜야 난, 아니야."

영길과 정우상의 연례행사 같은 싸움질로 오전을 시작한다. 아침 식사를 하려고 틀니를 찾는 게 영길의 반복되는 과정이다. 어제저녁 간식 시간 이후 컵 속의 물에 잘 보관해둔다는 것을 항상 잊어버린다. 머리맡 탁자 위에 있는 컵 속에 있는 것을 전혀 기억하지 못하는 영길의 치매는 중증이다. 와이프를 아주머니라고 부르고 구순의 어머니마저도 기억에서 지웠다. 아직 더 살아야 할 오십 후반의 건장한 남자가 왜 이곳에 있어야 하는지, 항암제와 약물의 부작용으로 젊은 나이에 틀니까지 해야 하는 영길은 살아온 오십 년을 모두 잃어버렸다. 수연의 빠른 대처가 영길의 분노를 잠재운다.

"영길 씨, 틀니 여기 있네요. 자, 아 하세요. 이제 되었지요?"

"미친놈 자기 이빨을 누가 가져간다고, 더럽게."

정우상이 신경질 섞인 소리를 하지만 아침밥을 앞에 두었기에 먹보 영길은 절대 화를 내지 않는다는 걸 수연도 알고 있다. 연례행사처럼 아침마다 벌어지는 이 싸움은 밥 앞에서는 무력하다. 왜냐면 그들의 나이는 이제 벤자민의 거꾸로 가는 시간이기 때문이다.

"밥 좀 더 줘! 이거 먹고 어디 살겠어?"

영길은 오늘도 예외 없이 밥차 아주머니의 뒤에 소리를 지른다.

"저 뱃속엔 거지가 사나 봐."

밥차 아주머니는 영길을 놀리면서도 양푼에 따로 담아온 밥 한 주걱을 영길의 식판 위에 올려준다.

"정 선생 근무니까 주는 거야. 다른 선생 근무 땐 이렇게 못 해요. 밥 많이 주면 똥 많이 싼다고 딱 정량 외엔 못 주게 해."

밥차 아주머니는 생색을 내면서도 안쓰러운 표정이다. 가끔 텃밭에 기른 푸성귀들을 뜯어다 주는 수연의 인심을 이렇게 갚는 밥차 아주머니였다.

고만고만한 사람들이 언제 죽을까 내기라도 하는 것처럼 성냥갑 같은 병실에 성냥개비처럼 누워있는 병실이다. 59세 영길처럼 젊은 날의 폭음으로 췌장암 말기와 알코올성 치매까지 겹친 드문 경우와 아직도 검사 같은 전직검사를 제외하면 이곳은 살 만큼 살아버린 늙은이들의 정거장이다. 이곳은 치료를 목적으로 하는 곳은 아니다. 오랜 병원 생활에서 밀려나 죽음을 향해 가는 길에 통증을 덜어주고 편안하게 잠시 쉬어가는 간이역 같은 곳이 아닐까 생각한다. 일어설 기력 없는 검불 같은 육신을 뉘어 놓는 곳, 몰핀주사 한대에 스르르 잠이 드는 췌장암 말기 영길의 고통에 수연도 같이 울었던 병실이다. 죽어주기를 기다리는 보호자의 냉대에도 생의 끈을 간절하게 움켜 쥐고 있는 정우상 할아버지의 초라함이 가여운 이곳이다. 햇살이 잘 드는 709호실에는 각기 다른 유형의 삶을 가지고 온 네 사람이 아직 살아있다는 이유로 코믹하기도 한 슬픈 이야기를 만들고 있다. 오늘 아침엔 며칠 전 영길의 와이프가 가져다 놓은 작은 화분에 보라색 나팔꽃이 포롱포롱 피어나고 있다.

"지긋지긋하기도 하지, 언제나 끝날까?"

나팔꽃 화분 하나를 병실 창가에 놓으며 영길 와이프는 혼잣말을 했다. 언제 끝이 날까는 영길의 죽음이라는 걸 수연도 알고 있다.

'저러면서 화분은 왜 사 온대?'

역시 수연도 속 말을 했다.

"수연, 커피 한잔 부탁해도 될까요? 같이 마시면 더욱 좋고."

속삭임 같은 김상섭 검사의 호출은 오늘 아침도 예외가 없다. 수연은 엄지 척을 하며 김 검사를 향해 눈을 찡긋한다.

전쟁 같은 아침 식사 시간이 끝나고 환자복을 갈아입히고 침대 시트를 갈아야 하고 기저귀를 갈아 채워야 하는 중노동의 시간이다. 그런데 여유로운 김 검사의 중저음 목소리가 병실에 퍼지면 수연은 잠시 쉬어가자며 커피를 탄다. 인스턴트커피 한잔의 여유와 언젠가부터 삐걱대는 무릎을 잠시 쉬게 하는 김 검사의 커피타임이 외려 반가운 수연이었다. 그의 침대 모서리에 걸터앉아 마시는 모닝커피 한 모금이 마약 같았다. 언제 봐도 주름마저 아름다운 김 검사의 얼굴은 바라보는 사람의 마음을 애잔하게 한다. 커피 한 모금과 기름기 흐르는 창밖의 나뭇잎을 바라보는 잠시의 휴식이 달콤한 수연이다.

"정 선생 나 화장실 갈래. 저딴 검사 놈하고 연애질하느라고 내가 똥을 싸도 괜찮은가?"

"에이 사장님, 나 연애하는 거 아닌데 피."

정우상의 불호령에 잠시의 휴식마저 반납한 수연은 얼른 정우상을 침대에서 내려 휠체어에 앉힌다. 며칠 전보다 더 엉덩이가 무거워진 것 같았다.

뇌경색이 지나간 그의 몸은 도움 없이는 일상생활이 거의 불가능한 환자였다. 다행이라면 아직 치매가 중기 증상이라는 것이다. 대변을 보고도 닦을 수가 없는 그는 수연의 손길을 거부할 수 없는 자신에게 가끔 화를 내기도 한다. 치부를 드러낼 수밖에 없는 사람에게 정상적인 인지능력이 있다는 것은 또 다른 고통일 수밖에 없다. 이틀쯤 변비약을 먹지 않은 정우상은 오늘따라 더 오래 변기에 앉아 있다. 심술쟁이 그의 부인이 벌써 다녀간 지 두 주일이 지났다. 바나나라도 좀 먹었으면 변비가 덜할 텐데, 그 할머니는 언제쯤 오려는지 수연은 자기 식구를 기다리는 것처럼 애타게 기다리고 있었다.

"웬수, 에이그, 명도 길지 저승사자는 눈이 멀었나. 저런 귀신을 안 잡아가고."

"젊은 날엔 온갖 바람 질로 밖으로 돌더니 병들고 늙으니 집구석으로 들어와서 어쩌자고, 돈 내다 버리고 몸뗑이 바친 새파랗게 젊은 년들 다 어디 갔는고? 내가 무슨 죄가 있어서 다 늙어서 이런 수발을 들어야 하냐고? 양심도 없는 인간."

팔순을 넘은 할머니는 정우상의 삶이 얼마나 더 남았는지 그의 삶을 죄악으로 치부하고 있었다. 어쩌다 한 번씩 들려서 온갖 짜증 다 퍼부어놓고 가는 할머니 등 뒤로 그래도 눈빛이 따라다니는 정우상이다. 아들자식 딸자식도 몇 달에 한 번 다녀갈지 기약이 없다. 그 모든 것들에 대한 분노가 가끔 병실 사람들에게로 표출되기도 된다. 가내공업이지만 열댓 명 직원들을 부리며 꽤 호기를 부리며 살던 사람이었다. 바람의 전적이 있긴 하나 그래도 가족들 끼니 걱정 안 시키고 남매 대학공부까진 시켰노라고 큰소리치고 있지만, 정우상의 바람의 이력과 가부장적인 군림은 대단했던 모양이었다. 죽어서도 보지 않겠다는 할머니는 복수라도 하러 오는 듯 잊어 버릴만하면 들린다.

"병들지 않았으면 황혼이혼 했을 거야."
"쓸데없는 소리 그만하소. 창피하게스리."
"그래도 낯부끄러운 건 아는 모양이지?"

쥐고 있던 수건을 정우상 얼굴에 집어 던지고 찬 바람 일 듯 병실을 나가버린다.

한 달에 한 번쯤 들리지만 그래도 남의 눈을 의식해서인지 요구르트 두어 줄과 바나나 한 송이쯤은 들고 들어온다. 수연의 눈치를 살피는 할머니를 곁눈질하는 정우상은 그래도 가족이 와준다는 것에 감사한 것 같다. 원수처럼 득달하는 사람이라도 할머니가 와있는 날이면 목소리에 정이 실리기도 한다. 잘못 살아온 정우상의 죗값이 혹독했다.

"선생님 바나나 한 개 먹고 하소."

조금 전 영길과 다투던 심술은 간데없고 어느새 마음이 누그러지고 있었다. 정우상에겐 오직 그의 부인과 자식만이 두려운 대상이다. 아이러니하게도 그 두려운 대상이 오는 날이면 그의 음성에 활기가 있고 뭔가가 그의 표정을 밝게 한다. 두려운 대상이라도 가족이며 핏줄이라는 게 의지가 되고 위안이라는 걸 수연은 다시 한번 각인한다. 젊은 날의 만용을 후회하는 정우상의 민낯을 수연은 안쓰럽게 바라본다.

기저귀 갈기와 세수와 양치질까지 끝낸 수연은 창문 곁에 선다. 쨍하고 햇살이 달려오는 여름의 하늘은 세수한 것처럼 푸르렀다.

'고맙소, 고맙소'

어느 가수의 노래가 병실을 타고 복도로 나간다. 김상섭의 라디오에서 흘러나오는 노래였다. 굵은 바리톤으로 부르는 노래에 옆방 보호사 선생님과 간호사 선생님이 슬며시 들여다보며 귀를 연다. '고맙소, 고맙소'가 왜 그리 애잔하게 들리는지 잠시 모두를 상념에 젖게 한다. 깐깐한 김상섭도 바리톤의 음색에 취했는지 눈을 감고 죽은 듯 누워있었다.

그는 조각보다 정교하고 눈꼬리 주름마저도 예술인 남자였다. 서늘한 얼음 같은 얼굴은 품격이 있다. 전직검사라는 그 하나의 타이틀만 가지고도 지난 길은 짐작이 가능하다. 더구나 아름답다고 할 수밖에 없는 외모까지 가졌다면 그의 인생의 전반을 짐작하기 수월하다. 어쩌다가 이런 병이 왔을까. 안타깝지만 하나쯤은 덜 준 신의 섭리 같기도 했다. 언어장애도 없었다. 대소변을 가리지 못하고 수저질마저 어둔해서 도움 없이는 일상이 불가능하다. 거기다 인지능력은 너무도 예민해서 자존이 강한 그의 마음은 늘 생채기가 나는 것 같았다. 더구나 파킨슨이라는 병까지 진행되는 상태였다. 그 모든 현재 상황을 인지하면서도 김 검사는 모든 것을 부정하는 사람처럼 자존심을 버리지 못하고 있었다. 인정하기 싫은 건지 만용인지 쓸데없는 패기에 현직검사처럼 주위 사람들에게 호령할 때도 있다. 그리고 그는 적당한 타협도 할 줄 안다. 요양사와의 타협만이 그의 자존에 스크러치가 덜 생긴다는 걸 알고 있었다. 자신의 치부를 부끄러워할 줄도 알고 어떻게 해야 요양사나 간호사에게 천덕꾸러기가 안 되는지 잘 알고 있다. 요양사에게 눈치받는 게 싫어서 오래 참을 줄도 안다. 공동 간병인 병실에 있는 것을 보면 현재 그의 경제 능력을 가늠할 수가 있다.

　일주일이 넘어가도 딸자식도 아닌 사위라는 사람만 잠시 다녀갈 뿐 전직검사 와이프와 가족들은 거의 보이지 않았다. 소소하게 들려오는 소문이 아니라도 현실이 그를 말해주고 있다. 페니스까지 성형수술을 한 그의 과거는 어떤 스타일의 남자였는지 알고도 남는다. 가족들의 외면에는 타당한 이유가 분명 있을 것이다. 수연의 손길을 받을 때마다 감사하다는 눈빛을 표시할 줄도 알고 남모르게 굴종의 웃음마저 보이기도 한다. 아직은 쨍 소리가 나도록 큰소리치며 살 수 있는 나이였다. 그런 그의 인생이 중풍이라는 질환 앞에서 한낱 고목 같은 신세가 되어버렸다. 지금 그의 마음속엔 용광로 같은 분노가 이글거릴 것이다. 아직 수용할 단계는 아닌 것 같다. 수연이 보기에도 사회로 복귀할 수 있을 만큼 그의 병세가 호전적인 것은 아닌 것 같았다. 독가스 같은 분노와 비애와 슬픔이 활화산같이 타고 있을 전직검사의 내면이 언제쯤이면 포기와 수용의 단계로 접어들까? 될 수 있으면 덜 비굴스럽게 지신의 편리를 위한 처신을 하려 하는 그에게 수연은 많은 배려를 한다. 검사 상섭을 보며 살아온 만큼의 노후가 준비되는 것 같아서 수연은 남은 세월이 조심스러웠다.

"야 이 새끼야 늙은 놈이 뒈질라고 까불고 있어."
"사람 살려요! 저놈이 사람 죽이네. 선생님, 선생님, 빨리 오세요."
영길이 이형우 박사의 가슴에 올라타고 난타를 치고 있다. 정우상과 김상섭의 다급한 목소리가 병실을 뒤집어 놓고 황소 같이 씩씩대는 영길은 이 박사를 죽이려 하고 있다. 힘센 남자지도원 선생님 두 사람이 뜯어말려도 떼어놓기란 쉽지 않았다.
"오늘 이 새끼 쥑이고 나도 죽으면 그뿐이야. 늙은 놈이 겁도 없이 까불고 있어."
수연은 얼른 냉장고 냉동실에 있는 아이스케이크 하나를 꺼내 이 박사의 배 위에 걸터앉은 영길의 입에 물렸다. 그리고 연인처럼 영길의 우람한 등을 살살 쓸면서 속삭인다.
"쉬 쉬, 누가 우리 영길 씨를 속상하게 했을까."
"자, 옳지, 내려와요. 살살"
영길은 아이스케이크를 입에 물고 언제 그랬냐는 듯 순둥이가 되어 내려온다.

"너 인마, 우리 애인 때문에 내가 참는 줄 알아."

항상 수연을 부를 때는 '자기야'라고 부르며 첫사랑 애인이라도 되는 듯 수연의 말이라면 고분고분하다. 영길의 치매에는 폭력이 내재되어 있었다. 그의 울분은 치매의 또 다른 유형으로 표출된다. 그로 인해 이형우 박사 같은 피해자가 생기기도 하지만 요양 병원의 입장으로도 해결책이 없는 것 같았다. 호흡곤란이 온 이 박사를 싣고 구급차가 병실을 빠져나가기도 전에 수연은 매니저의 호출을 받았다.

"잘 알고 계시리라 생각합니다. 이형우 환자의 상태가 썩 나빠 보이지는 않으니 큰 걱정은 안 하지만 보호자에게 말씀을 잘하시기 바랍니다."

수연은 대답도 없이 매니저의 얼굴만 쳐다보고 있었다. 수연은 은근한 화를 다스리며 사무실을 나왔다. 우려하던 상황이었다. 몇 번을 말했다. 치매의 성격을 분류해서 따로 수용할 수 있는 별실이 있어야 하지 않겠냐는 건방진 건의도 했었다. 비영리적인 사업이라고 공공연하게 말하는 재단이지만 영리를 위한 온갖 실태를 보면 고소를 금할 수 없었다. 우후죽순처럼 늘어나고 있는 요양원들의 실체 속에는 용납할 수 없는 행위들이 만재되어있다는 것을 밖의 사람들은 알고 있을까. 영길의 폭력이 도출될 때마다 영길은 이유 없이 이 박사만 쥐잡듯 잡았다. 영길의 지난 기억 어느 한 부분에 이형우를 닮은 사람이 있었던가. 분노할만한 사람과 닮았는지 어떤 기억이 소환될 때마다 그는 이 박사의 가슴에 올라탄다. 두 사람을 분리해 달라고 서너 번을 부탁까지 했는데도 여의치 않다는 이유로 미뤄오고 있었다. 폭군 영길을 어느 병실에서도 밀어내는 상황이고 또한 다른 사람의 퇴실이 있어야만 가능하기에 시일이 걸린다는 매니저의 간곡한 변명만 있을 뿐이었다. 이 박사의 자제분들에게 어떻게 설명해야 하는지 걱정하며 수연은 상처가 깊지 않기를 빌어본다. 그에게 남은 시간이 별로 없다는 것을 알기에 수연은 병원으로 간 이 박사를 초조하게 기다리고 있었다. 119 구급차 소리가 자꾸 수연의 귀에 앵앵거리고 있었다.

"도대체 관리를 어떻게 하길래 이런 일이 일어나는지. 그만하기 망정이지 만약 아버지가 잘 못 되기라도 했으면 어떻게 책임질 거예요? 노망난 사람을 고소할 수도 없고. 참 기가 막혀서."

"죄송합니다. 빠른 시일 안으로 병실을 옮겨드리겠습니다. 현재 퇴실도 없는 형편이라서 이영길 씨를 옮겨 갈 수도 없는 사정이라. 이영길 씨 있는 병실에는 어느 보호자도 싫어하시니 참 난감합니다. 저희의 불찰이니 어떤 꾸지람도 달게 받겠습니다. 우선 특별히 남자 지도사 선생님을 배치하여 그러한 일이 생기지 않도록 최선을 다하겠습니다. 그리고 곧 병실을 옮겨드리겠습니다."

"다시 한번 더 이런 일이 있으면 그땐 가만있지 않겠습니다."

이 박사의 큰 아드님의 넓은(?) 심성으로 오늘의 사건을 마무리가 되었지만, 수연은 똥 누고 뒤를 닦지 않은 것 같이 자꾸만 찝찝하다. 그 아드님의 아량이 100% 진심일까. 집으로 모셔 갈 수 없는 처지라는 걸 이곳의 관계자는 모두 알고 있다. 더구나 어머니마저 중증 치매로 앞 병실에 계시지 않는가. 복도에서 두 부부가 마주쳐도 서로가 알아보지 못한다. 부부였던 적이 없는 완전한 타인으로 돌아가 예의 바른 인사로 지나친다.

"안녕하세요."

"네, 안녕하세요."

수줍은 듯 얌전한 인사를 하는 할머니의 볼이 발갛다. 육십 년을 같이 산 부부가 서로를 알아보지 못하고 만날 때마다 정중하고 깍듯하게 머리 숙여 인사하는 모습은 참 슬픈 현실이지만 웃을 수밖에 없는 두 사람의 이야기는 각 병실에 회자 되는 화두이기도 하다. 그렇게 한 점의 남김도 없이 싹 다 지워질 수 있는지 평생을 부부였던 사람이 매일매일 복도에서 마주치면 타인처럼 깍듯하게 인사를 하는 그런 풍경이 수연에게는 소화불량처럼 명치를 누르는 아픔을 주었다. 자식을 낳고 일생을 함께했던 부부가 티끌 같은 기억마저도 지워져 버렸는지, 매일매일 얌전하게 배꼽 인사를 한다. 그러한 부모를 어떻게 하던 한 병실에 모실 수는 없었을까. 같이 있다 보면 가끔 고장 난 회로에 불 들어오듯 잠시 부부로 인지되는 순간이 있지 않을까. 너무도 슬픈 이 박사의 현실에 수연은 마음이 늘 아프다. 이곳에 맡겨놓고 자신들이 해야 할 짓도 외면하면서 오늘의 상황을 큰소리칠 수 있는지. 아무것도 모르는 중증 치매 환자인 이 박사 내외가 딱하기만 하다. 또 이곳이 아니면 어디에서 이만큼 보살필 수 있을까. 현실을 너무도 잘 알고 있는 그 아드님은 적당한 선에서 타협을 할 수밖에 없다. 아드님이 아버지의 안위를 위해 좀 더 강력한 주장을 했으면 좋겠다고 생각은 하지만 현실과는 먼 괴리를 수연도 알고 있다. 큰 병원에서 돌아와 푸릇푸릇 멍 자국을 달고 어느새 잠이 든 이 박사의 거죽만 남은 다리에 수연은 살포시 홑이불을 덮는다. 폭군 영길은 언제 그런 일이 있었냐는 듯 기분이 좋아 콧노래를 흥얼거리고 있었다.

 수연은 이형우 박사를 달팽이 선생님이라 부르길 좋아한다. 희다 못해 푸르른 살결 위에 연한 검버섯이 드문드문 피부도 달팽이를 닮았다. 햇빛이 싫어 당신의 창가엔 늘 커튼이 내려져 있다. 살짝 건드리기만 해도 생채기가 날 것 같은 말간 얼굴로 항상 창밖을 응시하고 있다. 달랑 들어다 비 내리는 풀잎 위에 얹어주고 싶은 맑고 연약한 노인이다. 수연은 더듬이의 촉을 세우고 가만히 앉아 있는 그의 뇌 속에 어떤 기억이 남아 있을까 궁금하다. 자식을 셋이나 낳고 오랜 세월을 살 맞대고 살아온 아내마저 지워버린 그의 기억은 어디까지가 백지일까. 버클리대학의 물리학 박사 타이틀마저 치매를 막지 못했을까. 한국 최고 S대학의 교수라는 영민한 두뇌에 왜 커다란 지우개가 잠식했을까. 송두리째 잃어버린 그의 기억 속엔 끈끈한 점액질로 채워져 있는지 연약한 껍질을 입고 비 내리는 창밖을 보는 달팽이와 흡사하다. 화려했던 그의 지난날은 또 어떠한 실책이 있어 자식들마저 살갑지 않은 감정일지 궁금하다. 어느 날 오랜만의 면회임에도 딸자식은 어머니만 끌어안고 울었다. 아버지 손 한번 잡지 않는 딸을 보며 수연은 소태같은 입맛을 다셨다. 길을 잃어버린 달팽이 한 마리가 폭군 영길의 주먹에 멍든 오후를 앓고 있었다

"아이구 이걸 어째."
"큰일났네, 선생님!"
"에구머니."
복도가 왁자지껄하다. 후다닥 뛰는 소리와 비명과 고함이 섞여 복도를 들었다 놨다 한다. 이 박사의 기저귀를 갈고 있던 수연은 영길의 침대로 눈이 간다. 예감대로라면 복도의 저 소란은 영길에 의한 것임이 분명하다. 며칠 전부터 이 박사의 등에 욕창이 생겨 신경을 쓰고 있었다. 그러나 지금은 복도의 상황이 먼저였기에 대충 기저귀만 갈고 급히 복도로 나왔다.
"어째 어떻게 이런 일이."
"영길 씨 영길 씨 제발."
말문이 막힌 수연은 털석 주저앉았다. 남자 지도사 두 사람이 영길을 제압하고 있었다. 영길의 두 손과 온몸이 온통 똥칠이 범벅이었다. 자기가 눈 대변을 두 손 가득 쥐고 복도를 뛰어다니며 벽에다 바르고 있었다. 눈 깜박할 사이였다. 영길이 이러한 행동을 하는 건 이번이 처음이었다. 폭력성을 내재하고 있긴 했으나 목욕이나 세수도 거부하지 않는 비교적 깨끗함을 유지하고 있었다. '벼름밖에 똥칠한다'는 노망을 이야기로 들었으나 수연은 현실로 만나기는 처음이었다. 남자 지도사 두 사람이 영길을 붙들고 엎치락뒤치락해도 워낙

거구인 영길의 황소 같은 힘을 이길 수가 없었다. 긴 복도에는 똥 냄새가 훨훨 날아다니고 전쟁통보다 더 아수라장이 되어버린 그곳에서 수연은 씩씩하게 일어섰다. 붉은 고무장갑을 끼고 길길이 날뛰는 영길의 입에 커다란 눈깔사탕 하나 물렸다. 사탕 맛을 본 영길은 어느새 조금씩 거칠던 호흡이 잦아들었다. 수연은 서슴없이 똥 묻은 영길을 끌어안았다. 등을 쓸어내리며 엄마처럼 소곤거렸다.

"쉿, 영길 씨 이젠 됐어요. 쉬."
"자, 우리 같이 가서 시원하게 씻을까? 덥죠?"
"씻고 나면 아이스케이크 두 개 줄게요."

남자 지도사와 복도 양쪽의 병실에서 많은 시선들이 수연을 보고 있었다. 조용하다. 조그마한 소리라도 영길의 행동이 다시 유발될까 봐 숨죽이고 수연의 대처만 바라본다. 멀리서 병원 관계자 몇 사람도 지켜보고 있을 뿐, 소란 후의 정적이 무겁게 흐르고 있었다. 수연은 재촉하지 않는다. 등을 쓸어 내리며 엄마처럼 그가 일어서길 기다렸다. 잠시 후 현재의 영길일까. 수연을 빤히 보는 그의 눈빛이 흔들린다. 그건 아주 잠깐이었다. 어린아이처럼 수연을 따라오는 영길은 어느새 또 철없는 아이로 변해버린다. 수연의 옷에도 머리에도 손에도 온통 영길의 똥칠이었다. 7병동이 온통 똥 냄새로 너울거렸다.

똥칠로 소란하던 병실 앞에서 사람들의 각기 다른 생각들이 수연의 등 뒤로 따라오는 걸 수연도 알고 있었다. 몰래카메라면 좋겠다고 생각하는 수연의 다리가 휘청 흔들렸다.

칠월의 장마가 지겨워지던 며칠 전이다. 슬며시 수연의 손을 이끌고 영길은 이 박사의 침대 옆 창가에 선다.

"젠장 장마가 왜 그리 길다냐."

"기다란 장대가 한 개 있으면 하늘에다 구멍을 낼까부다. 확 쏟아지고 말게."

"우리 집 논에는 물이 많이 안 들었을라나, 쯧쯧."

장마가 짜증을 불러오는 며칠 전이다. 슬며시 수연의 손을 이끌고 창가로 간 그의 독백은 현실의 영길이었다. 표정도 없이 던진 말이지만 수연은 그 순간 지극히 그가 정상임을 알았다. 과거와 현재를 수없이 타임머신을 타는 영길이었다. 주로 많이 머무는 순간은 유년의 어느 부분이었다. 가난이 덕지덕지 붙은 영길의 와이프는 하루라도 빨리 영길이 떠나주길 바라고 있는 것 같았다. 팔 수 있는 건 다 팔아버린 지금 더 버틸 수 있는 건 악다구니뿐이라며 오늘 밤의 절명이 신의 혜택이라던 그녀였다. 몇 마지기 남은 논도 팔아버린 지가 언젠데 가끔 정신 돌아오면 농사 걱정을 한다고 그녀는 눈을 흘겼다. 수연은 자신과 다를 게 없는 그녀의 삶을 같이 아파하며 가끔 손을 잡아줄 뿐이었다. 생계를 위해 여자의 몸으로 대리운전을 하며 낮엔 파트 타임으로 식당에서 설거지도 한다는 그녀의 푸념은 수연을 더욱 아프게 한다. 남편을 향해 퍼부어 대던 수연의 악다구니와 영길의 절명을 원하는 영길 와이프의 그 가슴과 무엇이 다를까. 가끔 찾아와서 뜨거운 한숨만 토해놓고 가는 그녀를 다시는 오지 않는대도 욕하지 않으리라. 수연은 마음을 다잡는다.

1:4의 비율로 여덟 시간을 그들을 보살피는 건 결코 쉬운 노동이 아니다. 그 여덟 시간 안에 식사 수발과 환의 갈아입히기 목욕시키기 기저귀 갈기 물리치료실 각 프로그램 참여시키기 손발톱 정리까지. 거기다 다발적으로 일어나는 사고까지가 요양보호사의 일이다. 산재 되어있는 그 많은 일을 처리하자면 여덟 시간을 팽이 돌 듯해도 모자란다. 더구나 남자 환자 넷이라는 건 중압감이 크다. 더구나 어른이라고는 할 수 없는 인격과 지성 인성까지도 아이 수준으로 퇴보된 환자들이다. 많은 수연 씨들의 봉사와 희생이 없으면 불가능한 일이라고 생각한다. 물론 대가성 없는 일을 하는 건 아니지만 그녀들의 일과에 근접할 수도 없는 열악한 대가라고 수연은 생각한다.

아직 우리나라의 요양보호사의 위치가 비천에 가까운 것임을 뼈저리게 느끼는 사례들이 너무나 많다. 활동하는 측보다 수요자 측에서 필요한 만큼의 예우와 도리를 베풀어 줄 날을 수연은 기다리고 있다. 잠시의 휴식으로 소파에 앉는다는 것조차 허락되지 않는 열악한 환경이다. 수많은 수연들은 복지사나 관계자들의 눈을 피해 잠시 앉는다거나 최소한의 휴식으로 견딘다. 그래도 수연의 병실에는 썩션 환자가 없어서 그나마 수월하다고 생각하고 있다. 그리고 관장을 하는 환자도 없어서 다행이라고 생각한다. 708호에 근무하는 언니는 항상 청양고추 몇 개를 도시락에 담아온다고 했다. 썩션 후 아무도 모르게 매운 고추로 울렁이는 손을 달랜다고 하며 '이게 천직일까?' 하며 쓴웃음을 웃는다고 한다.

썩션과 관장은 명백한 의료행위에 속하는 것이기 때문에 간호사의 영역이다. 그러나 현실은 그렇지 못하다. 간호사가 모자라는 게 현실이다 보니 그 의료행위는 자연스럽게 요양사의 몫이 되어버렸다. 요양보호사 교육과정에서도 그런 여러 가지 의료행위를 습득하는 게 자격요건이다. 어떤 것이 정답이냐가 문제가 아닌 현장의 실태에 따라 어쩔 수가 없다는 게 답이다. 실버타운이나 고급 요양 병원과는 현저하게 차이가 나는 이곳에는 묵인되는 불법 같은 것들이 비일비재하다. 그러하기에 수연은 조금이라도 더 그들에게 마음을 주고 보살핀다. 훗날의 자신에게도 누군가가 그래 주길 바라면서 가난한 사람들의 마지막이 좀 더 외롭지 않기를 수연은 간절하게 빌어본다.

하마 십 년 차가 된 수연은 항상 거울을 보며 웃는 연습을 한다. 웃음을 잃어버렸던 아픈 시간들로 인해 양미간에 주름이 깊은 수연이다. 웃음을 잃어버린 모습으로는 사회의 일원이 될 수 없기에 수연은 아침마다 기도하듯 거울 앞에서 웃는 연습을 했다. 이제 습관이 되어버린 그 연습이 인성을 만들고 버릇을 만들고 생활이 되고 있었다. 언젠가부터 양미간의 깊은 주름이 조금씩 지워지고 수연의 얼굴엔 자연스러운 미소가 반짝였다. 용서하지 못할 사람을 용서하며 견디기 어려웠던 지독한 통증마저도 희석해가는 수연이로 변모했.

"엄마 빨리빨리."

"얘가 왜 이래? 도대체 왜?"

"아빠가, 엄마 아빠가, 빨리 집에."

어젯밤도 예외 없는 남편의 폭행으로 시퍼런 멍을 달고 식당일을 하는 수연을 찾아온 큰딸 아이는 숨넘어갈 듯 어미를 잡아끈다. 말끝을 맺지 못하고 수연의 치마만 끌어대는 큰아이의 얼굴에 공포가 가득했다. 수연은 알았다. 마지막을 입버릇처럼 달고 살던 남편의 말들이 귓가에 매달렸다.

"야 이년아 나 하나 죽으면 그뿐이야. 잘난 년 어디 잘살아 봐. 나도 이년아. 이렇게 살고 싶진 않아. 어쩌라고, 이것밖에 안 되는 걸, 죽어버릴 거야, 죽어줄게."

입버릇처럼 죽어준다던 그 말이 현실이 되어버렸을 것이라는 생각에 수연은 오금이 붙어버린다. 용서가 안 되었다. 9층 베란다에서 뛰어내릴 용기가 있었으면 무엇인들 못할까. 눈이 까만 남매가 조금도 눈에 밟히지 않았을까. 조울증약을 모아 두었다더니 정말이었다. 그 약을 다 삼키고 용기를 내었을까. 그는 그렇게 아직도 덜 큰 아이들을 두고 죽어버렸다.

"죽을 용기도 없는 주제에."

"자신을 이길 힘이 부족하면 노력을 해야지. 팔자타령 하면서 감나무 밑에 입 벌리고 누웠으면 밥이 입으로 들어가?"

"세상에서 밀려난 사람이 왜 내게 화풀이를 하지? 당신이 이길 사람은 나밖에 없어? 못난 인간."

9층에서 뛰어내린 남편의 자유가 용서가 안 되었다. 치열한 생존의 고통에서 그는 혼자 해방이 되었다고 생각했다. 언제나 나약했다. 직장에서도 1년을 견디지 못하고 옮겨 다니기를 하며 모든 것은 사회의 냉혹함으로 변명한다. 정서적 불안과 인내의 결여는 그를 끝내 삶에 대처하지 못하는 의지박약으로 만들어 버렸다. 우울과 조울과 공황이란 병으로 폭행을 합리화하며 의처증까지도 당연한 귀결로 논리를 정립하던 괴물이 되어버렸다. 수연은 그러한 그의 모든 것을 병으로 받아들이지 못했다. 이해하지 못했고 용서하지 못했다. 극과 극으로 치달았던 남편과의 생활은 끝내 그렇게 끝이 났다.

차라리 악을 쓰고 대들기나 할 걸, 조용조용하게 비웃으며 남편을 힐난하던 자신의 표독도 용서가 되지 않았다. 아파트 바닥에 흘려있던 검붉은 피가 수연의 심장에 고착이 되고 수연이 질책했던 야멸찬 언어들이 잊히지 않았다. 자신부터 용서가 되지 않았던 긴 시간과 그렇게 갈 수밖에 없었던 남편을 이해하는 과정이 길고 긴 고통이었다. 아이들과의 생존이 당면한 현실이었기에 생활과 조금씩 타협하는 과정을 지나며 수연은 치유와 망각으로 설 수 있었다. 배실배실 웃는 수연으로 거듭나기까지 부단한 노력이 필요했다. 요양보호사가 천직이 되어버린 이유 중에 가장 비중이 큰 것은 조울증 남편에 대한 일말의 죄의식이 있었다. 물론 살아야 하는 현실도 수연에겐 너무나 힘이 드는 과제였지만, 수연은 그때 남편의 조울증이란 병이 그렇게 무서운 병인 줄 몰랐었다.

"밀감 두 상자 두고 갑니다."
"고맙습니다. 오실 때마다 챙겨주시고. 감사해요. 박사님 맛나게 드시겠네요."

이 박사의 자제분이 면회를 끝낸 후 수연에게 의례적인 인사를 건넨다. 자식을 알아보지도 못하고 도살장에 끌려온 소처럼 눈치만 보고 앉은 이 박사의 등을 아들이 아닌 수연이 쓸어내리고 있다. 며느리는 저만큼 떨어져서 핸드폰만 보고 앉아 있고 딱히 할 말이 없는 아들은 면회실에 꽂혀 있는 수국 꽃잎만 만지고 있었다. 무슨 말이 필요할까. 수연이 답답해진다. 알아듣지도 못하고 알아보지도 못하는 아버지 어머니를 앞에 놓고 대체 아들은 뭘 하자는 건지, 당신 곁에 앉아 물끄러미 아들과 남편을 바라보는 할머니가 자식을 낳아준 아내였음을 전혀 모르는 아버지다. 가까이 앉아 두 노인네 손이라도 잡아드리고 가슴에 안고 등이라도 쓸어보면 혹시 따뜻한 온기라도 느끼실지, 묵언 수행하는 것도 아니면서 건너편 의자에 앉아 한숨만 몇 번 내쉬다가 미안한 듯 면회실을 나간다. 할 일 다 했다는 듯 과일과 떡으로 인사를 대신하는 그들의 속도 아플 것이라고 수연은 가늠하면서 긴 병에 효자 없다는 옛말을 절감하기도 한다.

"이형우 님 보호자 분이 가져오신 거예요."

"고맙습니다, 선생님."

밀감 열다섯 개와 술떡 열다섯 개를 쟁반에 담아 매니저는 선심 쓰듯 수연의 가슴에 안겨주고 간다.

"아이고! 이 방은 수연 쌤이 있어서 참 깨끗하고 정돈이 너무 잘 되어있어요. 박사님, 검사님, 수연 쌤 참 좋죠?"

너스레까지는 안 떨었으면 좋겠는데 조금의 양심이 시키는 건지 오버 액션을 하는 매니저는 웃음까지 흘려놓고 간다.

이제 우리 그만 살까요

항상 그렇다. 수연은 이곳의 질서가 여기까지인 걸 잘 알고 있으면서 번번이 화가 난다. 보호자가 들고 오는 먹거리나 음료는 일단 면회실에서 매니저실을 거친다. 물품 인수인계 서류에는 병실을 맡은 요양보호사들의 사인을 받는다. 병실까지 물품들이 오는 과정에 중간중간 조금씩 분배가 된다. 간호사실을 그냥 지나올 수 없어서, 힘을 쓰는 남자 보호사들을 외면할 수 없어서, 복도에서 만난 선배 요양사를 두어 개쯤 대접하고, 매니저실 냉장고에도 조금 비축해야 해서, 그렇게 분배도 하기도 전에 이미 환자의 병실에는 몇 개도 안 되는 작은 먹거리들만 담겨 있다. 수연은 그런 것들이 용납되지 않지만 계란으로 바위 치기 같기에 묵인할 수밖에 없다고 마음을 달랜다. 비가 촉촉하게 내리는 날이면 젖은 시선을 창밖에 두고 하루를 보내는 이형우 박사께 술떡 한 개 슬며시 건네주고 싶은 수연의 바람을 누가 알까. 냉장고에 비축했다가 영길 씨 분노의 시간이 일어나면 밀감 한 알 입에 넣어주고 달래고 싶은 수연의 정다움을 누가 알까. 환자들의 몫으로 관계자들 입을 즐겁게 하는 것에 더 급급한 그들은 더 큰 이익을 위해서는 얼마다 욕심을 낼까. 이곳은 신앙을 앞세운 비영리 재단이지만, 구석진 곳마다 흘러나오는 소문들은 영리를 위한 욕심들이 만재해 있는 재단이었다. 수연은 오늘따라 내 것을 빼앗긴 것 같은 속상함에 오후가 우울하다.

갑자기 정우상의 목쉰 고함이 수연의 우울을 깨운다.
"아야! 에이 씨발. 피 나잖아. 야 이거 어떻게 할래?"

어쩔 줄 모르는 오십 대 아주머니 앞에서 정우상이 욕질을 하며 고함을 지르고 있다. 수연은 얼른 정우상의 휴지를 감아쥔 손을 잡았다.

"사장님 어디 봐요. 호, 호."

"살살 할게요. 자 휴지 떼어내고 약 바를게요."

"손톱도 하나 못 깎는 년이 여긴 왜 왔담? 정 선생 이거 봐. 살을 이만큼이나 베었잖아. 고기가 처먹고 싶나 남의 살을 자르게. 에이 씨 아파 죽겠네."

수연의 살가운 달램에 정우상은 더욱 고함을 지른다. 어쩔 줄 모르는 여자는 울상을 하고 섰다. 수연은 세 살 아기 만지듯이 조심조심 달랜다. 정우상이나 누구를 막론하고 이 방의 환자들은 모두가 수연에게 아기일 뿐이다. 상처받고 아프고 곧 떠나야 할 그들이기에 태어나던 순간으로 돌아가 아기가 되어가는 과정을 밟고 있는 중이라고 수연은 배웠다. 정우상은 그제야 죽일 듯이 여자를 보는 시선을 거두고 수연을 본다. 요즘에 조금씩 치매의 진행속도가 빠른지 정우상의 분노 조절이 조금씩 어려워지고 있었다.

"이거 봐 정 선생 저 지집년이 내 손톱을 이렇게 잘랐다니까. 피 나잖아. 아파 죽는 줄 알았어. 정 선생 우리 할멈한테 전화해서 나 아프다고 좀 왔다 가라고 해줘 응?"

"알겠어요. 할머니 오실 때가 되었잖아요. 자 밴드 붙일게요."

매주 수요일이면 재단의 교회에서 봉사회원들이 온다. 수연은 그 사람들이 오는 날은 낮 근무가 아니길 빌어볼 만큼 반갑지가 않다. 형형색색의 패션에 명품들의 무대가 되는 병실은 그들이 가지고 온 세상의 냄새가 너울댄다. 통성 기도와 무얼 그리 동정하는지 눈물의 기도까지 병실마다 할렐루야가 넘친다. 내 부모 내 시부모에게는 따뜻한 손 한번 내밀지 않던 사람도 이곳에 오면 인류를 품을 듯 박애주의자가 되어 오줌 냄새나는 환자를 끌어안고 사진을 찍어댄다. 사진 속에서 웃지나 말지. 수연은 그들의 방문이 있는 날이면 멀미를 앓는다. 조금도 감사하지 않는 그들에게 감사하다는 인사를 해야 하는 것도 모든 수연 들의 몫이다. 열 번의 기도보다 한 번의 따뜻한 손길이 필요한 환자들이다. 애초에 봉사라고 해봤자 그들이 할 수 있는 건 별로 없다. 목욕을 시킬 수도 없고 썩션도 못하고 기저귀 갈기도 어림없다. 가지고 온 꽃 몇 송이 화병에 꽂아주고 성모마리아처럼 고귀하게 앉아 찬송가 부르고, 주여, 주여, 하나님만 부르다가 환하게 웃으며 기념 촬영하면 소임을 다 했다고 떠나간다. 물론 따뜻한 심성을 지닌 사람도 있다. 그러나 봉사 정신에 적합한 행동을 하는 사람은 그리 많지 않다는 게 수연의 생각이다. 용기 있는 수연이 오늘은 709호실에 배당된 두 봉사자에게 조용하고 예의 바르게 부탁했다.

"봉사자님 시간이 되시면 우리 정우상 환자분 손톱을 좀 깎아주시면 어떨까요? 그리고 이분은 저기 창틀의 먼지를 좀 닦아주시면 고맙겠습니다. 이런 봉사를 해주시면 환자들에게도 도움이 되고 하나님께서도 기뻐하시지 않을까요?"

수연은 재빨리 손톱 깎기와 걸레를 건네며 생글생글 웃는다. 그들도 어쩔 수 없었던지 각기 걸레와 손톱 깎기를 받아든다. 울상이다.
"자, 제가 이 사진 찍어서 보내 드릴게요."
곰살맞게 구는 수연을 무시할 수 없었든지 불편한 기색으로나마 몸에 밴 듯 웃음으로 포즈를 잡는다. 창틀 먼지를 닦는 저 여자는 부모님 방을 저렇게 청소한 적이 있었을까. 손톱 깎기를 든 저 여인은 시어머니의 손톱을 깎아 드린 적이 있었을까. 비 온 뒤의 죽순처럼 자라나는 수연의 심술(?) 때문에 애꿎은 정우상의 손톱만 다치게 해서 조금 미안했다. 그러나 모처럼 만에 수연은 하늘을 쳐다보며 깔깔 웃었다. 비 그친 여름의 바람처럼 가슴이 시원해지는 오후 두 시였다. 오늘 퇴근 후 수연의 발걸음이 가볍겠다.

김상섭 검사의 물리치료를 위해 휠체어에 그를 앉히는 과정이 수연에겐 거북스러운 과제다. 살짝 목을 휘감아 안고 한 손으로는 그의 허리춤을 잡고 휠체어에 앉히는 순간은 그리 길지 않다. 그러나 그 잠시의 접촉을 그 남자는 즐기고 있다는 걸 수연은 알기 때문이다. 수연의 얼굴에 그의 입김이 왜 뜨거운지도 알고 수연의 목을 끌어안고 있는 굳어버리지 않은 한쪽 팔에 힘이 들어가는 것도 안다. 이제 겨우 환갑을 넘은 그의 외모는 아직 준수하다. 편마비만 아니라면 그는 1%의 대열 속에서 아직도 군림하고 있을 인생이다. 꽤 인지도 있는 검사님이라고 소문으로 들었다. 향락과 권력을 너무 향유하다가 이혼과 나락으로 추락해버린 그의 인생이야기는 병실마다 전설처럼 회자된다. 커피 타임에, 잠시의 휴식 시간에 껌 씹듯 카사노바였던 김 검사를 질겅질겅 씹어대고 행여 또 다른 픽 뉴스를 바라며 수연을 바라보는 동료들의 시선에 유쾌하지 못한 수연이었다.

지난봄이었다. 요양원 창가에 달빛이 꽃향기처럼 출렁이던 밤이었다. 나이트 근무를 들어온 수연은 오늘 밤도 무사히 보낼 수 있기를 바라며 취침 직전의 준비를 서둘렀다. 영길의 틀니를 물컵에 보관하고 아직도 달팽이처럼 달빛을 바라보고 앉은 이 박사의 기저귀를 갈고 와상환자(누워있는 중환자)도 아닌데 욕창이 생기는 환부를 소독했다. 오늘따라 유난히 수연의 동선을 따라다니는 김상섭의 시선을 무시하고 수연은 무심한 듯 말을 건넨다.

"검사님 오늘은 물을 얼마나 드셨나? 조금만 덜 드시면 기저귀도 덜 갈잖아요."

답이 없었다. 수연에게 머물던 시선을 거두더니 봄밤 창가에 시선을 던진다. 취침 전 잠시 열어둔 창으로 달큰한 꽃냄새가 살금살금 들어왔다. 잠시 눈을 감고 봄 냄새를 맡았을까 그는 속삭이듯 입을 연다.

"여인의 냄새 같네. 수연 어쩌면 그대의 향기일지도."

역시 그는 카사노바였다. 몸의 아래쪽이 마비되어 온전한 삶이 중지된 이곳에서도 저러한 멘트를 날리는 그는 소문대로 희대의 바람둥이였다. 여기저기에서 날아다니는 그에 대한 무수한 뉴스는 가짜뉴스가 아님을 여실히 보여준다. 그러나 수연은 그날 밤 일어날 기막힌 사건을 짐작도 못 하고 있었다. 밤은 자정을 향해 흘러가고 있었다.

나이트 근무를 하는 요양보호사들은 절대 잠을 잘 수 없다. 위험해질 수 있는 환자들이기 때문에 절대 잠을 잘 수 없다는 것을 누누하게 지시받는다. 그러나 환자들의 깊은 잠 시간에는 의자에 앉아 노루잠처럼 살짝살짝 졸기도 한다. 긴 밤을 뜬눈으로 견디는 건 한계가 있다. 수연 역시 하루를 일지 작성하는 것으로 마감하고 나무의자에 앉는다. 잠이 들지 말아야 한다는 걸 알면서도 수연은 어느새 깜박깜박 졸며 병실을 지킨다. 천둥소리처럼 코를 골고 있는 영길도 깊은 잠이 들었는지 코 고는 소리가 잦아진다. 자다 깨다 하며 네 사람의 하루를 지켜내고 있는 수연의 가녀린 체구가 오늘 밤 더 왜소해 보인다. 새벽이었을까. 수연의 예민한 감각이 팔딱 깨어난다. 아직 달이 지지 않았는지 창밖이 환했다. 누가 아픈 것 같은 약한 신음을 내고 있었다. 야간 병실을 흐릿하게 밝혀주는 전구의 불빛에 수연은 빠르게 모두를 스캔한다.

뭔가 직감이 수상한 김 검사의 침대부터 시선을 준다. 그러다가 수연은 그만 눈을 감아버렸다. 못 볼 것을 봐버린 수연은 호흡마저 참으면서 다시 잠든 척 의자에 머리를 기댄다. 남자 환자를 지키는 보호사들은 가끔 부딪치는 일이라는 걸 수연도 알고 있으나 수연은 이러한 일을 처음 겪는 상황이어서 당황스러웠다. 마스터베이션은 아직 진행 중이고 신음은 절정을 달리는지 급해진다. 수연은 당황 속에서 그냥 숨을 참으며 자는 척 앉아 있었다. 이불 밑의 손동작은 수연이 깨어있는지 전혀 관심 밖이었다. 그는 지금 오직 그의 행위에만 열중하고 있었다. 그러한 김 검사의 행위에 오버랩되는 얼굴 하나가 떠올랐다. 인간의 실격자 같은 남편도 성욕까지 억제가 안 되던지 개 패듯이 두드려 패놓고도 수연을 짐승처럼 탐했던 사내였다. 모멸과 수치마저 느꼈던 그 행위를 참아주어야 했던 그때처럼 수연은 왜 자기가 지금 치욕을 느끼는지 뛰쳐나가고 싶은 순간이었다. 많은 것을 잃어버리고 죽음의 냄새가 너울거리는 병상에서도 수컷의 본능만큼은 절대 포기할 수 없는 걸까. 대부분의 남자 노인들은 치매 환자들을 포함해서 수컷의 행실을 하려 한다. 절망의 순간에도 성욕이 일어난다는 건 짐승의 본능이 아닐까. 수연은 아직도 그들의 그러한 행동을 이해할 수가 없었다. 유난히 긴 밤을 보낸 수연의 눈자위가 더 움푹했다. 아무런 일도 없는 것처럼 김 검사의 부드러운 인사가 또 하루를 열었다.

"굿모닝, 수연. 잘 잤어요? 봄날 아침이라 그런지 달큰한 바람이 들어오네."

실뱀 한 마리가 그의 얼굴에 기어오르고 있었다. 배설 후엔 만족한 너그러움이 있다는 걸 수연은 알고 있다. 그러나 그 너그러움의 표정마저도 수연은 불쾌해서 김 검사를 외면해버렸다. 가버린 그 봄날에 가버린 남편에게 하듯이 질시의 눈으로 그를 바라보며 수연은 잠시 본분을 잊어버렸다.

"고소할 거야. 원장새끼 나오라고 해. 누가 책임질 거야? 우리 아버지 살려내."

"몇 번이나 말했냐고. 병실 옮겨 달라고. 노망난 그 미친놈을 다른 병실에 보내라고 내가 몇 번이나 말했냐고. 원장 놈 어디 갔어. 이 새끼 나와."

쥐 죽은 듯 고요한 2병동 복도에 이형우 박사의 아들이 괴성을 지르고 있었다. 아버지의 죽음을 병원 당국이 책임져야 한다며 원장을 찾고 있다. 이형우 박사의 죽음에는 또 영길의 폭행이 있었다는 걸 동료에게 들었다. 수연의 근무시간이 아니었던 관계로 그날의 상황을 자세하게는 모르지만 올 것이 왔다는 생각을 한다. 항상 위태했다. 영길의 분노 앞에 이 박사는 늘 노출된 피해자였다. 벌써 몇 번째던가. 병원 관계자들의 나태한 관습이 이형우 박사의 죽음을 앞당겼다. 담당 보호사의 간절한 부탁마저도 외면해버린 그들에게 어떤 식의 징벌이 가해질지 수연은 궁금하다. 영길의 폭행이 아니더라도 박사는 시간 다투기를 하고 있었다. 인근 대학병원을 자주 드나들며 간신히 명줄을 붙들고 있었다. 언제 떠날지 준비를 해야 하는 상황이었다. 요양 병원과 대학병원을 며칠 간격으로 드나들던 시기에 영길의 분노가 폭발해버린 것이다. 누가 죽였을까. 영길일까. 자연사일까. 수연은 그냥 섭리대로 그를 보냈으면 좋겠다는 생각을 한다. 치매 중증 환자며 췌장암 말기인 곧 하늘로 따라갈 영길에게 과연 법의 잣대가 가능할까.

비교적 무탈하게 계절을 건너고 있었다. 보도 위에 떨어진 버즘나무 잎사귀에는 이별처럼 쓸쓸함이 묻어있다. 이른 아침 출근길에 이 박사의 죽음을 만난 후 수연은 살그머니 박사의 부인을 창 너머로 바라보고 있었다. 해맑은 얼굴에 살짝 미소마저 띤 얼굴로 식사를 하고 있었다.

"다행이다. 그래. 차라리 다행이야."

남편의 죽음도, 아무것도 모르는 그녀의 하얀 공간이 얼마나 다행인지, 수연은 말간 그녀의 표정에 위로를 받는다. 이형우 박사의 죽음을 아는지 오후부터 가을비가 내리기 시작했다. 수연은 캄캄한 부인의 치매가 참으로 다행이었지만 수연의 독백은 빗물처럼 사라진다.

"잘 가세요. 달팽이 선생님."

달팽이 같은 그를 저 비속에 놓고 싶었던 지난날들을 생각하며 수연은 그가 앉았던 창가에 섰다. 이렇게 또 한 사람을 보내고 겨울이 또 오려 하고. 수연은 울컥 올라오는 뜨거움을 천천히 삼킨다.

몇 사람을 보냈을까. 곧 떠날 것 같은 영길의 병세가 수연을 또 아프게 한다. 그저께 중환자실로 실려 간 영길도 오늘 밤이 마지막일까? 그도 곧 가리라. 이곳은 이별이 약속된 곳이다. 수많은 이별을 만나고 살지만 아직도 한 사람을 보내는 과정이 수연에겐 너무 어렵다. 수많은 유형의 삶을 만나고 수많은 유형의 죽음을 겪으면서 수연은 포기를 배우고 비움을 익힌다. 그리고 따뜻하게 안을 수 없었던 아이들 아버지를 생각하며 그에게 베풀지 못했던 사랑을 조금이나마 베풀고 갈 것을 다짐한다. 열심히 살다 왔노라고 말하면 남편의 영혼이 조금은 편해지지 않을까. 그리고 수연은 이곳에서 매번 이별 연습을 하며 언젠가는 다가올 죽음을 예습한다. 자신의 간이역에

도착했을 때 착하고 배실배실 잘 웃는 또 다른 수연을 만나게 해달라고 기도한다. 그 마지막 날에 만날 수연을 예비하기 위해 보험들듯 오늘도 웃는 연습을 한다.

내일은 이형우 박사의 빈 자리에 또 어떤 승객이 들어올까. 그 승객에게 2병동 709호 간이역이 안락한 쉼터가 되기 위해 수연은 다시 침대를 정돈한다. 여름도 가고 이형우 박사도 가고 내일은 또 누가 떠나려나. 창밖엔 눈물처럼 장대비가 내린다.

9 월세방 있음, 애완견주 사절

'왜애앵 앵앵 왱왱~'

불자동차 소리에 후다닥 일어났다. 손에 쥐고 있던 리모컨이 소파 밑으로 떨어지면서 건전지가 사방으로 튀어 나간다.

'무슨 소리지? 바람 소리였나?'

분명 무슨 소리에 놀라 후다닥 일어났는데 TV가 저 혼자 떠들고 있었다. TV 리모컨의 건전지를 주우려고 엎드려야 하는데 도저히 엎드릴 자신이 없다. 지극히 일상적인 것들도 이젠 할 수 없는 불편이 시작되면서 나는 더 살아야 할 이유가 매일 한가지씩 없어지는 것 같다.

'꿈이었나? TV 소리였나?'

집안엔 아무도 없는데 대낮에 TV까지 켜놓고 잠든 게 좀 민망했다. 언제부턴가 죽은 듯 깜박깜박 잠이 드는 버릇이 생겼다. 늙어가는 과정이라고 자신을 위로하지만 자꾸 부아가 끓어오르는 걸 어쩔 수 없었다. 오늘도 무료한 시간을 땜질하다가 또 잠이 들었나 보다.

"저승 잠이라예. 인자, 갈 때가 됐능갑소."

언젠가 지하 방에 사는 박스 할매가 하던 말이었다.

"저승 잠은 무슨. 쓸데없는 소리를. 할매나 일찍 가시구랴."

지극히 맞는 진실 앞에서 나는 괜한 심술을 부려보지만 이제 숨길 수 없는 노인이 되었다.

'왜애앵 왱왱~'

다시 불자동차 사이렌 소리가 요란하게 들려왔다. 바짝 마른입에 물 한 잔 마시려다가 놀라 나도 모르게 컵을 떨어트렸다. 멀리서 들리는 소리가 아니었다. 내 귀밑에서 나는 소리였다. 이건 분명 꿈이 아니었다. 현관문을 열고 대문 밖으로 나와야 하는데 오금이 붙어버렸는지 걸음이 안 걸어졌다.

'불이 난 거야 분명 우리 집이 아니면 옆집일 거야.'

걸어보려고 애를 써도 붙어버린 다리는 풀어지질 않았다. 문고리를 잡고 어찌어찌 간신히 일어서는데 대문 두드리는 소리가 다급하게 들린다.

"안 계셔요? 문 좀 열어봐요. 큰일 났어요. 할머니, 할머니 안 계셔요?"

옆집 새댁이었다.

'틀림없이 불이 난 게야.'

엉금엉금 기어서 현관으로 나왔다. 대문밖에는 도대체 어떤 일이 벌어졌기에 번쩍번쩍 돌아가는 경찰차 불빛도 보이고 빨간 불자동차도 보인다. 웅성웅성 사람들의 목소리가 부산하게 들려온다.

"할머니 어서 나오세요."

현관 앞에서 엉거주춤 서 있는 나를 봤는지 새댁의 소리가 숨 가쁘다. 불이 난 건 아닌 것 같았다. 무슨 일인지는 모르지만 그나마 다행이라 생각하며 겨우 대문을 열었다. 대문 앞에 모여있던 사람들의 시선이 미어캣처럼 일제히 나를 향한다.

'뭘까? 분명 무슨 일이 나긴 했는데. 무슨 일이지?'

대문을 붙들고 겨우 서 있는데 옆집 새댁이 귀에다 대고 말한다.

"할머니 지하에 사는 박스 할매 죽었대요."

솔 톤의 음성으로 다 들으라는 듯 떠들어댄다. 작은 사자처럼 생긴 강아지를 품에 꼭 끌어안고 서 있는 새댁을 나는 왈칵 밀어버렸다. 제 새끼도 아닌 강아지를 자식처럼 끌어안고 있는 새댁이 곱게 보이지 않는다. 안 그래도 정신 사나운데 개새끼까지 불자동차 소리에 짖어대고 있었다.

"아고 그만 저리 비켜. 개새끼까지 짖고 지랄이야."

머쓱한 옆집 새댁은 한걸음 뒤로 물러선다.

도대체, 갑자기, 왜 박스 할매가 죽었다는 것인지 상황이 인지되지 않았다. 며칠 전 박스 할매와 나는 우리 집 거실에서 달달이 커피를 마시지 않았는가. 도저히 상황 판단이 안 되었다. 가슴은 쿵덕쿵덕 널을 뛰는데 또다시 오금이 붙어버렸는지 발이 떨어지질 않았다. 그때였다. 지하로 들어가는 샛문으로 119 소방관이 들것을 들고나오는 게 보였다. 홑이불을 덮어 씌어서 누구인지는 잘 모르겠지만 얼굴까지 덮어 버린 걸 보면 분명 죽은 사람이었다.

아이고 박스 할맨가 봐, 어떻게? 어떻게?"

옆집 새댁의 호들갑에 나는 그만 털석 주저앉았다. 귀에서는 이명만 잉잉거리고 뭘 어떻게 해야 하는지 생각을 정리할 수가 없었다. 얼마나 시간이 흘렀을까. 좁은 골목이 터지도록 모여있던 구경꾼들도 하나둘 흩어지고 들것을 싫은 불자동차는 또다시 앵앵거리며 떠났다.

"쯧쯧. 언제 죽었는지도 잘 모르겠다네. 불쌍해라."

누군가 혼잣말을 한다.

"자살했나 봐. 저 할매 주려고 신문도 엄청 모아 뒀는데."

"고독사래, 쯧쯧."

"자식도 없나? 참 불쌍하게 살았어."

구경꾼들은 저마다 한마디씩 골목에 흘려놓고 나와는 상관없다는 듯 들어가 버린다.

'며칠 전에 나랑 달달이 커피 마셨다니까.'

나는 입 밖으로 소리도 내지 못하고 혼자 웅얼거린다. 옆집 새댁은 가까이 오지도 못하고 내가 뭘 알고 있는 것 같은지 자꾸 흘깃거린다. 담벼락에 세워둔 삽을 짚고 겨우 일어섰다. 지하로 가봐야 할 것 같은데 발이 땅에 붙어버렸는지 당최 걸을 수가 없었다.

"할머니 자제분 퇴근하시면 파출소로 오시라고 전해 주세요. 그리고 지금 지하엔 가시지 마세요. 아드님 오시면 아드님께 설명 들으시고요. 박스 할머니가 돌아가셨어요. 지금은 절대 들어가시면 안 됩니다. 아셨지요?"

파출소 소장님도 내 귀가 먹었다고 생각하는지 저 새댁처럼 큰 소리로 말한다. 귀가 먹먹하고 가슴은 자꾸만 방망이질을 한다. 뭔가 새로운 소식이라도 궁금한지 흘깃흘깃 나를 자꾸만 바라보던 새댁마저 집으로 들어가 버렸다. 아무도 없는 집에 들어갈 엄두가 나지 않았다. 7통 3반 골목길은 온통 환타 색으로 물들어 있었다.

'불은 하늘에서 났구만.'

쓸데없는 푸념을 하는 내가 가여운지 오늘따라 노을은 더 붉었다.

'죽었다고? 죽어버렸다고?'

그녀의 죽음을 미리 막지 못한 내 자책이었을까. 나는 자꾸 내 가슴만 두드리며 노을이 물든 골목에 우두커니 서 있었다. 금방이라도 박스 할매가 작은 손수레를 밀고 저기 골목 끝에서 오는 것 같았다.

박스 할매가 우리 집으로 온 건 아마 삼 년 전쯤이었다. 바람도 안 부는데 우리 집 화단의 목련이 뚝뚝 덜어지던 사월의 오후였다.

'너는 그래도 내년이면 또 핀다는 희망이라도 있잖아. 다시 한번 올 수 있다면 그렇게 지는 것도 괜찮아.'

창가에 앉아 실없는 푸념으로 목련을 바라보고 있던 날, 그녀는 기어오듯 우리 집 대문으로 들어왔다. 완전 ㄱ자 허리였다. 직각으로 휘어진 허리 때문에 그녀는 얼굴이 땅을 향해있었다. 요즘도 저렇게 허리가 굽은 사람이 있는지 놀라웠다. 거기다 덜 큰 아이처럼 아주 작은 몸이었다. 까만 얼굴에 굵은 주름이 오뉴월 논바닥처럼 패여 있었고 단추만 한 눈만 반짝였다. 1960년대의 과거 어느 산골에서 온 할매의 모습이었다. 왜소한 체구에 땅에 붙을 듯 허리까지 휘었으니 동그란 공 같기도 했다. 가난이 덕지덕지 붙은 옷차림은 그녀의 삶을 대변해주었다. 할머니 뒤에 무표정으로 서 있는 젊은 남자는 그녀의 아들인 것 같았다. 걷기도 힘든 할머니를 모르는 척 남자는 앞산만 우두커니 바라보고 있었다.

"이따가 지하 1호에 이사 올 사람 올 거예요. 방 열쇠 좀 주세요. 엄마 연세쯤 되었으려나. 혼자 사신다는데, 독거노인이라 어째 좀 걱정되네."

아들이 출근하면서 하던 말이었다.

'어쩌자고 저런 노인네를.'

'독거라고? 나만큼 늙은 할매를?'

나의 걱정으로 이미 계약한 방을 해약할 수 있는 건 아니라서 어쩔 수 없이 방 열쇠를 내주었다.

지하에는 방 한 칸씩 3호까지 있어서 젊은 직장인이나 홀로 사는 사람이 주로 세 들어 살고 있었다. 그런데 이번은 예외였다. 나만큼 늙어버린 노인네가 입주하는 건 처음이었다. 아들의 말을 빌리면 그리 멀지 않는 곳에 할매 아들의 집이 있으니 염려 안 하셔도 된다는 거였다. 웬만하면 같이 모시고 살지. 저 나이에 혼자 살기는 너무 힘들지 않나? 꼬리에 꼬리를 무는 걱정을 하면서도 나는 여전히 봄날이 저물도록 고개를 툭툭 꺾어버리는 목련꽃만 애잔하게 바라보고 있었다. 그 봄날 그렇게 할매는 석연찮은 모습으로 우리 집 지하 1호에 세 들었다. 내가 염려했던 것보다 더 석연치 않았던 할매였다. 뭔가 내가 방관하면 안 될 것 같은 느낌이었다. 할매의 상황은 미루어 짐작해보지 않아도 알 수 있었다. 늙은 어머니를 지하 단칸 셋방에 밀어 넣고도 조금도 미안한 내색 없던 아들을 보면서 나는 할매의 처지를 단박에 알았다.

"내 걱정일랑 하지 마소. 죽을 때가 되믄 내 발로 아들 집에 갈끼요. 쥔 할매네 집에 폐 안 끼칠게요."

행여라도 내가 셋방을 안 줄까 싶었는지 여기서 절대 안 죽는다고 농담같이 말하던 할매였다. 다 늙어버린 나 자신마저도 감당하기 어려운 현실인데 지하에 또 나처럼 늙은 할매가 산다는 건 썩 바람직한 상황이 아니었다. 꽃 지는 것에도 마음이 쓰이는 나에게 그 할매는 또 마음을 써야 할 걱정거리가 되기 때문이다. 걱정은 걱정으로만 끝나지 않는다는 게 오래 산 나의 철학이다. 결국 나의 통계학은 참 잘 맞아떨어졌다.

코로나라는 역병이 세상을 휩쓸고 간지도 벌써 이년이 지났는데 할매는 왜 이제야 코로나를 앓았을까. 옆방 총각에게 우유를 배달 왔던 아주머니가 뭔가 이상한 냄새를 맡고 신고를 했다고 했다. 안으로 문고리를 걸어 놓아서 문을 열 수가 없었다고 했다. 머리맡엔 해열제와 진통제가 널려있었고 주먹만 한 전기밥솥에는 오래된 듯한 밥이 말라 있었다고 들었다. 왜 병원도 가지 않았을까? 아마 아들에게 연락도 안 했을 거야. 그렇게 할매는 내가 우려하던 대로 우리 집 지하 방에서 그렇게 숨을 놓았다.

"아이고 세상에, 그 아들이란 놈이 아무리 전화해도 안 받아요. 글쎄 보호자가 있어야 장례를 치르죠. 우리 직원이 찾아가니 이사 갔대요. 주소를 옮겨가지 않아 주민등록이 말소되었답니다. 작정하고 어머니를 버린 거지요. 아들은 찾을 수가 없고 딸 주소를 찾아가니 딸도 자기는 모르겠다고 하더랍니다. 무연고자 장례를 치를 수밖에요. 현대판 고려장이에요. 고독사하는 어르신들 거의 이런 케이스예요. 죽으면서도 자식들 주소 전화번호 모두 없애버리는 노인들이 얼마나 많은데요. 세상 말세예요, 할머니."

거품을 물고 열변을 토하는 시청담당자는 박스 할매 아들에게 진심으로 분개하고 있었다. 할매는 언제부터 아들과 연락이 안 되고 있었을까. 아마도 아들이 자기를 버릴 것이라는 걸 알았으리라. 죽을 작정을 했으니 방문을 안으로 걸어 놓고 죽었을 테지. 할매는 코로나쯤 충분히 이겨낼 만한 체력이었다. 허리만 휘었을 뿐 식사도 잘하고 어떤 지병도 없다는 걸 내가 알고 있었다. 죽으려고 작정했던 거야. 어쩌면 죽음을 기다리고 있었을지도 모르겠다. 아마도 할매는 그만 살고 싶었던 거야. 혼자서 분개했다가 애달파 했다가 지하로 내려 가보지 않았던 나의 소홀함을 후회하다가 봄이 다 가도록 나도 코로나만큼 심한 몸살을 앓았다.

할매가 이사 온 지 한 사나흘 후쯤이었다.
"할머니. 지하에 세 든 할머니 몇 살이래요? 세상에나 저런 몸으로 혼자 산다고? 자식도 없나?"

대문 밖을 쓸고 있던 옆집 새댁이 나를 보더니 또 호들갑을 떤다.

"그리 궁금하면 직접 가서 물어 보던가. 에이, 저리 비켜."

동네 반장처럼 온갖 말들을 물어 나르는 새댁은 별명이 아나운서였다. 이웃 동네 소식까지 어떻게 알아 오는지 신통하기도 하지만 조잘조잘 말이 많은 그 새댁을 나는 별로 좋아하지 않는다. 언제나 강아지를 품에 안고 다니는 짓거리가 더 맘에 들지 않았다. 밥 먹는 입으로 강아지 주둥이에 입을 맞추고 새끼처럼 품에 안고 다니는 꼴은 도저히 봐줄 수가 없었다. 오늘도 사자 새끼처럼 생긴 개를 끌어 안고 있는 꼬락서니에 눈에 심지가 돋았다.

"저리 안 가? 개새끼 좀 저리 치워."

따라 내려오려는 새댁을 막아서며 나는 얼른 지하로 내려갔다. 명색이 집주인인데 한번 들여다봐야 할 것 같았다. 젊은 사람들이 이사 오면 아들 내외가 다 알아서 하지만 어째 이번엔 모른 척할 수가 없었다. 열쇠 건네주던 날 본 할매의 행색이 자꾸만 눈앞에 어른거리고 뭔가 자꾸만 마음이 쓰여 편치 않았다. 방 하나와 주방, 화장실 딸린 원룸이지만 오래된 단독 주택이라 괜찮은 셋방은 아니라고 생각한다. 수도권이라 해도 개발되기에는 제약이 많은 동네여서 비교적 월세가 싼 곳이다. 아마 할매도 그런 곳을 찾아왔을 것이다.

"계셔요?"

"할머니. 안에 계셔요?"

서너 번 문을 두드린 후에야 문이 열렸다.

"누구라예? 어디서 왔능교?"

그날 잠시 본 탓인지 할매는 내가 누군지 모른다.
"할머니. 위층에 사는 사람인데요. 저번에 제가 방 열쇠 드렸잖아요."
열린 문으로 TV 소리가 시끄러웠다. 늙으면 다 저런가 봐. 나처럼 볼륨을 한껏 높인 TV 소리에 동병상련을 느낀다.
"오메야. 우짜꼬 쥔 아지매구마."
"얼릉 들어오소. 누추하지마는 그래도 잠시 들어오소."
경상도 사투리가 낯설지 않았다. 좁은 현관에 놓인 신발을 밀치며 내가 들어서도록 벽으로 붙어 선다. 할매의 키가 내 허리춤에 닿는다. 단출하다기보다 없다는 단어가 딱 맞는 살림이었다. 화장품 냉장고처럼 아주 작은 냉장고 하나와 언제 적 것인지 아주 오래된 소형 TV만 있었다. 벽에 세워둔 낡은 옷걸이에 몇 가지 옷이 걸려있을 뿐 세탁기도 없었고 전자레인지도 없었다. 그 흔한 전기밥솥도 안 보였다. 낡아빠진 린나이 가스레인지 위에 때가 묻은 알루미늄 냄비 하나가 달랑 얹혀 있었다. 솥 밥을 해 먹는 건지 아주 최소한의 살림 도구는 현재 그녀의 사정을 유추할 수 있었다.
"아이고. 부끄러바서 죽겠네. 우짜다 보이 신세가 이리 된기라, 남사스럽소 마, 쥔 아지매요 욕하지 마소."
정말 부끄러운 듯 그녀의 허리가 더 땅을 향한다. 얼굴을 들어 나를 바라보는 까만 얼굴에 붉은빛이 돈다. 사는 게 부끄러운 모양새다. 가슴이 먹먹해서 도저히 그곳에 있을 수가 없었다. 아무 말 없이 돌아서 나오는 내 등 뒤에서 그녀는 말했다.
"빈 입으로 가서서 우짜겠노. 여기 찾아올 사람이 아무도 없어서

쓴 커피도 안 사났다 아입니까. 미안시럽기도."

저런 입장인데도 빈 입으로 보내는 게 미안하다는 할매의 마음이 반가웠다. 오랜만에 들어보는 정겨운 말이었다. 빈 입으로 보내는 손님에게 참 미안했던 그 옛날의 정서가 우리에겐 있었다. 모처럼 옛날 친구를 만난 것 같았다. 그러나 내가 걱정해야 할 식구가 하나 더 늘었다는 생각도 지울 수가 없었다. 나와 동갑이라고 내 아들이 말해주었고 짐작한 대로 그녀는 며느리와의 불화로 쫓겨난 것 같다고 일러주었다.

"며느리가 시어머니를 쫓아내는 경우가 많다네요, 어머니."

저녁을 먹으면서 내 며느님께서는 하지 않아도 좋을 말을 하고 있었다.

'고맙다. 쫓아내지 않아서.'

그 소리가 듣고 싶은 건가. 맛나게 먹던 코다리 졸임 한점이 목에 탁 걸린다. 물론 며느님 말씀 때문만은 아니었다. 갑자기 지하 할매의 단출한 살림이 걱정되면서 목이 메었다. 김치라도 있는지, 된장이라도 가지고 왔는지, 도대체 무얼 먹고 사는지, 내가 본 그 방엔 그러한 일상적인 흔적들마저 없었던 것 같았다. 냉장고 문을 열고 얼갈이 물김치 한 사발과 한 냄비 조려놓은 코다리 졸임 한 접시 담아서 후다닥 나왔다. 갑작스러운 내 행동에 며느님은 놀란 듯 쳐다보기만 한다. 오늘 시장에서 코다리 여덟 마리 엮은 것 사다가 무 넣고 조린 건 며느님이 아니고 나였고, 얼갈이 물김치도 보리쌀 뜨물 넣어서 맛있게 담근 것도 나였기에 나는 며느님 눈치 따위는 볼 필요가 없다고 생각한다. 그만하면 시어미인 내게 잘하는 며느린데도 가끔 심술궂은 시어미가 되는 걸 나는 잘 알고 있다. 배부른 욕심이란 것도 알고 있다. 며느리도 그런 나의 성격을 알기에 별 불만 없는 것처럼 살고 있지만 그 속은 또 어떨지. 그러나 박스 할매를 만난 후부터 내가 누리고 있는 이 일상이 얼마나 복된 것인지를 알았다.

바람이 불지 않는데도 저 혼자 툭툭 꽃잎이 떨어지던 사월도 가고 훈장처럼 카네이션을 단 노인네들의 계절 오월이었다. 햇볕 샤워라도 하려고 대문 앞에 의자를 내놓고 앉아 있었다. 앞집 할아버지도 카네이션 한 송이 가슴에 달고 힘, 힘, 헛기침하면서 골목을 나가신다.

"뻐기기는 촌스럽게, 그 깐 카네이션 요즘 누가 달고 다닌다고."

죄 없는 앞집 할아버지 뒤통수에 심술을 부려보다가 나는 실없이 웃는다. 부쩍 부아가 자주 끓고 놀부처럼 아무것도 아닌 일에 심술이 느는 건 늙는 속도가 빨라지기 때문인가.

"할머니, 할머닌 왜 카네이션 안 달아요? 어머, 아드님이 안 사 오신 거?"

어느새 나왔는지 새댁의 소프라노가 내 정신을 깨운다. 그깟 꽃 안 사다 줄 자식이 아닌 줄 잘 알기에 늙은이 놀리는 새댁이 오늘은 왠지 밉지가 않았다.

"오늘은 왜 개새끼 안 데불고 나왔니? 물고 빨면서."

"아, 저희도 시댁 가려구요. 시어머니가 할머니처럼 강아지를 엄청나게 싫어하세요. 강아지 때문에 우리가 아이를 못 가진대요. 사실은 그게 아닌데."

"그럴지도 모르지. 개새끼 사랑하는 것만큼 아이 가지려는 노력을 해봐."

괜한 심술을 부려놓고 난 조금 미안해졌다.

남들이 모르는 어떤 아픔을 한가지씩 가지고 사는 게 인생이라지만 천방지축 같던 저 새댁에게도 내가 몰랐던 사연이 있었구나. 옆집에 살면서도 아무것도 몰랐던 미안한 마음으로 새댁의 등을 토닥거렸다. 오월의 햇살은 따사롭고 가끔 라일락 향기를 바람이 실어오고 우리 마당엔 어느새 팝콘같이 감꽃이 톡톡 터지고 있었다.

어버이날 지하 할매는 뭘 하고 있나. 어제 내 며느님이 사다 준 생크림 케이크 한 쪽 접시에 담아 나섰다. 지하로 내려가는 계단 앞에 굽이 엄청 높은 하이힐을 신은 젊은 여자가 기웃대고 있었다. 옆집 새댁처럼 하얀 털을 가진 강아지를 안고 계단 밑을 기웃거리는 여자는 강아지에게 말을 하고 있었다.

"아빠, 빨리 나오세요. 해봐."

"썬, 아빠 부르라니까?"

썬은 강아지 이름인가. 강아지가 태양이라고? 미친, 저 개새끼 아빠가 우리 지하에 있는 것이라면 이 여자는 할매의 며느리? 기가 막혔다. 어버이날이라서 찾아왔으면 왜 들어가지 않고 여기 있담.

"여기 할매 며느님이슈? 왜 여기 있어요? 들어가지 않고?"

쫓겨난 시어머니 몰골과 하이힐 뒷굽이 저 교회 종탑만큼이나 높은 며느리 차림이 너무 대비되었다. 나는 그만 그 며느리를 지하 계단으로 확 밀어버리고 싶었다.

"저리 비켜요. 안 들어가려면."

차마 확 밀지는 못하고 옆구리로 툭 밀치고 계단을 내려섰다. 마침 할매의 아들이 계단을 올라오고 있었고 나는 내려가고 있었다.

'그래도 아들이라고 어머니께 다녀가는구나.'

고맙기도 하여서 내려오던 길 다시 한 계단 올라서며 길을 터주었다. 인사를 하는 둥 마는 둥 꾸벅 고개 한 번 숙이더니 개새끼 안고 있는 여편네 어깨를 끼고 뒤도 안 돌아 보고 횡하게 떠난다.

"빨리 나오지 않고 왜 그렇게 기다리게 해? 썬도 지루하다고 난리였어."

개새끼 엉덩이를 토닥거리며 돌아가는 저 며느리를 뒤쫓아 가서 머리채라도 잡고 싶었다. 저도 저를 낳아준 어미도 있을 텐데. 쫓아낸 것도 그렇지만 어버이날 시어머니 집 앞에서 남편만 들여보내는 저 싸가지를 용서해야 하는 건가. 인성의 타락은 어디까지일까. 신은 정녕 존재하지 않는 건가. 이 찬란한 오월에 똥 밟은 것처럼 더러운 마음이었다. 내 뜨거운 한숨에 들고 선 생크림 케이크 한쪽이 흐물흐물 내려앉고 있었다. 뒤따라 올라온 할매가 뭘 들킨 사람처럼 표정이 흔들렸다. 내게 며느리 꼴을 들킨 게 부끄러운 모양이라 생각하며 뒤돌아서는데 작심한 듯 입을 연다.

"그 개새끼 봤지예? 내가 그 개새끼에 밀려나서 이리 왔어예. 밤마다 개새끼 묵을 간식은 사 들고 오면서 고뿔 걸린 시 어미는 약 한 첩도 안 사주데예. 나랑 같이 못 살겠다꼬 합디더. 누구 나무라면 뭐

하겠어예. 내 뱃속으로 빠진 내 아들놈이 더 나쁘지. 지 지집 말만 듣고 나를 쫓아냈다 아입니꺼. 어버이날이라고 이깟 꽃 한 개 달랑 들고 왔심더. 하다못해 밥 한 끼라도 같이 안 묵고. 지집년은 여그 섰다가 갓능가베. 아이고 내 팔자야."

무릎을 짚고 서서 아들이 가버린 한길 쪽을 바라보는 할매는 한 점 먼지 같았다.

'태양인지 아들인지 그 개새끼만 영원히 붙들고 잘 살아라.'

키득키득 웃으며 가는 저들의 뒤에다 나는 악담을 퍼부었다.

나는 개를 이뻐하는 요즘 사람들을 사정없이 비난하는 꼰대 할머니다. 그러나 그럴만한 이유와 사정이 있기 마련이다. 나에게도 개를 사랑하던 유년이 있었고 토기 풀을 뜯으러 다니던 소녀였다. 우리 집엔 고양이도 살았고 외양간엔 소도 몇 마리 있었다. 학교 갔다 오는 내 발소리에 우리 쫑이는 골목까지 달려 나와 뛰어오르곤 했다. 그런 쫑이는 둘도 없는 나의 친구 같은 존재였다. 같은 울타리 안에서 같이 살아가고 사랑하고 아끼는 관계지만 그러나 인간과 짐승의 관계는 분명하게 나뉘는 게 그 시절 우리들의 공존 방식이었다.

짐승은 사람보다 우선순위가 될 수 없다. 애완동물은 애완동물일 뿐이다. 그땐 그랬다. 개는 마당에 살고 고양이는 마루 밑이나 헛간 같은 곳에 살았다. 토끼는 우리가 만들어 준 토끼 집에 살았고 돼지는 돼지우리가 있었다. 짐승의 용도는 집을 지키고 밭을 갈고 짐을 나르는 용도와 인간을 위한, 인간의 필요에 따라 식용할 수 있는 것으로 분류되는 것이었다. 지금도 소나 닭이나 돼지는 우리에게 먹이를 주는 용도에 불과하다. 얼마 전만 해도 여름 한 철 개는 인간들의 영양보충을 위한 동물이었다. 애완인구가 늘어나고 세계적으로 개의 식용을 금하는 게 추세였다. 우리나라도 그 추세에 합류한 애완동물의 문화가 발달한 나라가 되었다. 개의 식용을 금하는 것까지는 이해가 되지만 그 개를 사람보다 우선순위로 격상시켜버린 애완동물의 사랑법에는 분노를 참을 수가 없었다. 우리 시대에는 인간과 동물의 우선순위 같은 건 생각해 볼 여지도 없었다. 그저 동물은 신이 허락한 인간의 소모품으로 존재할 뿐이었다. 세상이 변해도 너무 변했다. 애완견 때문에 집에서 쫓겨난 박스 할머니와 또한 얼마나 많은 박스 할매들이 생겨나는지 정말 말세가 오고 있는 것 같다.

내 딸이 키우던 애완견의 장례에 다녀오던 날 나는 내 딸과 다시는 보지 않을 만큼 싸웠던 기억을 소환해본다. 박스 할매의 며느리와 내 딸의 차이점은 전혀 없다고 생각하며 내가 누구를 욕할 수 있는지 자신을 돌아다 본다. 그날은 눈물도 금방 얼어붙을 만큼 추운 날이었다. 오랜만에 딸네 집에 간 어미는 반갑지도 않은지 차 한잔 내올 생각도 없이 거실 한쪽에 놓인 강아지집만 들여다보고 있었다. 원래 개를 좋아하는 아이였으니 그러려니 했지만 그래도 멀다면 먼 길을 온 어미를 푸대접하는 것 같아서 속이 조금 상해 있었다.

"엄마 애가 죽으려나 봐. 병원에서 안 된다고 데려가라네."

죽은 듯 누워있는 강아지를 들여다보며 딸은 굵은 눈물을 뚝뚝 떨구고 있었다. 거기까지는 같이 아파하고 걱정했다. 사람이든 짐승이든 목숨이 끊어진다는데 가엾지 않을 사람이 어디 있을까. 사위가 직장에서 돌아오고 아이들이 학교에서 왔는데도 저녁 할 생각은 조금도 없이 그냥 강아지 집만 바라보며 앉아 있었다. 그러다 갑자기 울음을 터트리더니 강아지를 끌어안고 대성통곡을 하는 것이었다.

"애가 죽었나 봐. 어떻게, 어떻게."

어미의 울음에 어린아이들도 따라서 울고 집안은 금방 울음바다가 되어버렸다. 울음소리가 부모의 장례식 같았다. 얼마나 슬프면 눈물 콧물이 수도꼭지 같을까. 그냥 오열이었다. 갑자기 그런 생각이 들었다.

"미친, 제 어미가 죽으면 저렇게 울까?"

지금 내 딸이 울고 있는 저 슬픔의 농도는 하늘에 닿을 것 같은 슬픔이었다. 난 갑자기 실실 웃음이 났다. 내 딸의 슬픔 앞에 웃을 수는 없어서 그냥 침통한 표정으로 서 있었지만 오열하는 딸의 모습에 일말의 분노마저 일었다. 척추 수술 들어가는 어미를 보러왔을 때 저 강아지를 안고 왔던 게 생각이 났다. 물론 어미 걱정을 왜 안 했을까. 그러나 어미가 수술실 들어갈 때까지 그 강아지를 끌어안고 다독거리는 딸년의 모습을 보며 나는 강아지가 우선순위임을 느꼈다. 어떤 배신감으로 수술실을 들어갔던 기억과 그날과 비슷한 감정이었다. 그때까지는 아직도 인내의 한계가 남아 있었다. 초저녁이라 멀지 않은 동산 소나무 밑에 묻어주자는 어미의 말을 귓등으로 들은 체 화장해서 애완묘지에 묻어줄 거라 했다. 저 시집갈 때 어미가 몇 개 만들어 준 고운 분홍색 보자기에 예쁘게 싸안고 집을 나선다. 혹시 선물을 포장할 때라던지 필요할 때 쓰라고 마음먹고 만들어 준 실크 보자기를 저렇게 쓴다는 게 기가 막혔다. 어떠한 죽음이든 가볍지만은 않지만 자꾸만 강아지보다 뒤로 밀리는 것 같은 느낌을 지울 수가 없었다. 고루한 생각이라 하겠지만 강아지 죽음에 저렇게까지 예우를 해야 하는지 기가 찰 노릇이었다. 먼 길 딸네 집에 온 친정엄마 저녁밥은 쫄쫄 굶겨 놓고 부모 장례 치르듯 오열하는 딸을 더 이상 마주하기가 싫었다.

강아지 수의 한 벌이 삼 십만 원이라 했다. 유골함은 천차만별이고 화장 비용도 오십 만원이라 한다. 거기다 애완견 묘지는 또 얼마를 받을까. 고양이 향수 한 병값이 십만 원이라고 누가 말하던 날 난 나의 화장대가 눈에 밟혔던 기억이 있다. 애완견들의 유치원도 생겨나고 유치원 가방도 메이커 따라 견주들의 자존이 올라간다 했다. 애완동물보다 못한 삶을 사는 사람들이 얼마나 많은가 현실을 생각해본다. 애완견의 값어치보다 하락해버린 인간으로 사는 것이 우리의 현실이다.

수의를 입히고 기도를 하고 조그마한 관에 입관하고 화구에 넣으면서 오열을 하며 주저앉는 딸을 보며 내가 오열하고 싶었다. 개새끼 하나 저세상 보내고 받아든 청구서에 다시 한번 더 기가 막혀서 딸년의 등줄기를 냅다 후려치고 그곳을 나와버렸다. 강아지를 호사스럽게 화장시키는 딸년에게 나는 내 분노를 퍼부었고 강아지 죽은 슬픔 위에 어미의 폭언까지 받은 딸년도 지지 않고 달려드는 큰 싸움이 있었다. 박스 할매가 하루에 버는 돈이 기껏 이삼 천 원 남짓 된다고 했다. 정부 지원금도 한 달에 삼십 만원이 안 되는 것이라면 박스 할매의 값어치는 얼마일까. 인간의 존엄은 이미 추락했고 애완동물에게 밀려났다. 개보다 못한 인간이라는 말을 실감한다.

"동짓날이었어예. 혹시 팥죽 한 그릇 사올랑가 눈이 빠지게 기다리는데, 개새끼 간식만 사 들고 들어왔드라 카이. 그 날따라 우째 그리 팥죽 한 그릇이 묵고 싶든동 서러버서 잠이 안 옵디더. 내가 벌어서 팥 뒤 홉 사니까 팥죽이 서너 그릇 좋게 나온다 아입니꺼. 지가요 팥죽 하나는 기똥차게 끓인다 카이. 잡솨보소. 맛있을끼라."

지난해 동짓날이었다. 무 동치미 한 그릇과 새알도 없는 팥죽 한 그릇 들고 온 할매는 의기양양했다. 박스를 줍기 시작한 할매는 자기가 번 돈으로 라면도 사도 여름엔 가끔 아이스케키도 하나씩 입에 물어보는 재미가 쏠쏠하다 했다. 박스로 돈을 만드는 것보다 가끔 재수가 좋은 날이면 쓸만한 가전제품도 하나씩 줍는다고 했다. 깨끗하게 닦아서 산 밑에 사는 없는 사람들 가져다주면 고맙다고 만 원도 주고 어떨 땐 이만 원도 벌었다고 자랑했다. 며느리와 같이 살 때보다 훨씬 부자 같다면서 이빨이 빠져서 합죽한 입으로 하회탈 같은 웃음을 웃었다.

"내가 박스 줍는다꼬 낼로보고 박스 할매라 카던데, 까짓거 뭐라꼬 부르든동 내사 마 괜찮심더. 남에꺼 도둑질 안 하고 동냥질 안

하고 사는기 어딘데예. 안 그렇습니꺼?"

할매는 그런 사람이었다. 아들의 보살핌이 있었으면 저 허리로 손수레를 몰고 박스를 주웠을 리 없다. 차라리 아들이 없었으면 어떻게든 생활보호대상자라도 만들어 나라가 주는 생활비로 걱정 없이 살 수 있을 건데, 아들이 원수 같은 할매의 현실이었다. 이사 온 지 반 년도 안 되어서 지하 할매가 박스 할매가 되어버린 건 아마도 아들의 생활비 지원이 끊어졌기 때문일 것이다.

"할머니. 할머니 아이고 숨 차라. 아이고 할머니 지하 할매가 저기 마트 쪽에서 박스를 줍고 있던데 할머니 아셔? 저그 상가 쪽에서 박스 줍고 있다니까요. 세상에 그 허리로."
"네 맞아요, 지하 할매예요."
옆집 새댁과 멀대 같은 그 신랑이 숨 가쁘게 일러준다. 곧 재미난 사건이 벌어질 것 같은지 아나운서라는 별명답게 입도 부지런하다. 난 그때야 알았다. 할매가 우리 집 뒤란 공터를 욕심낸 이유를. 부지런히 뒤란으로 갔다. 풀이 수북하던 빈터는 면도하듯 깔끔하게 정리되어 있었다. 그 한 모퉁이에 조그맣게 박스가 차곡차곡 쌓여있었다. 시작한 지 얼마 되지 않았으니 박스 무더기는 그리 크지 않았다. 언제 따라 들어 왔는지 새댁의 호들갑이 담을 넘는다.
"어머 어머 어떻게요, 할머니. 집안에 쓰레기가 웬 말?"
"조용히 안 해? 입 다물어. 아무에게도 말하지 말어. 알았어?"
우선 아들이 알까 봐 걱정이었다. 집안에 이런 게 쌓여있는 걸 좋아라고 하지는 않을 것이다. 여기까지 들어와서 아들이 알게 되기까지는 시간이 조금 걸릴 것이니 우선 새댁의 입부터 막을 셈이었다. 박스를 쌓아둔다면 분명 내가 허락을 하지 않았을 것이라는 걸 알았을 텐데, 할매의 이런 짓이 괘씸했다. 같이 늙었다는 이유로 내 집에 세 들어 산다는 이유로, 또 너무 가난하다는 이유로 마음을 쏟았던 게 후회가 되었다. 한편으로는 그 작고 굽은 몸으로 손수레를 끌며 박스를 줍는다는 건 무리일 텐데, 어떤 절박한 사정이 생겼는지 걱정도 되었다. 나를 이렇게 속이면서까지 이런 짓을 한 할매의 대담함에 놀라기도 하면서 할매가 돌아오기만을 기다리고 있었다.

"해가 지는 데 여기 앉아서 뭐합니꺼?" 저녁 자셨어에?"

건너편 산에 어느새 어둠살이가 내려앉고 있었다.

"저녁이고 뭣이고 나 좀 봅시다."

아들 내외가 곧 퇴근할 시간이라 내가 먼저 지하로 내려왔다. 없어질 물건도 없는 방이라 그런지 언제나 방문은 열려 있었다. 방안에 들어서니 없던 전기밥솥도 있고 선풍기도 있었다. 비록 소 불알만 한 작은 밥솥이지만 제법 살림이 늘어 있었다. 나의 돌발 행동에 짐작했는지 할매는 너스레를 떤다.

"요새는 눈만 밝으면 이런 고물이 많아예. 그래도 쓸 만 합니더. 한 살림 장만하기는 쉽다카이. 얼매나 고맙든동."

할매는 버린 물건이라도 주워다가 편하게 사는 게 얼마나 고마운 건지 말하며 실실 내 눈치를 살피면서 행주로 자꾸만 밥솥을 닦고 있었다.

"쪼매만 기다려 주소. 어디 박스 가져다 놓을 곳을 알아보는 중인 기라. 곧 치울 깁니더. 나도 미안시러버서 쥔 아지매 얼굴을 못 보겠더라카이."

할매는 수돗물을 받더니 한 대접 단숨에 마셔버린다.

저녁 드시라고 시어미를 찾아 내려온 죄 없는 내 며느님에게 버럭 화를 내버리던 날이었다.

"막걸리 한 잔 드실랍니꺼? 내일은 못 판다꼬 마트 쥔이 가져가라 캐서."

유통기한 임박한 막걸리를 플라스틱 밥공기에 따르더니 내게 건넨다. 배가 고팠는지 할매는 단숨에 벌컥벌컥 마셔버린다.

"내 이름은 순녀라예. 순하게 살라꼬 순녀라 지었다는데 글씨요. 팔자나 좀 순했으면 얼매나 좋겠노."

막걸리 한잔에 기운이 나는지 할매는 이야기를 풀어 놓는다.

글씨도 모르고 세상 돌아가는 것도 모르고 아무 재주도 없는 부모 밑에서 태어났다고 했다. 전쟁을 피해 빈손 들고 남쪽으로 온 피난민이었다. 폐허 위에서 삼 남매를 데리고 살아가기엔 할매의 부모는 너무 모자랐다. 어렸을 때부터 굶기를 밥 먹듯 하고 일곱 살을 넘기면서 남의 집 일을 다녔다.

"저녁을 물로 때우는 날에는 와 그래 잠이 안 오는지."

그때를 기억하듯 할매는 깊은 한숨을 쉰다. 맏이로 태어나 아버지의 술주정을 어머니와 함께 다 받아내던 유년이었다. 술주정에 매에 견디다 못한 어머니는 밤 기차를 탔고 어머니 대신 두 남동생을 돌봐야 하는 가장이 되었다. 갈수록 폭군이 된 아버지는 누군지도 모를 술꾼에게 맞아 죽었고 어린 순녀는 끝내 양은 양푼을 들고 동냥을 했다고 했다.

"동생들을 굶길 수는 없었지예. 눈을 까맣게 뜨고 나만 쳐다보는데 우째 굶깁니꺼."

그녀는 회한의 한숨으로 젖어오는 눈을 자꾸 손등으로 훔친다. 먼 친척의 권유로 열다섯 살에 마흔이 다 된 남자에게 후처로 들어갔다. 아들을 낳아주는 조건이었다. 동생들이 웬만큼 자랄 때까지 밥은 멕여 준다는 약속이었다.

"거기서 낳은 자식이 지금 우리 아들 아입니꺼. 팔자 기박한 년은 자식 복도 없는기라."

비슷비슷 한 그 시대의 애환은 우리 나리의 역사였다. 삶이 소설이었고 소설이 삶으로 이어지던 시대였다. 그러나 대체로 조금씩 변모하고 발전하는 살림이었을 텐데 할매의 팔자는 끝까지 이렇게도 곤궁한지, 뼈마디 마디가 아려오는 것 같은 이야기는 우리 시대 여인들의 서사였다. 그렇게 살아온 어미를 그깟 개새끼 하나 때문에 남의 집 지하로 고려장 해버리는 아들이 비단 할매의 아들뿐이겠는가.

"저 뒤에 빈터가 조금 있던데 거기 쪼께만 빌려 쓰면 안 되겠능교?"
딱히 쓸모도 없는 땅이라 그러라고 그랬던 건 부지런한 할매의 습관을 본 때문이었다. 이것저것 조금씩 챙겨주는 게 좋은 건지, 집주인이라 좋은 건지, 할매는 슬슬 계단을 올라오기 시작했다. 마당 가한 켠에 몇 고랑이지만 작은 텃밭이 있었다. 우리 식솔들 먹을 만큼의 푸성귀가 자라는 텃밭인 셈이다. 언제부터인가 할매는 내가 할 일을 자기가 해버린다. 얼마나 정갈하고 예쁘게 밭을 가꾸는지 상추가 꽃 같고 부추는 기름 바른 것 같았다. 1층과 지하가 서로 오갈 수 있는 쪽문을 열어주었더니 살금살금 나도 모르게 들어와서 마당도 쓸어놓고 마당을 반질반질하게 만들어 놓았다. 하지 말라고 몇 번을 말렸다. 꼬부랑 할매가 왜 이러냐고 화를 내봐도 할매는 자기가 좋아서 한다며 웃는다.

"죽으면 썩어질 몸땡이 아끼면 뭐 합니꺼. 나는 이기 운동인기라. 얼마나 좋노. 흙도 만지고 풀도 만지고."

커피 내오면 맛나게 마시고 밥 한술 된장 한 숟갈 내와서 상추 뜯어서 같이 밥 먹고. 우린 그렇게 식구처럼 여름을 보내고 가을을 맞았다. 그 시간 동안 나는 토막토막 들려준 할매의 이야기에 울기도 하고 그녀의 경상도 사투리에 웃기도 했다. 소나기 한줄기 지나가고 나면 마당 가 향나무 밑에 내놓은 의자에 앉아 소나기 같은 한 단락을 풀어놓고 봉숭아꽃 따서 내 손톱에 싸매주며 또 다른 색의 한 단락을 풀어놓았다. 최면에 걸린 사람처럼 나는 할매의 이야기에 빠져서 TV 틀어놓고 자던 낮잠 버릇도 없어졌다. 텃밭의 푸성귀도 자라지 못하고 봉숭아 꽃대도 죽어가는 여름의 마지막쯤이었다. 그런 할매기에 무심하게 허락했던 내 실수로 아들에게 한 소리 듣게 생겼다.

"쪼매만 참아주소. 금방 치우께요. 조기 산밑에 사는 할배가 자기 밭 옆에 갖다 놓으라고 그랬심더. 며칠만 기다려 주소. 미안심더."

할매는 큰 죄라도 지은 것처럼 자꾸만 참아달라고 고개를 숙였다.
앞니 빠진 할매의 입과 땅에 붙을 만큼 휘어버린 허리와 며느리의 굽 높은 하이힐과 정내미 떨어지는 할매 아들과 그 모든 것들이 동영상이 되어 지나간다. 내가 만약 저 할매의 입장이었으면 어떻게 살았을까. 쇠고기는 아니라도 흔하디흔한 돼지고기 앞 다리 살 한 점 밥상 위에 올려 먹을 수 없었다고 했다. 언감생심 맛으로 음식을 먹을 수 있는 호사는 누려본 일이 없다고 했다. 오직 살기 위해서 배가 고파서 짠지 하나만 있어도 한 끼를 해결했던 삶이라 했다. 어렸을 때부터 지금까지 할매의 삶은 변함없는 가난의 연속이었다. 결혼 후 식당으로 아르바이트 다니면서 먹었던 그 음식들이 할매는 임금님 수라상 같았다고 했다.

"하기사 이렇게 쪼매한 몸에 무얼 걸친다 캐도 뽄때가 나겠능교. 그래도 촌에 살다가 도시로 나오니께 입던 옷일망정 싸게 파는 점방이 있드라카이. 얼매나 고맙던지."

삶의 이야기를 풀어놓던 할매의 단추만 한 눈에 그때는 생기가 돌고 있었다. 구제 가게가 있어서 고맙다고 했다. 이삼 천 원이면 이쁜 셔츠 하나 사 입을 수 있는 게 너무 감사하다고 했다. 철마다 한 보따리씩 헌 옷 수거함에 버리는 나의 윤택함을 어디다 숨기고 싶었다. 할매의 감사함은 모든 것에 해당이 되었다. 나라에서 주는 노령연금은 할매의 구세주였다. 전기세, 물세, 약값 등등을 나라가 할매 대신 내준다는 것이다.

"내가 뭐라꼬 나라가 돈을 주능교. 얼매나 고마운동, 대한민국 만세라요."

"아들은 노가다 하는데 방세 물기도 힘든다고 합디다. 며느리는 식당 다니는데 벌어서 어따 다 쓰는지 맨날 징징 짠다 아입니꺼. 내가 쪼매 벌어서 병원도 댕기고 할라꼬 박스 줍는기라."

"내사 마 묵으면 묵고. 한 끼 굶는다고 죽기야 할라꼬. 아이고 그래그래 삽니더. 그래도 맴씨 좋은 주인 할마시 덕에 요새는 목구멍이 호강 한다카이. 고맙구마. 이 은혜는 다음 생에 꼭 갚을끼라."

내 손을 잡고 그 작은 눈을 맞추며 말하는 할매는 뚝뚝 진심이 흘렀다. 상추가 잘 자라도 그게 고맙다고 했고 때맞춰 비라도 내리면 '푸성귀 잘 크겠네. 아이고 하나님 고맙심더.' 후텁한 날에 잠시 시원한 바람 지나가면 '고맙기도' 하며 땀을 훔친다. 매사가 고맙고 감사하다는 할매였다. '범사에 감사하라'는 하나님 말씀에 안성맞춤인 할맨데 위대한 신께서는 왜 저리도 고달픈 시험에 들게 하셨을까. 신은 죽었다는 어느 책 제목이 떠오른다. 박스를 주우면서도 감사하다는 저 할매를 어쩌자고 아무도 없는 단칸 지하 방에서 그 무서운 코로나로 죽게 놔두었는지 골목 끝 천주교의 종탑마저 보기가 싫어졌다.

"할머니 우리 강아지 입양 보냈어요. 박스 할매 이야기도 너무 가슴 아프고 우리 시어머니도 개새끼 때문에 아이가 안 들어선다고 하시구요. 이런저런 생각 끝에 보내 버렸어요. 처음엔 마구 슬펐는데 시간이 지나니까 괜찮아지네요. 친정엄마도 편찮으신데 이젠 자주 가서 돌봐드릴 거예요. 강아지가 없으니까 남는 게 시간이네요."

"그동안 우리 강아지에게 쓰던 돈 우리 엄마 병원비 보태드렸으면 얼마나 좋아하셨을까요? 할머니 저 참 잘했죠?"

옆집 새댁이 이사 온 이후 가장 이뻤을 때가 오늘이었다.

오늘 아침 TV 화면엔 애완견들의 스킬이 화려했다. 턱시도를 입은, 원피스를 입은, 한껏 치장한 애완견들의 재롱잔치가 한창이었다. 애완 카페에서 고가의 간식으로 이쁨받고 있는 동물들의 인기는 웬만한 드라마보다 더 시청률이 잘 나온다고 했다. 눈살 찌푸리다가 TV를 끄려는데 광고가 나왔다. 언제나 아름다운 오래전 여배우가 아프리카의 아이를 안고 있는 그림이었다. 영양실조에 걸려 죽어가는 아이를 위해 모금 운동을 하고 있었다. 단돈 이천 원이면 그 아이들의 병원비와 밥과 물을 살 수 있다면서 간절한 도움을 기다린다고 했다. 그 아이들을 살리는 데 이천 원의 통화료를 도와 달라고 했다. 이천 원이 한목숨을 살린다고 한다. 내 딸년의 강아지 양육비는 얼마나 들었을까. 애완견 카페에서 먹고 마시는 간식값은 또 얼마일까. 아이를 낳지 않고 애완동물을 새끼 삼아 그들에게 위로받으며 사는 젊은이들은 미래가 있을까. 옆을 보지 않고 뒤를 돌아보지도 않고 오직 자신만을 위해 사는 에고이즘이 만연하다. 전화를 걸었다. 이천 원을 보태주려고. 나의 이 마음이 작심삼일이 되지 않도록 바라면서.

"아이고 이뻐라. 어머니랑 친정엄마가 얼마나 이뻐하실까. 잘했네 잘했어."

옆집 새댁을 안아주려고 다가가니 새댁은 마구 웃으면서 저만큼 내뺀다. 오늘 아침 하늘은 유난히 높고 푸르렀다. 가을도 어지간히 깊었다. 담장 위까지 감나무 잎이 수북수북 쌓여 있다. 박스 할매가 가고 난 뒤부터 나는 웬만한 것에는 쎈치하지 않았다. 그녀의 삶과 나의 삶을 비교하며 '복되도다, 복되도다'를 늘 입에 달고 살기 때문이다. 요즘 내가 대문 앞 의자에 앉아 있으면 강아지 산책시키려고 지나가는 사람들이 나를 피해 가는 걸 느낀다. 그들에겐 내가 〈라떼는〉 할매로 불린다고 누가 말했다.

'옛날에는 말이야' 하고 시작하는 이야기가 고리타분하고 진부한 이야기뿐이니 그럴 수밖에, 그러나 난 그러한 이야기들을 멈추지 않는다. 하다못해 동네 꼬마들을 앞에 놓고도 이야기한다.

"관절 수술해서 걷지도 못하는 어머니는 목욕도 손수 시켜주지 않으면서 애완견은 비만이라고 매일 산책시키고 목욕시키는 게 옳은 일일까요?"

"치매에 걸린 어머니는 기저귀도 한 번 갈아주지 않으면서 애완견은 대변 주머니를 들고 따라다니는 저 아줌마는 착한 사람일까요?"

"아니요, 나쁜 사람이에요, 할머니."

"근데요, 할머니, 저 사람 우리 엄만데요."

그렇게 나는 동네 사람들에게 밉상이 되어있었고 꼰대 할매가 되어버렸다.

아이들 손을 잡고 다녀야 할 젊은 여인들 손엔 애완견 목줄이 걸려있고 아이들이 뛰어놀아야 할 공원은 애완견 운동장이 되어버렸다. 아기들의 울음소리가 들려야 할 동네에는 개새끼들 짖는 소리만 컹컹 울린다. 이러다가 인간이 로봇에게 지배당하는 영화처럼 우리도 애완동물에게 지배당하는 현실이 오지 않을지 모르겠다. 그러기에 나는 욕을 먹든지 말든지 아이들을 앞에 놓고라도 잔소리를 하고 있다.

해프닝 같은 매일을 살면서 나는 박스 할매를 생각한다. A4 폐지 한 묶음에도 머리가 땅에 닿도록 감사하던 그녀를, 작은 수레가 그녀인지 그녀가 수레인지 전생에 한 몸 같던 그녀를, 자식에게 쫓겨난 그 마음을, 죽을 줄 알면서 방문을 걸어 버린 그녀를, 개보다 헐값이라고 자조의 웃음을 웃던 그녀를, 감사하고 감사하다는 천성이 착한 박스 할매를 기억하고 또 기억한다. 그리고 나는 모든 것에 감사한 그 마음을 배우며 산다. 복되고 복된 내 삶을 겨워하며 노을 앞에서도 슬프지 않게 산다. 그녀가 간 후 나는 아들의 허락을 받고 대문에 셋방 놓는다고 크게 써 붙였다. 물론 며느님도 오케이였다.

〈월세 놓습니다. 애완견 견주는 사절입니다.〉

10 버즘나무 댁

"뜨겁다, 빨리 나온나, 집에 가자."
1200도의 불 속으로 그를 밀어 넣었다.

컴컴한 수렁 같은 화구 속을 들여다보며 목이 터지도록 그를 불렀다. 영혼도 불에 타는지 그렇게 혼을 불러내야 한다고 화장장의 늙은 인부가 일러 주었다. 넉넉하게 얹어준 저승길의 용돈으로 기분이 좋은지 화장장의 인부는 실실 웃고 있었다. 내 속에서도 1200도의 불길이 솟고 있었다. 마스크를 벗어 던져 버렸다. 이 부당한 죽음 앞에서 살겠다고 마스크를 끼고 있는 내 모습이 너무 숨이 막혔다. 누가 풀무질을 하는지 울화가 불길처럼 일어난다. 그녀를 보내는 여름날은 태풍 마이삭이 미친 듯 북상하고 있었다.

죽을힘을 다해 버티고 있던 나무가 쓰러졌다. 한차례 분탕질을 치다가 시침을 뚝 떼고 있던 바람이 목쉰 휘파람을 불며 내려꽂힌다. 금방이라도 와락와락 달려들어서 남김없이 부숴버릴 것 같은 분노는 폭발하듯 휘몰아친다. 세상의 마지막처럼 불어대는 바람 앞에 쓰러진 나무 한 그루는 우리 집 앞 도로에 서 있는 흔한 가로수 버즘나무였다. 밤새 태풍과 싸우면서 명줄을 잡고 있던 나무는 결국 쓰러지고 말았다. 허연 뿌리를 하늘로 솟으며 누워있는 버즘나무의 모습에서 나는 그녀의 모습을 보았다. 죽지 않으려고 아직은 죽을 때가 아니라고 얼마나 애원하고 바들바들 떨었을까. 어느 죽음인들 당연한 죽음은 있을 수 없겠지만 그녀의 죽음만큼은 왜 그리 부당하고 억울한지, 이승과 저승의 사이를 그녀 혼자 견디고 있었을 시간이 너무도 애처로웠다.

그녀는 버즘나무의 얼룩같이 얼굴과 온몸에 얼 옷을 달고 있었다. 얼룩얼룩한 하얀 반점이 버즘나무 같다고 남편이 붙여준 별명이 택호가 되어버렸다. 한길의 가로수로 서 있는 일명 플라타너스라는 나무의 모습과 그녀의 얼굴은 너무 흡사하다. 그녀의 전신에 분포되어 있는 얼 옷은 의학적으로는 곰팡이로 알려져 있다. 그러나 그녀는 병원 한 번 가보지 못하고 평생을 얼 옷을 달고 살았다. 버즘나무의 얼룩덜룩한 껍질처럼 그녀의 모습도 얼룩덜룩하고 그녀의 삶도 버즘나무 껍질처럼 거칠거칠하다. 크림 한번 발라보지 못한 그녀의 척박한 얼굴처럼 그녀의 팔자도 참으로 척박했다.

세상에서 가장 못생긴 아이로 태어난 것도 모자라 얼 옷까지 주렁주렁 달려 있으니 여자의 모습이라고는 찾아볼 수가 없다. 흑인처럼 검은 피부에 입술은 툭 튀어나오고 머리까지 곱슬이라서 누구든지 외면하고 싶은 흉한 모습을 하고 있다. 얼마나 깊고 길면 바늘과 실 같아서 바느실 골짜기라고 불리는 산골에서 입하나 덜자고 먼 친척 집으로 보내진 게 열다섯 살이었다. 그 후 형제와 부모의 소식마저 단절되어 버리고 이어진 끈이라고는 우리 집뿐이었다. 태어난 이후부터 세상을 떠나던 그 순간까지 그녀는 한 번도 행복이란 것에 선택되어보지 못한 여자였다. 태어났으니 살아갈 수밖에 없는 지독한 그녀의 삶은 이번 생으로 끝나기를 빌어본다. 그녀는 나의 팔촌 언니였고 이름은 '늠이'였다.

"빨리 들어오이라, 안 들어 오고 머하노."

모시 적삼이 땀으로 젖은 아버지의 뒤에 조그마한 보따리를 움켜 안은 낯선 처녀가 서 있었다. 나는 용수철처럼 퉁기듯 일어나 공 구르듯이 뛰어나갔다.

"세상에 이럴 수가 옴마야."

"깜디 아이가, 기가 막히네."

"아부지 또 새 여자 들어오는거 맞지예?"

나의 서슬이 담을 넘어서고 엄마는 담 너머 먼 하늘만 보고 있었다.

"저리 비키라 고마, 니가 머를 안다꼬."

아버지는 요상하게 생겨 먹은 처녀를 데리고 뜨락으로 올라선다. 뭐가 그리 당당한지 큰소리마저 친다.

"물 한 사발 떠 온나 목말라 죽겠다."

마당의 좀이도 멀뚱멀뚱 쳐다보기만 할 뿐이다. 이 상황이 의아한지 그 처녀의 생김새가 짐승의 눈에도 이상한지 고개를 갸웃거린다. 댓돌 위에서 물 한 사발을 단숨에 들이킨 아버지는 요상하게 생긴 처녀를 손짓한다.

"야야 여 와서 할매한테 인사드리라."

"어무이요 야가 영일에 사는 육촌 행님의 맏이 아입니꺼. 밥이나 멕여 달라고 부탁을 하길래 데불고 왔심더 우짜겠습니꺼."

할매는 담뱃대만 놋쇠 재떨이에 땅땅 떨고 엄마와 나는 쿵 하고 심장이 마당으로 떨어지는 소리를 듣는다.

"우리 아부지가 인자 미쳐 부렸구나, 우짤라고 저런 여자를~."

우는 게 웃는 것 같고 흑인 같은 피부에 입술마저 툭 튀어나와서 못생겼다 하기도 송구하리만큼 추한 모습이었다. 거기다 열다섯 살이라 하기는 너무도 조숙한 처녀였다. 우리는 아버지가 미쳐서 저런 아이까지 첩으로 데리고 왔다고 아연실색을 하고 있었다.

희대의 카사노바였던 아버지는 철 따라 여자를 바꿔가며 데리고 온다. 새로운 여자가 아버지의 허리춤을 잡고 들어오는 날이면 엄마는 분홍색 깃을 댄 명주이불을 하루 왼 종일 만들고 있고 할매는 '썩을 놈, 죽일 놈' 욕을 리듬 삼아 옥색 사기요강을 닦고 또 닦았다. 어둠사리가 슬금슬금 눈치 보듯 댓돌 위를 기어오르는 시간이면 문간방으로 엄마의 명주 이불과 할매의 요강이 들어가고 어린 나의 눈에도 꽃같이 예쁜 색시가 그 방으로 든다. 헛기침 뱉으며 슬그머니 아버지가 그 방으로 숨듯 들어가면 엄마는 소리 없이 대문을 빠져나와 뒷산으로 오른다. 어린 나를 끌어안고 밤이 이슥하도록 토해낸 엄마의 한숨은 몇 번쯤이었을까. 복사꽃 피던 봄밤의 처연했던 엄마의 모습은 아직도 내게 아픔으로 각인되어 있다. 문간방에 불이 꺼질 때까지, 종이가 아버지의 구두에 주둥이를 박고 잠들 때까지 엄마는 움직일 줄 모르는 망부석처럼 앉아 있었다. 그때부터 나는 엄마의 몸에서 담배 냄새가 짙어지는 것을 느끼고 있었다.

이해되지 않는 그 시절의 우리 집 풍경이다. 열 손가락을 꼽아도 모자랄 만큼 수많은 여자가 다녀갔다. 그러한 시절 그녀가 아버지의 여자가 아니라는 게 참 다행이긴 하나 그때부터 그녀와 내가 한방을 써야 한다는 사실 앞에 당혹스러웠다. 그녀가 내 옷을 세탁하고 내 도시락을 싸준다는 것은 너무도 끔찍했다. 너무도 못생긴 그녀의 외모는 불결하기까지 해서 벌레 보듯 했던 나의 오만을 오롯이 그녀가 겪어야 했던 시절이었다. 머슴과 할매와 일꾼들, 많은 식구를 건사해야 하는 엄마에게 그녀의 출현을 고마워해야 할 부분이라는 걸 모르고 있었다. 그 후 내가 그녀에게 가했던 표독과 심술들은 지금까지 많은 후회와 반성으로 남아 있는 부분이지만 그때 나는 열세 살 풋사과 같은 소녀였다고 변명을 해본다. 그녀의 웃음을 본 적이 있었던가 전혀 기억이 없다.

그녀를 만나러 가고 있다. 아니 좀 더 구체적으로 말하자면 그녀의 집으로 피접을 가고 있다고 해야 하는 게 맞다.

"늠이네 집으로 가거라 아~들 걱정은 잊어뿌고 한참 쉬다 보면 맴 정리가 되지 않겠나. 전화 넣어 놨응께 창지까지 깨끗하게 씻고 오이라."

엄마에게 등 떠밀려 여기까지 오면서 나는 과연 그녀의 얼굴을 볼 수 있을지 자신이 없었다. 내 상처에 피가 동이 동이 쏟아질 것 같아서 내 가슴만 싸매고 오느라 옆도 뒤도 돌아볼 여유가 없었다. 그것이 얼마나 오만한 이기였나를 그녀의 삶에 들어와서 알았다. 불혹의 중간지점에서 고만고만한 아이들 셋을 끌어안고 홀로서기를 해야 하는 중압감에 나는 철퍼덕 앉아 버렸다. 일어서야 할 지팡이 하나 없었다. 고만고만한 아이들 셋과 살아야 할 방법마저 모르는 불안을 안고 있었다. 생채기가 나도록 할퀴며 살았던 사람이라 하더라도 갑작스러운 사별 앞에 서버린 나의 당혹감은 무기력하고 대책이 없는 우울로 나를 끌고 갔다. 커튼을 무겁게 내리고 현실을 밀어내며 모든 것과의 단절을 원하던 지독한 우울 앞에 엄마의 처방은 나를 그녀에게로 보내는 것이었다. 그녀와 헤어진 지 몇 년 만인지도 모른다. 오랜 시간이 지나도록 나는 그녀에게 한 번도 안부를 물어보지 않았다. 잊어버린 그녀의 집으로 가는 유월의 하늘은 왜 그리도 푸르던지 눈을 뜰 수가 없었다.

친척 언니가 아닌 우리 집 식모였다. 한 번도 그녀에게 언니라고 불러주지 않았다. 나는 갑이었고 그녀는 철저한 을이었다. 집안의 자잘한 일들은 모두가 그녀의 차지였고 당연한 줄 알았다. 나는 공주였고 그녀는 나의 시녀라는 게 정해진 운명인 줄 알았다. 항상 윗목에서 동그랗게 몸을 말아 안고 잠들던 그녀였다. 숨 한번 크게 쉬는 걸 본 적이 없었다. 그녀의 눈은 항상 아래를 보고 있었다. 나는 한 번도 그녀에게 살갑게 대해 본 기억이 없다. 그녀의 추한 얼굴이 부끄러웠다. 그리고 우리 집 간장 단지 같은 그녀의 뚱뚱한 몸도 내 친구들에게 창피했다. 친척 언니라는 걸 누구에게도 부정하며 밥도 같이 안 먹고 쳐다보지도 않고 철저하게 무시하던 어린 날이었다. 그녀가 스무 살이 되던 해 엄마의 주선으로 시집을 갈 때까지 나는 그에게 군림하는 존재일 뿐이었다. '아니오'라는 말을 모르던 사람이다. '네' 하는 대답만 아는 사람이다. 그녀의 삶은 그렇게 길들여져 있었다. 우리 집 마당에 차려진 초례청에 선 그녀를 본 게 마지막이었다. 산 밭을 일구며 산다는 도둑놈같이 생긴 그녀의 신랑과 우리 집을 떠나간 후 나는 그녀를 잊고 살았고 내가 그에게 가했던 악행들도 잊어버렸다. 우리의 인연은 그게 끝인 줄 알았다. 그러나 가끔 그녀가 떠난 후 살강 위에 얹혀 있던 퇴색된 누런 가방이 눈에 밟혔다. 명료한 감정은 아니다. 그러나 그 자리에 있어야 할 무엇인가가 없어진 빈자리 같은 약간의 허전함이 아닐까 생각했다. 5년이란 동거가 무시할 세월은 아니라고 생각을 하지만 그때는 그게 무슨 마음이었는지 몰랐다. 가끔 한숨 묻은 엄마의 푸념 속에서 그녀의 일상이 비극으로 흘러나오긴 했지만 내겐 옛날이야기 한 자락쯤으로 치부되고 말았다.

중학교 2학년 봄이었다. 엄마와 그녀가 항상 모든 걸 챙겨주는 게 습관이 되었는지 그날도 도시락 챙기는 걸 잊고 등교를 했다. 그날 역시 그녀가 다림질해준 교복을 낚아채듯 입고 갔다. 오전 수업 끝난 직후였다. 도시락 때문에 걱정을 하고 있을 때였다. 교실 문을 드르륵 열고 도시락을 든 그녀가 들어서고 있었다. 나는 어디론가 숨어버리고 싶었다. 쭈뼛쭈뼛 나를 향해 오는 그녀를 확 밀어버리고 교실 밖으로 도망을 쳤다. 얌전하게 나의 책상 위에 도시락을 두고 돌아가는 그녀를 숨어서 바라보며 나는 울고 있었다. 왜 그리 창피하고 부끄러웠을까. 우리 집 식모라는 소리를 수십 번도 더 하고 절대로 나의 친척이 아니라는 걸 수도 없이 말을 했다. 그러나 친구들은 다 알고 있다는 듯 실실 웃고만 있었다. 그날 끝까지 그 도시락을 먹지도 않고 가져와서 그녀 앞에 집어 던져 버렸다. 고픈 배를 참아가며 무슨 오기였을까. 그때의 표독을 나는 지금도 기억한다. 그녀에게 한마디 사죄도 없이 오랜 공백을 넘어 나는 어떻게 그녀의 삶 속으로 올 수 있었을까.

"어서 온나, 덥제?"

덥석 손을 잡지도 않는다. 역시 웃지도 않는다. 어느 월세방 싸구려 벽지 같은 포플린 몸빼바지를 입고 우는 듯 웃는 듯 찡그리고 서 있다. 나 역시 눈을 마주할 수 없어 하늘만 보고 섰다. 그녀의 옷에서 쉰 술빵 냄새가 나고 있었다. 이곳까지 온 나를 후회하긴 늦었다. 나를 내려놓은 버스는 천식 기침 뱉어내듯 털털거리며 황토 먼지 속으로 떠나고 이미 그녀가 내 가방을 들고 산비탈을 오르고 있었다.

잠시 다시 돌아갈 수 없는 암담함이 산 그림자처럼 나를 짓눌렀다. 말없이 따라 오르는 나를 기다려 주는 듯 섰다가 다시 걷는다. 슬쩍 쳐다본 그녀의 얼굴은 옛날보다 더 심한 얼 옷이 피어 있었다. 푸른 수트를 입은 것 같은 유월의 산은 런웨이를 걷는 모델 같다. 뽕나무 밭에는 여인네의 젖꼭지 같은 검은 오디가 가지가 휠 듯이 달려 있고 그들의 산 밭은 기름을 부은 듯 윤기가 나게 가꾸어져 있었다.

분통만 한 방이었다. 내가 온다고 준비를 했는지 새로 산 것 같은 조그마한 경대 하나가 윗목에 놓여 있고 남자가 만들었을 것 같은 나무 책상 하나가 세간의 전부였다. 살강 위에는 올이 굵은 삼베 이불이 얹혀 있고 기름 먹인 것 같은 오래된 돗자리가 깔려있었다. 정갈 하다는 생각이 먼저 들었다. 그녀의 냄새와는 또 다른 냄새가 났다. 산이 주는 냄새일 수도 있겠지만 그녀의 마음이 주는 정갈함 같아서 조금 낯설었다. 먼 옛날 잠들어 있는 그녀를 벽 쪽으로 밀어붙이며 멀리 떨어지라고 소리 지르던 어린 나를 회상하며 세차게 도리질을 했다. 내 방에서 밤새 뒤척거리며 편안한 잠을 자지 못했을 것을 왜 이제야 생각하게 되는 것일까. 공주병에 걸려 자기를 학대했던 계집애의 불행이 고소하지 않을까. 그녀와 나의 어린 날을 생각하며 싱그러운 유월의 산 밭에서 나는 또 우울의 늪으로 빠졌다.

"쪼매 쉬고 있거라."

나지막한 말 한마디 남겨놓고 산 밭으로 종종걸음 걷는 그의 등 뒤에서 유월의 산바람 한줄기가 살랑이며 들어왔다. 정갈한 삼베 이

불에 어깨를 감아 안고 비스듬히 기대앉아 스르르 잠속으로 빠져들었던 것은 뻐꾸기의 긴 울음 때문이었을까. 아니면 흙내가 폴폴 날아다니는 조그마한 토방이 초라한 나를 숨기기에 맞춤이어서 그런건지, 내 상처의 진액이 마르는 소리를 듣는 것 같았다. 한 번도 언니라 불러주지 않았던 그의 삶 속에 들어와서 이렇게 달콤한 오수에 빠질 수 있다는 게 믿기지 않았지만 충분한 산소를 마신 것처럼 마음이 개운해지고 있었다.

"고마 일어나라, 밥 묵자."

열다섯 살 속의 그녀가 아닌 너무도 더 늙어 버린 중년의 산골 여인이 나를 깨우고 있었다. 산 밭에 걸음의 간격이 느린 초여름 저녁이 내려앉아 있었다. 뭘까 지금의 이 편안함은, 이렇게 편해도 되는지 잠을 깨우는 그녀의 손길이 고향 같았다. 어쩌면 나의 기억 속에 그의 온기가 저장되어 있었을까. 밤눈 어두운 사람처럼 더듬거리며 나서는 데 한 무더기의 짙푸른 향기가 와락 가슴에 달려든다.

"오니라고 욕봤소."

화가 잔뜩 난 것 같은 그녀의 남편을 저녁상과 함께 만났다. 오가피 순, 가죽나물, 각종 산나물과 막걸리 한 주전자가 양은 상 위에 올려져 있었다. 형부가 되는 사람이 떫은 감 씹은 얼굴로 왜 왔느냐는 눈빛을 보내고 있었다. 대패질도 안 된 송판 몇 장으로 얼기설기 엮어놓은 마루에 앉으라는 인사도 없이 벌컥벌컥 막걸리를 마시고 있는 그녀의 남편과 차마 저녁상을 마주할 자신이 없어 밥 생각 없다고 토방으로 건너왔다. 가시처럼 찌르는 눈빛이 등 뒤를 따라오고 있었다. 가끔 흘려들었던 그녀의 일상이 그제야 기억나기 시작했다.

"팔자 도망은 못 한다 카드마는. 도적놈, 썩어 뒈질 놈, 그리도 두들겨 팬다 카더라. 우째 살겠노, 불쌍한 늠이를 우짜모 좋겠노, 다 부 데불고 올수도 없고, 에이그 쯧쯧."

당장 내일 아침에 첫 버스로 돌아가리라. 불도 켜지 않고 우두커니 앉아 어쩌면 처음으로 그녀의 삶 속을 들여다보고 있었다. 나보다 더 아픈 것 같은 그녀의 삶과 만나고 있었다. 버거운 내 삶 위에 더 무거운 그녀의 삶까지 다가왔다. 작은 쟁반 위에 나물 한 접시와 밥 한 그릇을 들고 조금 이슥한 시간에 그가 토방을 들어섰다.

알전구 불빛에 서로의 시선이 거북해서 눈길을 피하면서 마주 앉았다.

"니는 늙지도 않았구마. 고등학생 가시나 같다 아이가."

얼굴을 피하면서 웃는지 우는지 특유의 표정으로 말을 건넨다.

"씰데없는 소리 고마해라."

마음과는 달리 툭 던지는 내 말에 미안한 듯 나 역시 고개를 숙였다.

잊었던 냄새가 훅 전해진다. 땀 냄새와 반찬 냄새와 빨랫비누 냄새 그리고 흙냄새까지 그 모든 것들이 웅집되어 있는 시큼털털한 냄새를 그리도 싫어하던 나의 어린 날이었는데 마주 앉은 나에게로 폴폴 스며드는 그 냄새가 어쩌면 친숙한 느낌이었다. 오류였던 나의 지난 삶이 많은 걸 깨우쳐 주었는지 어느새 나는 그녀의 삶을 연민으로 바라보고 있었다. 감정과 상관없이 나의 허기는 밥 한 대접을 다 비워냈다. 얼마 만에 가져보는 포만감일까. 건너가지 않고 미적거리는 그녀와 무슨 말이든 해야 하는데 오랜 세월의 빈 공간을 어디부터 열어야 할지 애꿎은 손톱만 뜯고 있었다.

"막걸리 한 병 없나? 아까 그 사람 마시는 것 같던데."

깊은 산골이라 아직 취나물이 여리다며 새파랗게 금방 데친 나물 한 접시와 막걸리 두 병을 들고 들어선다. 몇 잔의 막걸리가 침묵 속에서 비워졌다. 쟁반을 마주하고 앉아 마음을 조금씩 게워내기 시작할 때 달빛은 어찌 그리도 곱던지, 사르르 마음이 달빛에 씻기고 있었다. 누에는 석 잠이나 잔다는데 사람인 나는 반 잠도 자본 적이 없다며, 가슴에 돌덩이 같은 게 너무 많아서 죽으면 부처님 사리 같은 게 나올지도 모르겠다고 그녀는 가슴을 쳤다. 학부모들 부를 때도 절대로 학교에 못 오게 하고 졸업식 때도 어미가 오면 죽어버리겠다고 하는 자식들이라며 내 새끼가 아니라고 도리질을 했다. 열다섯 나이에 너희 집으로 식모살이 갈 때 네가 아무리 날 미워해도 네가 너무 예뻐서 밉지가 않더라 했다. 다시 환생하면 너처럼 예쁘게 태어나는 게 소원이라고 웃던 그녀였다. 나는 그날 밤 그녀를 끌어안고 미안하다고 백번쯤 빌었던 것 같다. 그날 밤 막걸리 몇 잔에 그와 내가 풀어낸 회한으로 산도 잠을 설쳤으리라 생각된다. 그녀와 나의 암묵적이던 오랜 세월의 침묵이 스르르 풀어져 버렸다.

쨍그렁 쾅쾅!

"썩어 뒤질 년 엊저녁에 내 적삼 데리 놓으라꼬 캣나 안캤나. 귓구녕에 쇠 말뚝을 처박았나. 넘이 말할 때는 귓구녕을 영천 장에 보냈

나. 첫차 놓치모 니년이 걸어서 읍내꺼정 같다 올끼가?"

쇠스랑을 집어던지며 거품을 물고 욕을 하고 있는데도 정지문을 붙들고 선 그녀는 하늘만 보고 섰다. 낯설긴 하지만 자기의 처제가 되는 사람이 손님으로 와 있는데도 연신 칠 듯이 설쳐댄다. 외면하고 뽕밭 둔 턱으로 내려섰다. 산 허리춤에서 안개가 아직도 잠을 자고 있는지 자욱한 회색의 아침이었다. 그놈의 인간은 아직도 패악질을 멈추지 않는다.

"낯짝에는 버짐이 주렁주렁 붙어서 입인지 똥구녕인지 분간이 안 되는 년, 저런 년이 사람이라고 입 구멍에 밥숟가락 처넣는지, 말귀도 못 알아듣는 저런 년을 귀신도 무심하제 와 안 잡아가노."

숯불이 내 속처럼 이글거리는 다리미를 쥐고 대꾸 한마디 없이 적삼을 다림질하는 그녀를 보며 이곳으로 나를 보낸 엄마를 원망하고 있었다. 패악질하는 남자의 등짝을 후려치고 싶은 울분을 다스리는 데 익숙한 광경이 내 머리에 포개어지며 나락으로 떨어진다. 지금은 가고 없는 내 남편이었던 사람의 모습과 무엇이 다를까. 가슴을 치며 내 삶을 물어내라고 악착을 떨던 나의 모습과 수행하듯 다림질을 하는 그의 마음이 무엇이 다를까 그녀의 기막힌 삶을 만나라고 엄마는 나를 이곳으로 보낸 것일까. 어쩌면 이 모든 것들이 그녀와 나의 인연이 처음 시작되었던 그곳에서 예비된 것은 아닐까 생각했다. 우리들의 이 고통이 내 아버지의 지독한 이기의 꼭짓점에서 시작된 것 같은 생각으로 아침의 안개가 내 머리까지 스멀거렸다. 엄마가 반대했던 그녀의 결혼이었다. 옥답도 아닌 산 밭 몇 떼기 부쳐 먹고 사는 사람이라 반대를 했다고, 더구나 심성도 고와 보이지 않는 사람이라서 반대를 했으나 아버지의 호령에 어쩔 수가 없었다고 늘 후회하고 있었다.

"지지리도 못생긴 지집아를 누가 데불고 갈끼고. 데불고 갈 놈 있을 때 보내야제. 시집도 못가 본 처녀 구신 만들랑가."
 아버지의 말은 곧 우리 집의 법이었던 시절이었다. 열아홉의 꽃이 하르르 지던 날, 나의 오류도 시작되었다. 아버지의 완고한 이기로 대학교를 포기하며 내 삶도 포기했는지도 모르겠다. 문학을 하겠다고 바락바락 아버지를 기어오르던 내게 아버진 하나뿐인 외동딸을 밀어내며 내 인생을 아버지의 생각에 포인트를 맞추고 있었다.
 "문학은 무신~ 가시나가 공부 많이하모 팔자가 사나워 못씬다. 조신하게 바느질이나 배우다가 시집 가야제. 씰데 없이 공부는 무신 놈에 공부 쯧쯧."
 당신은 처첩을 둘씩 셋씩 거느리며 그 시대에 턴테이블에 흘러나오는 음악을 들으며 사는 신식 사람이었다. 여자는 공부를 많이 하면 팔자가 사납다는 아버지의 사고는 흔들릴 수 없는 고착된 생각이었다. 나의 어떠한 반항도 엄마의 간곡한 애원과 부탁도 아버지를 꺾을 수가 없었다. 시대를 원망하는 건 나중의 일이었다. 어쩔 수 없는 나의 팔자가 그때 아버지의 이기로 예비되지 않았나 싶다. 그녀와 나는 동병상련의 아픔을 느끼며 그날 아침 우린 어색했던 침묵에서 나올 수 있었다.

"손바닥만 한 화전을 이만큼 금싸라기 밭으로 맹글어 논 게 뉘긴데 저 혼자 잘나서 그란 줄 아는 인간이다. 지나 내나 글 한 자 모르는 거는 마찬가진데 눈곱만큼도 잘난기 없음시록 욕질에 매질에 새끼들도 지 에미 무시하는 건 딱 지 애비 닮았더라. 그란들 우짜겠노 내가 워디 갈데가 있어야제. 이 꼬라지를 하고는 어디가서 식모살이도 못한다 아이가. 우짤 수 없이 참고 참고 살아야제. 목심이 웬수구마."

막걸리 한잔에 생전 처음으로 속내를 울컥울컥 토해내던 그녀였다.

"신발 벗고 도망 댕기도 팔자 도망은 못 한다 카더라. 그란데 늦었지마는 그 팔자 도망을 한 번만 해 보고 죽으모 한이 없겠구마."

"내 같은 것도 사는데 맴 단단이 묵고 얼릉 몸을 추스리라. 아이들 때문에라도 일어나야 안되것나. 정신 채리라. 그리 이쁘고 똑똑하던 니가 팔자가 와 이렇노."

훌쩍거리며 내 손을 잡던 그녀의 치마폭에 그만 엎어지고 말던 그날 밤, 물먹은 솜 같던 내 마음이 가벼워 지고 있었다. 삶을 팽개치고 싶던 그 시간에 그곳은 분명 내게 커다란 동아줄 같은 희망이었다.

그녀의 남편 패악질이 있던 그 후 산 밭의 토방에서 거의 한 달을 머물렀다. 밥 먹듯 부리는 남자의 욕질은 모른 척 외면했다. 그녀가 해주는 나물밥과 세심한 배려의 손길과 산이 주는 안락함 속에 묻혀 조금씩 생의 촉수가 자라고 있음을 느낄 수 있었다. 시장기처럼 내 삶이 고파오고 아이들이 밟혀올 때, 가방을 챙기는 내 등을 가만히 쓸어주는 그녀, 상상도 하지 못할 그녀와 나의 관계가 이루어지고 있었다. 터닝 포인트가 되었던 산 밭의 그 후, 나는 그녀를 언니라 불렀고 오랜 세월까지 나는 그녀의 동생으로 그녀는 나의 언니로 의지하며 위로하며 살고 있었다. 항상 바빠서 사는 게 폭폭해서 전화마저 소홀한 내게 감자며 옥수수며 산에서 나온 제일 좋은 것들을 한 아름씩 보내오는 엄마 같은 그녀였다. 아프면 오라고, 언제든지 와서 쉬어가라고 다독이는 나의 엄마였다. 사건이 일어난 그 날까지 아프면 아픈 데로 참으며 견디며 우린 그렇게 살고 있었다.

"그 사람 거 안 갔능교.?"
이제는 매질할 힘도 없다는 다 늙어버린 형부의 전화가 이른 새벽을 두드렸다. 갈 곳은 우리 집뿐인데 대체 어디 갔을까. 행방을 알 수 없었다. 손전화기도 꺼져있고 집 나간 지 사흘이라고 했다. 버즘나무 같은 그 얼굴로 집을 나선다는 건 대단한 용기가 필요한 언니였다. 1년에 한 번쯤 우리 차를 타고 우리 집을 다녀가는 것 외엔 서울 구경 한 번마저 손사래를 치던 언니였다. 산 밭과 집 외엔 언니의 삶과 연관되는 곳이 전혀 없었다. 늙어도 성질은 못 버리는지 형부는 전화기가 들썩거릴 정도로 고함을 질러댄다.
"은행 갈 줄도 모리는데 돈 찾아갔다고 카더라. 이년이 뒈질라꼬 노망이 났나? 적금도 찾고 아래 밭 팔아 둔 것도 내 도장 갖고 가서 찾아가고 도대체 이기 무신 일이고. 빨리 좀 내리오소. 나는 해결 할 수가 없다아이가. 새끼들은 아직 모른다. 알모 난리가 뒤집어질끼다.

자식들 알기 전에 얼릉 찾아야 할낀데."

　은행 업무는 언니의 능력 밖이라는 걸 우리는 다 알고 있다. 3자의 개입 없이는 절대 불가능한 일이 일어났다. 칠십 후반의 언니에게 대체 무슨 일이 일어난 건지 마음이 먼저 달려가고 있었다. 세균전이 태풍처럼 휩쓸고 있는 팬데믹 시대에 어떠한 바람이 휘몰아칠지 두려운 걸음이었다.

　몸뻬바지를 입고 기다려야 할 언니 대신 북유럽풍 호텔 앞에 몇십 년 더 늙어 버린 것 같은 형부가 서 있었다. 세상의 멋진 도시를 옮겨 놓은 것 같은 비탈이 아직도 낯설었다. 바람 나다니는 길목에 차들이 바람처럼 다니고 샹송이라도 흘러나올 것 같은 레스토랑이 언니의 산 밭을 침식하고 있었다. 덕분에 부자가 되어버린 형부와 두 아들은 어깨가 올라가고 읍내 네온이 화려한 술집에서 사장님의 대우를 받는다고 가끔 언니의 걱정 같은 푸념이 있었다. 노을을 등지고 호텔로 들어서는 남자와 여자를 쳐다보며 늙은 형부는 부러운 눈빛을 흘리고 있었다.

　"집에 올라갈 것도 없고 따라오소."

　양복 입고 짚신 신은 것처럼 우스꽝스러운 모습으로 카페를 들어선다. 언제부터 친해졌는지 주인인지 종업원인지 젊은 여인의 호들갑스러운 환대를 받으며, 내 집처럼 편안하게 커피를 시킨다.

　"라떼지 뭔지 그거 두잔 주소."

　내 입맛은 물어보지도 않고 일방통행이다. 막걸리만 마시던 입으로 라떼를 후후 불어가며 마시는 형부의 거들먹거림이 그간의 상황을 말해주었다.

"양복 입은 사람들이 가끔 집에 다녀가는 걸 봤다 카드마는, 나는 그것밖에 모른다. 책임지고 찾아주소. 바람 넣을 사람은 처제 밖에 없는기라. 이 인간이 누구를 믿고 이런 짓을 하겠능교. 뻔할 뻔자 아이가. 언니야 찾든지 말든지 내 돈만 돌리주라카소."

"삼사일 된 사람을 실종신고를 하는 건 좀 그렇고 하루 이틀 더 기다려보소. 아지매가 화가 나서 가출했는지도 모른다 아닙니꺼. 영감님하고 쌈하고 나갔는갑네."

실종신고 하러 간 사람의 절박한 심정도 모르는 듯 시골 경찰의 안일하고 판에 박힌 말을 듣고 화가 났으나 며칠 더 기다려보자고 겨우 달래 놓았다.

산은 어둠에 들지도 않았는데 별빛보다 더 반짝이는 불빛들로 산이 꽃처럼 피던 어느 날이었다. 도시가 되어버린 산비탈에서 왜 아직도 몸뻬바지를 벗지 못하냐고 눈을 흘기는 내게 내 주제에 이것도 과하다며 같이 눈을 흘기던 언니였다. 언제부터 와 있었는지 읍내 사는 큰아들놈이 나를 보고도 인사 한마디 없이 못 볼 걸 본 것처럼 가래를 캭 하고 뱉으며 산 아래로 내뺀다. 기름지던 산 밭은 분명 아니었다. 농사를 작파한 아들놈과 남편은 밭농사를 팽개치고 번갈아가며 읍내를 드나들고 있다고 아들놈 뒤에서 힘없는 주먹질을 하고 있었다. 아마 언니는 아무도 모르게 그때부터 준비하였을까. 그러나 언니는 하마 팔십을 바라보는 노인이었다.

음성 메시지를 수도 없이 남겼다. 살아있으면 들을 수 있을 것이고 나에게까지 숨을 이유는 없다고 생각했다. 그런데 언젠가 내게 한 말을 생각하며 뭔가 약간의 실마리가 풀어지는 것 같았다.

"언젠가는 갚아 줄끼다. 냄편이고 자식이고 다 원수 같은기라."

맞아서 갈비뼈가 두 대 부러졌다고 압박 붕대를 칭칭 감고 있는 언니를 우리 집으로 데려오던 날이었다. 갚아 준다는 그 말의 진실은 지금 언니가 실행하고 있는 이 방법이라는 것을 짐작하게 된다. 어쩌면 언니의 이해 못 할 지금의 행보는 갚아 줘야 한다는 그때가 아닐까. 약간의 안도마저 느끼고 있었다. 그러나 나는 그 이후 언니의 얼굴을 한 번도 볼 수가 없었다. 산 밭에서 키운 배추라서 달다고 겨울 김장을 차에 실어주던 작년 가을, 손을 흔들고 섰던 노을 속 모습이 마지막 기억으로 저장되어 있다. 1200도의 화구 속으로 언니를 밀어 넣으며 끓어 오르던 울화를 삼키던 그 날까지 이별의 연습도 없었는데 언니는 그렇게 갔다.

언니가 보낸 장문의 편지가 도착한 날은 코로나 19가 전국을 강타하고 있는 여름이었다. 누가 대필을 했는지 A4용지 두 장의 분량으로 그동안의 과정과 지금의 상황과 앞으로 어떻게 할 것인지에 대하여 소상하고 담담하게 적혀 있었다. 대필한 사람의 성격이 보일 정도로 언니의 심적 묘사가 세밀하게 표현되어 있었다. 언니의 편지를 쥐고도 언니를 만나러 갈 수 없는 상황이었다. 발신지의 우체국 소인을 보고 찾아간다는 것도 그렇지만 그 도시는 코로나 19의 잠식으로 거의 고립되어 있었다. TV에서 연일 그 도시의 상황을 대서특필하고 있었다. 전국이 세균전이란 거대한 회오리바람 앞에 대문의 빗장을 걸고 마스크를 낀 상태로 살고 있었다. 납득이 되지 않고 이해는 더구나 불가한 이 현실을 팬데믹 시대라고 했다. 내 친정이 있고, 내 형제가 살고 있고, 나의 언니가 그곳 어딘가에 있다는데 아무도 만나러 가지 못하고 꼼짝없이 갇혀 버렸다.

"걱정하였을 줄 알지만 나도 많은 생각 끝에 내린 결론이니 너무 서운하다고 생각 말거라."

누가 썼는지 간결한 문장으로 언니를 대변한 편지를 읽으며 안도의 한숨을 쉬었다.

"너도 알다시피 나는 한 번도 내 삶을 살아 본 적이 없었다. 신의 저주인지 너무도 흉하게 생긴 내 몰골 때문에 태어나면서부터 이때까지 고개를 들어보지 못했다. 누구에게도 사랑이란 걸 받아보지도 못하고 누구를 사랑해본 적도 없이 평생을 살아왔다. 남편이나 두 아들도 내겐 남보다 더 못한 사람들이었다. 그러나 나는 갈 데가 없어서 천대와 멸시를 받으면서도 그곳을 나올 수가 없었다. 죽으라고 일궈놓은 그곳에 도로가 생기고 관광지가 생기더니 평생을 바쳐 만들어 온 산 밭들이 비싼 값으로 팔리기 시작하더라. 농사밖에 모르던 남편도 자식새끼도 돈에 환장한 것처럼 읍내 술집으로 돌기 시작하고 조금씩 산 밭은 어느새 반 토막 나더라. 그때 나에게 찾아오신 하나님을 만났다."

하나님을 만났다고 했다. 행복을 알았다고 했다. 그 하나님의 품 속에서 처음으로 사랑을 알았고 못생겼다고 비웃음당하지도 않았 다고 했다. 평등했다고 했다. 모르던 세계에서 충만한 삶을 살고 있 다고 했다. 무언가 조금씩 잘못되어가고 있다는 걸 느꼈지만 내가 생각하고 있는 그런 상황이 아니길 바라면서 유서 같은 언니의 편지 를 읽었다.

"이젠 집으로 돌아가지 않을 거야. 가지고 나온 돈은 내 몫이라고 그 사람에게 전해. 이 정도는 나도 가질 수 있다고 생각해. 어쩌면 내 가 일궈놓은 것에 비하면 턱없이 모자라지만 나에겐 그리 많은 시간 이 남아 있지 않잖아. 네 형부와 아들들에게 따로 소식 전하지 않는 다. 그 이유는 네가 잘 알고 있을 테니까, 날 찾아올 생각 말아라. 내가 가끔 소식 전할게. 너라도 있어서 그동안 숨을 쉬고 살았다. 고 맙다 하늘에서 만나자."

한동안 뭘 어떻게 해야 할지 멍하게 앉아 있었다. 행복하다고, 평 안하다고, 차별 없는 세상에서 사랑하며 사랑받고 살고 있다고, 거 듭거듭 강조하는 언니의 편지는 진정성 있게 다가왔다. 어떤 하나님 을 만났건 문제가 되지 않았다. 손톱만큼 남은 짧은 세월이나마 행 복하고 웃으며 살 수 있으면 그것으로 되었다고 생각했다. 종교적인 문제를 나는 말할 생각이 없다. 그녀의 하나님을 논할 이유는 없다. 그러하기에 나는 그녀의 편지를 덮어두기로 했다. 찾을 수가 없다고 아무리 찾아봐도 모르겠다고 가족이 실종신고를 하든지 알아서 하 라고, 언제부터 그렇게 언니가 소중했냐고 큰소리를 치며 언니를 숨겨 버렸다. 그러면서 점점 횡포가 심해지는 세균전에 지치고 있었다. 더구나 언니의 편지에 찍힌 편지의 소인이 고립된 도시였다는 것과 하나님이라고 자처하는 늙은 남자가 국민을 상대로 엎드려 사죄하는 장면이 TV 화면으로 흐르고 있었다. 그 하나님의 성전에서 세균이 전파된 도시는 스톱워치에 걸린 것 같이 일상이 정지된 것 같다. 상가들이 셔터를 내리고 사람들의 물결로 넘실대던 대로변이 고적하게 텅 빈 채 유령의 도시 같았다. 물 위로 떠 오르는 그 하나님 성전의 실체는 사이비 종교라며 하나님이던 그 사람을 사기꾼으로 몰아갔다. 모든 언론과 가짜뉴스까지 합세해서 세균을 전파한 곳이라고 떠들고 있었다. 나의 우려는 적중했다. 새로운 천지를 개발한 종교 집단에 언니가 있었다는 사실을 알았을 땐 코로나 19에 감염되어 사경을 헤매고 있다는 연락을 받았을 때였다. 병원에 입원하고 있다는 것만 알 뿐, 아무것도 할 수 없는 채로 무엇인지도 모를 무엇인가를 기다리고 있을 뿐이었다.

오래된 감나무에 까치가 울었다. 어수선한 시절에 반가운 소식이 있을 리 없겠지만 행여 기다려본다. 나의 유년이 있었고 지금도 내 형제가 살고 있고, 그곳의 어느 병원에 언니가 누워 있다. 나는 갈 수 없는 그 도시의 소식에 하루 왼 종일 귀를 열고 있다. 고위험군에 속한 언니의 목숨은 어떤 고비를 넘고 있을까. 신의 노여움일까. 노아의 방주가 필요한 시점일까. 모호한 안개 속을 헤맨다. 언니의 하나님은 그를 살려주실까. 해보지도 않는 기도를 하며 하루를 TV 뉴스에 초점을 맞추고 살았다. 갑자기 울리는 전화벨 소리에 온몸의 신경 줄이 살아 오르는 것 같았다.

"갔다네. 내려 올까요?"

아직도 퉁명스러운 형부라는 사람의 전화에 가만히 앉았다. 달칵! 사슬 하나가 풀어지는 소리가 들렸다. 힘들게 오르며 들숨 날숨을 헐떡이던 삶의 고리가 풀어지는 소리였다. 갑자기 공기의 흐름이 느슨해진다. 편안한 그녀의 삶이 실루엣처럼 내 창가에 미끄러진다. 고달팠던 그녀의 삶이 끝났다는 생각을 한다.

어느 날 찾아온 한 줄기 빛 속으로 걸어가며 웃음이란 걸 배웠다고 했다. 얼룩덜룩한 얼굴도 흉이 되지 않는 세상, 처음으로 간절하게 사랑을 해본 하나님이라고 했다. 그 하나님의 성전에서 하늘나라까지 가버린 언니의 행보를 어떻게 이해해야 할까. 삶의 또 다른 유형이라고 할 수도 없는 언니의 삶이었다. 누가 인간을 평등하다고 말했는가. 못나고 흉하다고 제 어미를 부정하던 자식들과 개 패듯이 패던 서방이라는 작자는 언니의 죽음 앞에서도 일말의 예우를 거부하고 섰다. 말기 위암 판정을 받고 병원으로 가지 않고 하나님의 성전에서 살겠다고 간 언니를 나는 이해한다. 텅 빈 도시의 병원에서 홀로 죽음과 싸울 때 언니의 하나님은 그의 곁에 있었을 것이라고 이해하기로 했다. 국민 앞에 무릎을 꿇고 앉아 사죄하는 그의 하나님이라 할지라도 잠시 언니가 행복하게 웃을 수 있었으면 그것으로 고맙다. 세균의 온상이라고 질시하던 그 성전에서 웃으며 기쁨에 충만한 찬송가를 불렀으면 더 무엇을 바랄까. 비록 그 성전에서 옮겨온 세균으로 언니의 죽음을 초래했다 하더라도 그곳이 어디든 언니의 마지막 삶의 시간을 웃음으로 채워졌다면 너무도 감사한 곳이다. 항시 얼음을 업고 살던 등허리가 따뜻하게 사랑으로 데워졌길 바라며 나는 그녀를 웃으며 배웅하자고 가슴을 쓸고 또 쓸었다. 어쩌면 이승보다 저승이 더 안락할 수도 있을 것이라고 역설 같은 위로를 한다.

 우린 아직 태풍 속에 있다. 세균전이라는 거대한 태풍의 소용돌이가 세계를 강타하고 있다. 아직도 거리엔 마스크만 둥둥 떠다니고 표정을 잃어버리고 결벽증 환자처럼 손을 씻고 또 씻는다. 마이삭이 훑고 지나간 자리에 쓰러진 늙은 버즘나무 대신 덜자란 버즘나무 한 그루가 얼룩덜룩한 얼굴로 서 있다. 가만히 내 언니의 안부를 물어보며 언니를 만지듯 나무를 쓸어본다. 1200도의 불 속으로 언니를 밀어 넣으며 불같이 끓어 올랐던 나의 울화도 이제 삭고 있다. 곧 모든 것이 일상으로 돌아올 것이고 버즘나무 댁 내 언니도 언니의 하나님과 뜨거운 사랑을 하고 있을 것이기에 나는 예약된 면역 주사를 맞으러 갈 것이다.

 "안녕 언니야, 다음 생은 버즘나무 옷을 입고 오지 말기를. 하늘에서 만나자."

 *이 작품(버즘나무 댁)은 2021년 매일신문 시니어문학상(논픽션) 수상 작품입니다.